Roswitha Gruber

Großmütter erinnern sich

rosenheimer

www.rosenheimer.com

Titelfoto: © De Visu – stock.adobe.com
Lektorat: Christine Rechberger, Rimsting
Satz: SATZstudio Josef Pieper, Bedburg-Hau
Druck und Bindung: GGP Media GmbH, Pößneck
Printed in Germany

ISBN 978-3-475-54825-3

Inhalt

Vorwort

Hiermit lege ich Ihnen, liebe Leserin, lieber Leser, den sechsten Band meiner »Großmütterreihe« vor. Wieder habe ich mir von Seniorinnen aus verschiedenen Regionen Deutschlands, aus Luxemburg, aus Österreich, aus der Schweiz und aus Südtirol über ihre Kindheit erzählen lassen.

Die Kindertage dieser Frauen verliefen so ganz anders als die der heutigen Jugend. Bei den meisten von ihnen war die Zeit geprägt durch bittere Armut, durch den Zweiten Weltkrieg und die Hungerjahre danach. Einige von ihnen hatten sogar noch unter den Folgen des Ersten Weltkrieges zu leiden.

Doch diese starken Frauen haben sich allesamt nicht unterkriegen lassen. Sie haben nicht nur ihr persönliches Schicksal – der Krieg hatte bei vielen von ihnen die Lebensplanung über den Haufen geworfen – mutig in die Hand genommen und ihr Leben gemeistert, sie haben auch tatkräftig mitgeholfen, das am Boden liegende Land wieder aufzubauen und zu dem zu machen, wie wir es heute kennen.

Sie erzählen uns, wie man ohne elektrischen Strom und ohne fließendes Wasser zurechtkommen musste und wie man ohne Fernseher, ohne Computer und Smartphone glücklich sein konnte.

Wir erfahren von ersten Tanzvergnügungen nach dem Krieg und von der ersten zarten Liebe.

Damit diese Erinnerungen nicht verloren gehen und damit sich die jüngere Generation ein Bild von der Zeit, die noch gar nicht so lange zurückliegt, machen kann, habe ich die Geschichten dieser Großmütter gesammelt und aufgeschrieben.

Viel Spaß beim Eintauchen in die Vergangenheit.

Roswitha Gruber

Das erste Busserl

Sanni, Jahrgang 1927, aus Reit im Winkl in Oberbayern

An Begebenheiten aus meiner ganz frühen Kindheit kann ich mich nicht erinnern. Meine Erinnerungen beginnen mit meiner Einschulung. Wir lebten weit außerhalb des Dorfes auf einem Bauernhof. Deshalb freute ich mich, endlich in die Schule zu kommen und andere Kinder kennenzulernen. Auch freute ich mich darauf, lernen zu dürfen. Mit dem Lesen tat ich mich anfangs allerdings schwer. Doch meine Mutter übte geduldig mit mir und gab mir schließlich den Rat: »Wenn du ein Wort liest, musst du schon das nächste anschauen.«

Das beherzigte ich und konnte bald fließend lesen. Meine Lieblingsfächer waren Musik, Religion und Erdkunde. Was ich nicht so gerne mochte, waren Geschichte und Rechnen. Wenn ich mich mit Zahlen gar so erfolglos abmühte, hatte mein Lehrer einen Trost für mich parat: »Sei nicht traurig, Sanni, deinen Profit wirst später schon ausrechnen können.«

Sportunterricht liebte ich ebenfalls, vor allem, als unser Lehrer mit uns Zehnjährigen ins Schwimmbad ging, um uns das Schwimmen beizubringen. Kaum waren wir ins Wasser gestiegen, schwamm ich mit einigen davon. Am Ende der Bahn fragten diese ganz erstaunt: »Ja, Sanni, wo hast denn du Schwimmen gelernt? Wir haben dich noch nie im Schwimmbad gesehen.«

»Bei uns im Gumpen«, antwortete ich selbstsicher. Als »Gumpen« bezeichnet man eine Vertiefung, die sich im Bachbett unterhalb eines Wasserfalles bildet. In den Bach, der in einer Entfernung von nur dreißig Metern an unserem Haus vorbeifloss, hatten die Anlieger mehrere Staustufen eingebaut, um das Wasser in seiner Geschwindigkeit zu bremsen. Von jeder Stufe ergoss sich ein künstlicher Wasserfall ins Bachbett und wusch es an dieser Stelle immer mehr aus. So war der Gumpen, der meinem Elternhaus am nächsten lag, nicht nur tief genug, er war auch so breit, dass man einige Schwimmstöße machen konnte. Zwar war das Wasser selbst im Hochsommer eiskalt – der Bach wurde ja von dem langsam abschmelzenden Schnee aus dem Hochgebirge gespeist –, doch das hinderte uns nicht daran, an Schönwettertagen darin zu plantschen. Wir, das waren fünf Mädchen etwa im gleichen Alter, nämlich meine Schwester Hanni, meine Cousinen Kordi, Resi, Lisi und ich. Außer dass wir vor Freude juchzten und uns laut anschrien, um das Tosen des Wassers zu übertönen, hatten wir uns auch gegenseitig das Schwimmen beigebracht.

Im Winter vergnügten wir uns mit Rodeln und Skifahren. Leider kamen wir vor lauter Arbeit nur selten dazu. Unsere Skier waren nur einfache Bretter, nicht vergleichbar mit den heutigen. Selbst die einfachsten Skier hatten uns unsere Eltern nicht kaufen können. Ich erbte immer die Skier meiner Schwester, und diese hatte sie von Cousine Maria geerbt, die vier Jahre älter war als sie und die später die berühmte Maria Hellwig werden sollte.

In den ersten vier Jahren unserer Volksschulzeit hatten wir nur von acht bis zwölf Uhr Unterricht. Ab der fünften Klasse gab es Ganztagsunterricht. Das bedeutete, dass wir zusätzlich noch von dreizehn bis sechzehn Uhr in die Schule mussten. In der knapp bemessenen Mittagszeit konnten aber die Kinder, die so weit außerhalb wohnten wie ich, nicht nach Hause gehen zum Essen. Deshalb wurden wir in einem nahe gelegenen Gasthaus verköstigt. Ein paarmal nahm ich an der sogenannten Schulspeisung teil. Dann weigerte ich mich, dorthin zu gehen. Schon der Geruch, der mir im Hausgang entgegenschlug, widerte mich dermaßen an, dass ich Brechreiz bekam. Erfreulicherweise zeigte sich meine Mutter sehr verständnisvoll und machte mit meiner Patin, die in der Dorfmitte wohnte, aus, dass ich an deren Mittagstisch mitessen durfte.

Dass ich die zweite Tochter meiner Eltern war, hatte für mich mehrere Vorteile, aber auch gewisse Nachteile. Vor allem bedeutete es, dass ich nie etwas Neues an Kleidung bekam. Ich musste immer die Klamotten meiner um drei Jahre älteren Schwester auftragen. Aber selbst diese hatte die Sachen nicht neu bekommen. Sie waren wiederum Erbstücke der schon erwähnten Cousine Maria. Bis sie also bei mir landeten, waren sie schon ziemlich abgetragen. Eines Tages nun, in der Adventszeit, ich muss zehn oder elf gewesen sein, stellte meine Großmutter Lisei eine bedeutende Frage an mich: »Sanni, was wünschst du dir zu Weihnachten?«

Voller Freude konnte ich meinen seit Langem gehegten Wunsch aussprechen: »Ich wünsch' mir mal an g'scheiten Kittel.« Mit »Kittel« bezeichnete man bei uns einen Rock.

Und tatsächlich, unter dem Weihnachtsbaum lag für mich ein wunderschöner neuer Faltenrock von dunkelblauer Farbe. Meine Mutter hatte den Stoff besorgt, die Oma hatte ihr das Geld dafür gegeben, und meine Patin hatte ihn genäht. Wie war ich glücklich mit meinem neuen Kittel, und mit welchem Stolz wusste ich ihn zu tragen!

Unser Lehrer machte auch jedes Jahr einen Ausflug mit uns, zu Fuß, versteht sich, nicht mit dem Bus, wie das die Schüler heute machen. An einen der Schulausflüge erinnere ich mich besonders lebhaft. Es war im Sommer kurz vor meinem zwölften Geburtstag. Wir wanderten über den Jochberg zum Weitsee. Bevor wir ihn erreichten, machten wir auf einer Niederalm Rast. Der Lehrer ließ einige Buben eine Feuerstelle bauen, andere mussten dürres Holz suchen. Wir Mädchen hatten die Aufgabe, wilde Pfefferminze zu pflücken. Dann zauberte der Lehrer einen Teekessel aus seinem Rucksack, schöpfte Wasser an einer Quelle, setzte den Kessel auf die Steine und zündete das Holz darunter an. Begeistert schauten wir zu, wie das Feuer lustig flackerte, und bald hörten wir, wie das Wasser im Kessel zu summen begann. Als es so richtig fest kochte, warf der Lehrer einige Pfefferminzstängel mitsamt den Blättern hinein und nahm ihn vom Feuer. Den abgekühlten Tee füllte er in unsere Trinkbecher, die wir auf jeder Wanderung dabeihatten, um an Quellen trinken zu können. Dazu aßen wir unsere Brote. Mei, schmeckte das herrlich!

Das war aber nicht das Aufregendste an dieser Wanderung. Das sollte am Weitsee kommen. Breit und glatt lag er vor uns. Wenn wir ans jenseitige Ufer gelangen wollten, wo unser Weg weiterführen sollte, hätten wir einen Riesenbogen um den See machen müssen. Unsere schlauen Vorfahren aber hatten von einer Halbinsel aus, die weit in den See hineinragte, einen Steg errichtet, der zur anderen Seite führte und eine große Abkürzung bedeutete. An einer Seite des Steges hatten sie ein Geländer angebracht, an dem man sich festhalten konnte. Leider war es im Laufe der Jahre recht morsch geworden, und ich konnte schon vom Ufer aus erkennen, dass es ab der Mitte des Steges kaputt war. Meinen Mitschülern schien das nichts auszumachen. Einzeln trippelten sie mutig über diesen schmalen Steg, während ich mich in meiner Angst immer weiter nach hinten schob. Schließlich blieb mir nichts anderes übrig, als diesen Gang anzutreten, wenn ich den Anschluss nicht verlieren wollte. Solange ich mich krampfhaft an das Geländer klammern konnte, kam ich ganz gut vorwärts. Dann aber erreichte ich die Stelle, wo das Geländer fehlte. Da erstarrte ich förmlich zur Salzsäule. Ich hatte schon immer Probleme gehabt, über eine Brücke zu gehen, wenn ich fließendes Wasser darunter sah. Hier war das Wasser zwar nicht fließend, aber ich wusste, dass es sehr tief war. Zudem hatten meine Eltern davon gesprochen, dass es im Weitsee mehrere Strudel gebe und einer sich genau unter diesem Steg befinde. Wenn man in einen

Strudel hineinfalle, hatten sie weiter ausgeführt, käme man nicht mehr heraus, weil der einen unbarmherzig in die Tiefe ziehe. In Erinnerung daran und angesichts der Wasserfläche unter mir, geriet ich in Panik. Zurück konnte ich nicht mehr, sonst hätte ich den Anschluss verpasst, ich musste weiter. Da kam mir die rettende Idee. Ich ließ mich auf alle viere nieder und krabbelte ans andere Ufer. Was war ich froh, als ich wieder festen Boden unter den Füßen hatte! Zu meiner Erleichterung hatten meine Klassenkameraden und mein Lehrer nichts von meiner Krabbelaktion mitbekommen, weil ihr Blick schon nach vorne gerichtet war. Sie hätten mich bestimmt ausgelacht.

Nachdem ich sieben Jahre auf der Schulbank verbracht hatte, stand ich vor der Entscheidung: aufhören oder ein achtes Schuljahr anhängen, das gerade eingeführt worden war. Die meisten meiner Mitschüler hängten das achte Schuljahr an. Ich aber dachte: *In dem Jahr lernst du doch nichts Neues, das ist alles nur Wiederholung.* Und da ich mir in den Kopf gesetzt hatte, Friseuse zu werden, erklärte ich meinen Eltern, dass ich so bald wie möglich mit der Lehre beginnen wollte.

»Dass du mit der Schule aufhörst, geht in Ordnung«, erklärte mein Vater. »Dass du aber Friseuse werden willst, das schlag dir aus dem Kopf. Wir brauchen dich notwendig in der Landwirtschaft.«

So einfach ließ ich mich aber nicht abspeisen. Mit meinem ganzen Charme bettelte ich noch eine Weile und brachte vor, dass ich doch so gerne kämmen und frisieren würde. Was antwortete mein Vater darauf? »Wenn du schon so gerne kämmst, dann geh in den Stall und kämm den Kühen die Schwänze.«

Da wusste ich, dass ich meinen Wunsch begraben konnte. Fortan musste ich mich also noch mehr in der Landwirtschaft betätigen als in meiner Schülerzeit. Ein Pferd konnten wir uns nicht leisten, für die schweren Arbeiten wurden unsere Kühe eingesetzt. Sie mussten die Erntewagen ziehen, sie wurden vor Pflug und Egge gespannt. Für Mensch und Tier war es nicht leicht, an den steilen Hängen zu arbeiten. Auch konnte man sich bei der Tätigkeit oft kaum vor Fliegen retten.

Damals waren in Reit im Winkl die Häuser noch durchweg mit Schindeln gedeckt. Diese mussten alle drei Jahre umgedreht oder gar ausgewechselt werden. In jedem Winter schnitzte der Vater neue Schindeln. Er war es, der nach der Schneeschmelze aufs Dach stieg, um es neu zu decken. Meine Schwester oder ich mussten auf die steile Leiter steigen mit einem Stoß Schindeln auf der Schulter, um sie ihm anzureichen. Die waren ganz schön schwer, und gefährlich war es noch dazu.

Daneben musste ich zwei Jahre lang die landwirtschaftliche Berufsschule besuchen. Dieser Unterricht fand ganztags jeden Montag in einem Raum der Volksschule statt.

Nach meiner Entlassung aus der Volksschule trug ich meine wunderschönen Zöpfe als Gretlfrisur, wie das bei uns üblich war, weil sie bei der Arbeit hinderlich gewesen wären. Wie alle anderen Mädchen auch, trug ich sie platt um den Kopf gelegt.

Mit dem aufkommenden Fremdenverkehr zu Beginn der Dreißigerjahre vermieteten meine Eltern einige Zimmer, um ihr Einkommen etwas aufzubessern.

Eines Tages nun kam einer unserer weiblichen Gäste von ihrem Spaziergang zurück und erzählte mir, sie habe im Dorf ein Mädel gesehen, das aus München auf Besuch sei, das habe seine Zöpfe zu einer Krone hochgesteckt. »Zu einer Krone?«, fragte ich hochinteressiert und ließ mir beschreiben, wie das ausgesehen habe. Sogleich eilte ich in meine Kammer und probierte es aus. Es brauchte eine gewisse Zeit, bis ich den Dreh raushatte. Dann gefiel mir mein Spiegelbild. Nun wollte meine Schwester auch eine solche Frisur haben. Ihre Haare entsprechend hochzustecken war für mich viel einfacher, als es bei mir selbst gegangen war. Als unsere Cousinen Kordi, Lisi und Resi uns sahen, waren sie ebenfalls begeistert und ließen sich von mir frisieren. Sobald die Mädchen im Dorf mich mit meiner neuen Frisur erblickten, musste ich auch ihnen beibringen, wie die Zöpfe zu stecken waren. Bis auf ganz wenige machten alle mit, und bis zum heutigen Tag tragen alle Trachtlerinnen ihre Flechten in Form einer Krone. Aber vor sechsundsiebzig Jahren war ich die Erste gewesen.

Nur meinem Vater hatte unsere neue Frisur nicht gepasst. Er verlangte, dass wir die Zöpfe wieder platt am Kopf anlegten. Dann haben wir ihn angeschmiert. Hanni und ich steckten unsere Flechten zwar platt am Kopf fest, aber so, dass wir sie jederzeit zu einer Krone hochklappen konnten. Das taten wir immer dann, wenn der Papa außer Reichweite war.

Vom Krieg hat man bei uns zum Glück nicht viel mitbekommen. Das aber verstand ich: dass die Menschen bei uns aufatmeten, als der Krieg am 8. Mai 1945 endlich vorbei war. Außerdem bekam ich mit, dass die amerikanischen Soldaten bei uns einmarschierten.

Einige Wochen später, Ende Juni, saßen meine Schwester und ich strickend auf der Bank vor unserem Haus, das etwas erhöht an einem Hang erbaut war. Auf einmal bemerkten wir einen Mann in amerikanischer Uniform, der auf der Straße unterhalb äußerst langsam hin- und herspazierte. Dabei schaute er immer wieder zu uns herauf. Das war uns beiden nicht geheuer. »Warum schaut der immer?«, fragte ich. »Komm, lass uns eini gehn«, schlug Hanni vor. Wir packten unser Strickzeug zusammen und begaben uns ins Haus. Neugierig, wie wir waren, linsten wir hinter der Stubengardine hervor und sahen, dass der Besatzungssoldat in Richtung Seegatterl verschwand.

Am nächsten Morgen ging meine Mutter wie immer gegen sechs in den Stall, um die Ankunft der Kühe zu erwarten. Um diese Jahreszeit verbrachten diese nämlich die Nacht im Freien und wurden am Morgen von unserer Tante zum Stall getrieben. Die Mutter stellte die Kannen und den Milcheimer bereit, um gleich melken zu können, wenn die Kühe da waren. Plötzlich bekam sie einen gehörigen Schreck, denn aus dem Barn (Futtertrog) erhob sich ein Kopf. Als sie näher hinschaute, erkannte sie ein junges Mädchen, das zusammengekauert im Heu lag und eine blutige Hand vor den Hals hielt. Das Kleid der Fremden war ebenfalls blutverschmiert.

»Liebe Frau, erschrecken Sie nicht, ich bin gemartert worden«, erklärte diese mit schwacher Stimme.

Ohne viele Worte zu verlieren, nahm die Mutter das geschundene Kind mit in die Küche und ließ es dort Platz nehmen. Dann lief sie zum Nachbarn, der bereits Telefon hatte, um den Arzt zu rufen. Wenig später traf dieser mit seinem alten VW ein. Er war vermutlich der Einzige im Ort, der noch ein Auto besaß, weil es für die Bewohner lebenswichtig war. Alle anderen Autos, es waren ohnehin nur wenige gewesen, waren während des Krieges konfisziert worden. Mit einem Blick stellte der Doktor fest, dass er nicht viel ausrichten konnte. Er packte die Verletzte ins Auto und fuhr sie nach Traunstein ins Krankenhaus. Dort wurde die Wunde am Hals genäht, und die Patientin musste ein paar Tage zur Beobachtung bleiben.

Während meine Mutter im Stall mit Melken beschäftigt war, hatten meine Schwester und ich nichts ahnend das Frühstück für die ganze Familie gerichtet. Außer meinen Eltern und uns Töchtern gehörten dazu noch mein Großvater, achtzig Jahre alt, und die ledige Tante, die morgens immer die Kühe heimtrieb. Beim Frühstück stand unsere Mutter wohl noch unter Schock, denn sie erwähnte ihr frühmorgendliches Erlebnis mit keiner Silbe. Hanni und ich erfuhren erst davon, als wir drei Tage später allein in der Küche waren und unser Arzt ein Mädchen mit blutbesudeltem Kleid und einem dicken Verband um den Hals hereinschob. Bei ihrem Anblick ließen wir Schwestern uns vor Schreck erst mal auf die Eckbank fallen.

»Kann Gisela ein paar Tage bei euch bleiben?«, fragte der Doktor. »Ich habe ihre Eltern verständigt, die werden sie abholen.« Schon war er wieder verschwunden.

Hanni, die sich als Erste gefasst hatte, fragte Gisela, was das alles zu bedeuten habe. Da erzählte sie uns ihre Geschichte.

Einige Wochen vor Kriegsende war sie mit neunzehn anderen Mädchen aus dem Ruhrgebiet, alle etwa im Alter von vierzehn Jahren, im Zuge der Kinderlandverschickung, kurz KLV genannt, in Reit im Winkl gelandet. Zunächst hatte man alle beim Unterwirt einquartiert und von dort auf verschiedene Höfe verteilt. Der Unterwirt selbst hatte sechs oder sieben von ihnen behalten, weil er genug leichte Arbeiten für sie hatte. Als der Krieg zu Ende war und alles drunter und drüber ging, vor allem weil noch keine Züge fuhren, hieß es, die Mädchen sollten noch bis August bleiben. Als die Almzeit eröffnet war, schickte der Unterwirt gleich eines von ihnen mit der Sennerin hinauf, damit sie dieser zur Hand gehe. Da auch die anderen Mädchen gerne einmal auf der Alm sein wollten, hatte der Wirt ihnen zugesichert, jedes von ihnen dürfe eine Woche bleiben, dann werde gewechselt.

Gisela war das zweite Mädchen, das nach diesem »Abkommen« auf die Unterwirtsalm durfte. Nachdem ihre Woche herum war, wanderte sie am Spätnachmittag – ihre »Ablösung« war bereits eingetroffen – durch den Wald bergab. Sie trug ein leichtes Sommerkleid und auf dem Rücken einen kleinen Rucksack. Dieser enthielt, wie damals bei allen Mädchen, die auf der Alm arbeiten sollten, außer ihren Papieren und ein bisschen Wäsche ihr Essbesteck.

Gisela mochte noch etwa dreihundert Meter von unserem Haus entfernt gewesen sein, da tauchte wie aus dem Nichts ein amerikanischer Soldat vor ihr auf und fauchte sie an: »Hast du Pass?« Verdutzt antwortete sie mit Ja und war schon im Begriff, ihn aus dem Rucksack zu nehmen. Der Fremde aber machte keine Anstalten, ihn anzuschauen. Stattdessen behauptete er, indem er bergauf zeigte: »Da oben Kommandantur. Du hinaufgehen und Pass dort zeigen.«

Verwirrt antwortete Gisela: »Ja – aber – ich komme ja grade von oben. Ich habe keine Kommandantur gesehen.« Dennoch bestand er darauf, dass sie ihn begleitete. Das tat sie dann widerstandslos. Nachdem er sich weit genug von aller Zivilisation entfernt glaubte, stürzte er sich auf sie und vergewaltigte sie mehrmals, obwohl sie sich mit Händen und Füßen wehrte. Anschließend lehnte er die halb Bewusstlose mit dem Rücken gegen einen Baum und fesselte sie mit ihrem eigenen Rucksackriemen daran. Dann durchwühlte er den Rucksack, fand ihr Besteckmesser und begann, ihr damit die Kehle durchzuschneiden. Weil so ein Messer nicht besonders scharf ist, kam er dabei nicht so recht voran. Gisela blieb also Zeit, nachzudenken. Plötzlich ließ sie den Kopf sinken und stellte sich tot. In dem Moment ließ ihr Peiniger von ihr ab und suchte das Weite. Das Mädchen wartete geraume Zeit, dann versuchte sie, ihre Fessel zu lösen. Da der Lederriemen um ihre Oberarme geschlungen war, kam sie schließlich mit den Zähnen dran. Es dauerte aber sehr lange, zumal sie sehr erschöpft war, bis sie sich befreit hatte. Inzwischen war es Nacht geworden. Doch der Mond schien hell genug, sodass sie bei ihrer Flucht über Stock und Stein nicht zu Fall kam. Völlig erschöpft erreichte sie weit nach Mitternacht die ersten Häuser. Im ersten Haus erkannte sie im Parterre nur eine Werkstatt. Deshalb begab sie sich zum nächsten Haus, das war das unsere. Sie klopfte an eines der Fenster. Dahinter befand sich die Kammer meines Großvaters. Diesem war eingeschärft worden, in diesen unsicheren Zeiten auf keinen Fall die Haustür zu öffnen. Er dürfe niemanden ins Haus lassen, und schon gar nicht bei Nacht. Denn nach dem Krieg zogen allerlei undurchsichtige Gestalten durchs Land.

Der Opa schaltete also das Licht ein und öffnete vorsichtig das Fenster. Im Lichtkegel erkannte er nur, dass er ein junges Mädchen vor sich hatte. Voller Mitleid sagte er: »Ich darf dich leider nicht reinlassen, aber geh hinter in den Stall, und mach dir ein Nachtlager.« Und das hatte sie befolgt.

Da man am Abend den Barn schon immer mit Heu auffüllte, damit die Tiere bei ihrer Ankunft etwas zu fressen vorfanden, hatte sie sich in dieses Heu gelegt und war eingeschlafen. Sie wachte dadurch auf, dass meine Mutter im Stall zu hantieren begann. Den Rest der Geschichte kennen wir ja schon.

Zeitlich passte es genau zusammen, dass es sich bei dem Vergewaltiger um denselben Soldaten handeln musste, der uns am Tag zuvor so auffällig beobachtet hatte. Was hatten wir für ein Glück, dass *wir* ihm nicht zum Opfer gefallen waren!

Auf Anraten des Arztes hat Gisela ihren Peiniger angezeigt. Auf der Kommandantur verlangte man von ihr eine Täterbeschreibung. Es waren schließlich viele Besatzungssoldaten in unserem Dorf stationiert. Nun stand das Mädchen vor einem Problem, denn alle trugen die gleiche Uniform. Doch trotz der Ausnahmesituation, in der sich die Vierzehnjährige befunden hatte, konnte sie sich an wichtige Einzelheiten erinnern. Gisela erklärte, sie habe dem Täter die linke Wange zerkratzt, und er trage an der rechten Hand einen auffälligen Ring. Dieser Mann war daraufhin schnell gefunden. Bei einer Gegenüberstellung half ihm auch sein Leugnen nichts. Wie hoch seine Freiheitsstrafe ausfiel, ist mir nicht bekannt geworden.

Bis ihre Eltern das Mädchen bei uns abholen konnten, vergingen nur einige Tage.

In unserem Dorf gab es einen jungen Mann namens Hans, der war der Schwarm vieler Mädchen. Mich interessierte er jedoch kein bisschen. Mit meinen fünfzehn Lenzen fühlte ich mich noch zu jung, um für jemanden zu schwärmen. Der Krieg hatte indessen nach immer mehr Soldaten verlangt. Daher wurde Hans 1943 eingezogen, obwohl er erst siebzehn Jahre alt war. Er ließ viele traurige Herzen zurück. Von diesen gingen zahlreiche Liebesbriefe an die Front. Auch meine Schwester unterhielt einen Briefwechsel mit ihm, und er schickte ihr sogar ein Foto von sich in Uniform.

Schon bald nach Kriegsende kehrte er aus der Normandie zurück. Er wurde aber nicht gleich nach Hause entlassen, sondern kam in ein Lazarett nach Österreich, nahe der tschechischen Grenze, weil er an Gelbsucht litt. Nach wenigen Tagen war man es dort wohl leid, so viele Kranke pflegen zu müssen, und gab die Parole aus: »Wer gehen kann, darf nach Hause.« Das ließ sich Hans nicht zweimal sagen.

Fünf Tage lang, genauer gesagt, fünf Nächte lang marschierte der kranke Mann in Richtung Heimat. Tagsüber durfte er sich ja nicht blicken lassen. Überall waren inzwischen amerikanische Kontrollposten eingerichtet worden, und er besaß keine Entlassungspapiere. Über Tag schlief er in Feldscheunen oder Laubhütten. In diesen primitiven Holzverschlägen war das gesammelte Laub untergebracht, das man als Streu für die Tiere benötigte. Am 24. Juni 1945 kam er endlich zu Hause an. Dort konnte er sich aber nicht ausruhen. Er musste sich umgehend bei der amerikanischen Kommandantur melden, die ihn in ein großes Lager bei Bad Aibling schickte, damit er von dort offiziell entlassen werde. Diese vier Wochen in Bad Aibling waren die schlimmsten seines Lebens. Tausende von Männern kampierten hier unter freiem Himmel, bei jedem Wetter. Sie bekamen so wenig zu essen, dass sie ihren Hunger mit Kartoffelschalen und Gras zu stillen versuchten. Die Bauern der Umgebung hatten Mitleid mit ihnen und stellten immer wieder heimlich kleine Blechkannen mit Milch an den Zaun. Jeder Gefangene hätte sich gefreut, wenn er wenigstens ein oder zwei Schlucke davon abbekommen hätte. Doch die patrouillierenden Wachsoldaten stießen die Kannen einfach um, und der begehrte Inhalt ergoss sich ins Gras.

Nach Hans' offizieller Entlassung benötigte seine Mutter mehrere Wochen, bis sie ihn wieder aufgepäppelt hatte.

Das Leben normalisierte sich allmählich wieder. Unseren blühenden Trachtenverein, der in den ersten Kriegsjahren zum Erliegen gekommen war, weil man immer mehr junge Männer eingezogen hatte, ließen wir am 26. Dezember 1945 neu erstehen. An diesem Stephanstag trafen sich alle Interessierten beim Unterwirt und trugen sich als Mitglieder ein. Natürlich waren meine Schwester und ich auch dabei, ebenso unsere Cousinen und alle jungen Männer, die der Krieg übrig gelassen hatte, auch der bewusste Hans. Ab da traf man sich jeden Samstag in einer Gaststätte zu Blindau, einem Ortsteil von Reit im Winkl. Die Burschen befleißigten sich im Schuhplattln und die Mädchen im Dirndldrahn. Aber auch alte Reigentänze wurden eingeübt, und der Steyrer sowie andere Figurentänze. Die Musik dazu lieferte einer der Burschen mit seiner Ziach (Ziehharmonika). Schon nach kurzer Zeit hatten wir ein richtig schönes Programm drauf, was der amerikanischen Kommandantur zu Ohren kam. Also mussten wir vor einem ganzen Saal voller Soldaten auftreten. Die passenden Trachten dazu fanden sich noch im Kleiderschrank von Eltern und Großeltern. Weil unser Auftritt so gut ankam, »durften« wir immer wieder vor der Besatzungsmacht unsere Künste zeigen.

Als die Amerikaner abgezogen waren, belebte sich allmählich wieder der Fremdenverkehr. Nun waren die Touristen unser Publikum, sie waren ebenfalls hellauf begeistert.

Einmal im Jahr unternahmen wir einen Vereinsausflug per Bus. Auf diese Weise lernte ich so nach und nach meine weitere Heimat kennen.

Bei Vereinsgründung war ich achtzehn gewesen, und so allmählich war mein Interesse für die Männerwelt erwacht. Für mich war es sehr schmeichelhaft, dass mir der eine oder der andere den Hof machte und sich mit mir verabreden wollte. Aber daran war mir weniger gelegen. Im Oktober 1946 organisierten wir einen allgemeinen Tanzabend beim Blaserwirt. Die jungen Leute strömten in Scharen herbei, obwohl das eine ganz primitive Angelegenheit war. Es gab ja noch nichts. An Getränken stand uns nur Brunnenwasser zur Verfügung und Molke. Eine Musikkapelle gab es auch nicht. Der junge Bursche aus unserem Trachtenverein spielte mit seiner Ziach zum Tanz auf. Wir waren glücklich, dass wir endlich mal jung sein durften. Richtig tanzen konnte von uns niemand. Wo hätten wir das im Krieg denn lernen sollen? An diesem Tanzabend nahmen auch ältere Herrschaften teil, ich meine Leute, die schon zwischen dreißig und vierzig waren. Diese brachten uns Jungen die ersten Tanzschritte bei. Der Rest lief dann von alleine, zumal wir ab da regelmäßig Tanzabende organisierten.

Mittlerweile war ich neunzehn, fand das Tanzen wunderbar und freute mich, dass ich zu jedem Tanz aufgefordert wurde. Ich selbst hatte es noch gar nicht bemerkt, aber der Hans schien etwas beobachtet zu haben. Ihm fiel auf, dass der Luggi mich besonders oft zum Tanzen holte. Als ich wieder mal auf meinem Platz saß, trat der Hans hinter mich und flüsterte mir zu: »Dass du es weißt, heute bring ich dich heim.«

»Das ist nicht nötig«, flüsterte ich zurück. »Meinen Weg finde ich schon selber.«

Darauf drohte er: »Wenn ich dich nicht heimbringen darf, hetz ich dir den Luggi nach.«

Dieses Risiko wollte ich auf keinen Fall eingehen, also willigte ich ein.

Für ihn bedeutete das einen ganz schönen Umweg, wir wohnten schließlich ziemlich weit außerhalb des Dorfes, er dagegen wohnte im Ortsteil Entfelden, der mehr in Richtung Dorfmitte gelegen war. Aber egal, das war sein Problem. Auf halber Strecke blieb er stehen, zog mich in seine Arme und drückte mir ein Busserl auf den Mund. Warum schmier' ich dem jetzt keine?, fragte ich mich. Denn bisher hatte jeder, der mir zu nahe gekommen war, eine saftige Watschn eingefangen. Nach diesem Kuss aber wusste ich: Der oder keiner! Die Chemie stimmte. Von da an waren wir unzertrennlich. Und als die Flüchtlinge ausgezogen waren – wie die meisten Häuser hatten auch seine Eltern Einquartierung gehabt –, gab es Platz für uns, und wir konnten endlich heiraten. Das war am 9. Oktober 1948.

Mit meinem Hans wurde ich sehr glücklich. Uns war es nicht nur vergönnt, die Silberne, die Goldene und die Diamantene Hochzeit zu feiern, wir erlebten sogar noch die Eiserne Hochzeit, die man bekanntlich nach fünfundsechzig Ehejahren feiert.

Marguerit im Glück

Marguerit, Jahrgang 1934, aus Bissen in Luxemburg

In meiner frühen Kindheit wohnten wir in unserem Haushalt mit sieben Personen. Außer meinen Eltern Jean und Alice mit meiner Schwester Jeannette und mir waren das die Mutter meiner Mutter, der Vater meines Vaters und Jacques, der jüngere Bruder meines Vaters. Trotzdem gab es keine Probleme. Ich kann mich an alle nur an als sehr freundliche Personen erinnern, die sehr harmonisch miteinander lebten. Der Opa mag noch gar nicht so alt gewesen sein, kam mir aber mit seinem langen weißen Bart und seinen Zahnlücken uralt vor. Sein zweiter Sohn, der Jacques, lebte deshalb bei uns, weil er krank war. Er litt an Asthma und wagte es deshalb nicht, eine Familie zu gründen. Zum Glück war er jedoch in der Lage, für seinen Lebensunterhalt selbst zu sorgen. Mit dem Zug fuhr er jeden Morgen nach Differdingen, wo er in der »Schmelz« arbeitete. Mein Vater verließ ebenfalls früh am Morgen das Haus und fuhr täglich, auch bei Wind und Wetter, neun Kilometer mit dem Fahrrad nach Mersch, wo er in der Busfabrik beschäftigt war. Mit dem Fahrrad schaffte er den Weg in einer knappen halben Stunde. Hätte er Bus und Bahn benutzt, wäre er jeweils über eine Stunde unterwegs gewesen.

Meine Mutter unterhielt unterdessen unsere kleine Landwirtschaft, die sie von ihren Eltern übernommen hatte. Wir besaßen eine Kuh, zwei Schweine und ein Dutzend Hühner. Mama bewirtschaftete einige Morgen Land, auf dem nicht nur das Futter für die Tiere wuchs, sondern auch Kartoffeln, Getreide und Gemüse für die Familie. Wir waren also in der glücklichen Lage, selbst in schlechten Zeiten satt zu werden. Allerdings besaß meine Mutter keinerlei landwirtschaftliche Geräte. Außerdem wären die meisten Feldarbeiten für sie zu schwer gewesen. Deshalb pflügte und eggte unser netter Nachbar für sie die Felder mit. Im Sommer mähte er mit der Sense für uns das Getreide. Zum Ausgleich dafür erledigte meine Mutter bei ihm solche Arbeiten, die seinerzeit auch noch von Hand gemacht wurden, wie Kartoffeln sammeln, Garben binden, Rübenpflänzchen vereinzeln.

Jeannette, meine Schwester, war vier Jahre älter als ich, dementsprechend kam sie früher zur Schule. Deshalb hatte ich fast den ganzen Tag lang keine Spielkameradin. Der Unterricht ging nämlich von acht bis zwölf und von vierzehn bis siebzehn oder achtzehn Uhr. In der kurzen Mittagspause blieb meiner Schwester dann natürlich keine Zeit, um mit mir zu spielen.

Wenn meine Mutter in den Sommermonaten auch viel auf dem Feld war, zur Mittagszeit kam sie stets nach Hause. Die Oma, die anfangs noch sehr rüstig war, hatte inzwischen alle Hausarbeiten erledigt und vor allem etwas Gutes für uns gekocht. So konnten sich Mutter und Schwester in ihrer knappen Mittagspause mit den Großeltern und mir an den gedeckten Tisch setzen.

Den ganzen Vormittag und den ganzen Nachmittag über war ich mir selbst überlassen. Das störte mich aber nicht. Ich wusste mich immer zu beschäftigen, egal ob im Freien oder im Haus. Wenn ich nicht gerade mit meinen Puppen spielte, erzählte mir Opa etwas, oder Oma las mir aus einem Märchenbuch vor. Außerdem brachte sie mir schon früh das Stricken und das Häkeln bei. Bei der Hausarbeit mithelfen brauchte ich eigentlich nicht. Manchmal hatte ich aber Lust, Staub zu wischen, abzutrocknen, den Tisch zu decken oder die Küche zu kehren. Wenn die Großmutter mir das erlaubte, war ich glücklich.

Mit aufs Feld musste ich auch nicht. Aber einmal, als die Kartoffelernte anstand und ich lange genug gebettelt hatte, durfte ich auf dem Erntewagen mitfahren zu einem Feld, das ziemlich weit entfernt von unserem Haus lag. Dort half ich, ebenso wie die Nachbarn, beim Kartoffellesen mit. Das machte mich stolz und glücklich. An anderen Tagen aber hatte ich folgende Aufgabe: Während der Kartoffelernte kochte meine Oma immer einen Eintopf. Mit diesem schickte sie mich rechtzeitig los, damit ich pünktlich, sobald es vom Kirchturm Mittag läutete, auf dem Acker ankam. Den Topf hatte meine Großmutter in einen Henkelkorb gestellt, damit er sich gut tragen ließ. Um den Topf herum hatte sie eine Wolldecke geschlagen, die das Essen lange warm hielt. Bei der Abfahrt am Morgen hatte man schon Teller, Löffel, Brot und eine Decke auf dem Erntewagen mit ins Feld genommen, egal ob es um unsere Kartoffeln ging oder um die vom Nachbarn. Für mich war es eine Riesenfreude, wenn wir die Decke auf der angrenzenden Wiese ausbreiteten und Picknick machten. Denn wie alle Erntehelfer durfte ich mich auf die Decke setzen und an der gemeinsamen Mahlzeit teilnehmen. Der einfache Eintopf hat mir dort wesentlich besser geschmeckt als das beste Essen zu Hause. Für den letzten Tag der Kartoffelernte hat meine Mutter immer einen Kuchen gebacken und schon morgens aufs Feld mitgenommen. Diesen gab es dann als Nachtisch. Ach, was war ich dann so glücklich!

Noch ehe ich in die Schule kam, hieß es, der Krieg sei ausgebrochen. Darunter konnte ich mir eigentlich nichts vorstellen. Als aber 1940 die Deutschen bei uns einmarschierten, gewann ich den Eindruck, dass Krieg eigentlich gar nichts so Schlimmes wäre. Unser Hof lag an einem kleinen Berg, an dem es unterhalb von uns zwei weitere Häuser gab. Um jeden Hof herum waren die Felder, und oberhalb unserer Felder ging es über in den Wald. Als nun die deutschen Soldaten kamen, bauten sie auf unserem Hof ihre Feldküche auf, die sie »Gulaschkanone« nannten. Das sah so aus: In einem riesigen Kessel kochten sie für die ganze Mannschaft. Mal gab es Gulasch mit Nudeln, mal Erbseneintopf mit Mettwurststückchen oder Bohneneintopf mit klein geschnittenem Rauchfleisch. Für mich war das natürlich eine Attraktion. Endlich war mal was los bei uns. Schon den Männern beim Kochen zuzugucken war ein Erlebnis. Und dann, wenn alle anstanden und ihren Schlag ins Essgeschirr kriegten, war es noch interessanter. Mit meinem Blechteller durfte ich mich ebenfalls anstellen und bekam ihn gefüllt. Ja, war das köstlich!

Einmal aber passierte etwas, das nicht hätte passieren sollen. In der Gulaschkanone dampfte eine Linsensuppe mit Würstchen darin, die verlockend duftete. Ich freute mich schon auf meinen Schlag. Plötzlich – ich weiß nicht, was geschehen war, es ging alles so blitzschnell, wir konnten gerade noch zur Seite springen –, da kippte der Kessel um, und die ganze schöne Suppe floss den Berg hinunter wie ein Lavastrom. Die Soldaten waren vermutlich noch enttäuschter als ich. Meinen Hunger konnte ich nämlich an Omas gedecktem Tisch stillen. Wie aber sollten die armen Männer satt werden? Interessiert beobachtete ich, wie sie die Würstchen aus der träge dahinfließenden Suppe fischten.

Meine nächste Erinnerung an den Krieg ist, dass bei uns der Bahnhof bombardiert wurde. Das war 1944. Zu dieser Zeit gab es in den Bauernhäusern noch keine Toiletten. Jeder Hof hatte neben dem Misthaufen ein Herzhäuschen. Eines Tages nun, ich spielte im Garten, hörte ich ein Flugzeug heranbrausen, was in den letzten Tagen öfter vorgekommen war. Doch diesmal schien es mir ein bisschen anders, deshalb stürzte ich ins Klohäuschen und zog die Tür zu. Kurz darauf vernahm ich einen ohrenbetäubenden Lärm. Vor Schreck begann ich zu zittern, dann hörte ich mehre Schläge gegen die Bretterwand. Erst nachdem alles wieder still war, wagte ich mich hinaus. Später entdeckte mein Vater, dass im Garten mehrere Bombensplitter, zum Teil recht große, niedergegangen und einige in die Wand vom Plumpsklo eingeschlagen waren. Was hatte ich für ein Glück gehabt! Meine instinktive Flucht ins Herzhäuschen hat mir vermutlich das Leben gerettet.

Im selben Jahr, einige Wochen nach diesem Erlebnis, tauchten wildfremde Menschen bei uns auf und baten um vorübergehendes Quartier. Es war eine Familie aus dem Norden Luxemburgs, die auf der Flucht war. Wegen der häufigen Bombardements fühlten sie sich in ihrem Haus nicht mehr sicher. Meine Mutter richtete Nachtlager für sie her und bewirtete sie mit Eintopf. Nach zwei Tagen zogen sie weiter in den Süden. Noch konnte ich nicht ahnen, dass wir bald ebenfalls Flüchtlinge sein würden.

Auch in unserer Region wurde es immer bedrohlicher. Deshalb beschwor mein Vater meine Mutter, sie solle nach Süden flüchten, zu einer Tante. Außer Geld und Papieren packte meine Mutter nur das Nötigste an Kleidung ein für sich und uns beiden Mädchen. Zum Glück lebte mein Großvater zu dieser Zeit schon nicht mehr. Es wäre für ihn schlimm gewesen, Haus und Hof verlassen zu müssen. Sein Sohn, der Asthmakranke, war bereits zwei Jahre vor ihm seinem Leiden erlegen. Auch meine Großmutter erlebte die Flucht nicht mehr, sie war im vierten Kriegsjahr gestorben.

Obwohl ich mit meinen zehn Jahren eigentlich schon den Ernst der Lage begriff, belastete es mich nicht, dass wir flüchten mussten. Im Gegenteil, für mich war es hochinteressant, Hals über Kopf das Haus zu verlassen und ins Ungewisse aufzubrechen. Die Bahnfahrt genoss ich in vollen Zügen, in jeder

Hinsicht. Ich wusste nämlich immer allem eine positive Seite abzugewinnen.

Der Vater begleitete uns bis zum Haus meiner Großtante. Er blieb zwei Tage, dann wollte er wieder zurück. Weil ich mir Sorgen um ihn machte, fragte ich: »Warum? Ist es in Bissen für dich nicht auch gefährlich?«

»Das stimmt, Kind, aber ich muss ja wieder zur Arbeit, und außerdem muss ich das Haus bewachen.«

»Wieso bewachen?«, wollte ich wissen. »Bei Tag bist du doch auf der Arbeit, und bei Nacht schläfst du, wie willst du da merken, ob eine Bombe aufs Haus fällt?«

Er lachte: »Nein, nein, vor Bomben kann ich es nicht beschützen, aber vor Plünderern.«

»Was sind Plünderer?«

Nun erklärte mir der Papa, dass es Leute gab, die auskundschaften, ob ein Haus leer stand, um es dann auszuräumen. Wenn sie aber jeden Abend in unserem Haus Licht sähen, wüssten sie, dass es bewohnt war. Aber schon in seinem ersten Brief berichtete er, dass die Plünderer bereits seine zweitägige Abwesenheit genutzt hatten, um bei uns einiges mitzunehmen. Alles Essbare war aus dem Haus verschwunden: die Schinken aus der Räucherkammer, das in Gläsern eingemachte Fleisch und Gemüse aus der Speisekammer, die im Keller eingelagerten Kartoffeln und Äpfel und alle Säcke mit Mehl. Alles andere war noch da, die Möbel, Geschirr und Besteck sowie sämtliche Wäsche. Mama traf fast der Schlag, als sie das las. »Wie gut, dass Papa so bald zurück ist, sonst hätten wir vielleicht schon gar nichts mehr«, seufzte sie.

Hatten wir bisher als Selbstversorger gelebt, da alles, was wir an Lebensmitteln brauchten, auf den Feldern, im Garten und im Stall wuchs, so waren wir nun, wie alle anderen auch, auf das angewiesen, was es auf Lebensmittelmarken gab. Bei der Großtante in Süd-Luxemburg aber hatten wir wieder Glück. Zwei ihrer Söhne arbeiteten in der Gemeindeverwaltung und waren für die Verteilung der Lebensmittelkarten zuständig. Sie sorgten dafür, dass wir nicht zu kurz kamen. Ein weiterer Glücksfall: Die Tante betrieb eine kleine Épicerie (einen Lebensmittelladen). Von daher bekamen wir schon mehr zu essen, als uns laut Lebensmittelkarten zustand.

Nach einigen Monaten erreichte uns vom Vater ein Brief mit der Aufforderung: *Ihr könnt wieder nach Hause kommen. Jetzt besteht keine Gefahr mehr.*

Nun erhob sich allerdings die Frage: Wie sollen wir nach Bissen kommen? Als wir geflüchtet waren, hatten wir problemlos die Bahn benutzen können. Die fuhr jetzt aber nicht mehr. Deshalb hat meine Mutter einen Lastwagen organisiert. Der brauchte aber Benzin. Man konnte jedoch nicht einfach an einer Tankstelle vorfahren und tanken. Treibstoff war ebenfalls streng rationalisiert. Man musste also zum Gemeindeamt gehen und einen Benzinbezugsschein beantragen. Ich weiß gar nicht, wie oft meine Mutter dort vorspechen musste, bis sie den begehrten Schein endlich hatte.

Als wir zu Hause ankamen, wimmelte es im Ort von Amerikanern, und ich erfuhr erst jetzt, dass der Krieg aus war. Einige amerikanische Soldaten hatten sich bei uns im Haus einquartiert, und meine Mutter musste für sie die Wäsche waschen. Dadurch hatten wir wieder Glück. Sie *bezahlten* mit Lebensmitteln. Diese befanden sich in kleinen olivbraunen Schachteln und wurden »Eiserne Ration« genannt. Wahre Schätze kamen da zum Vorschein: Schokolade, Kaffee, Tee, Corned Beef, Zucker, Dauerbrot. Also hatten wir wieder satt zu essen. Die Soldaten gaben meiner Mutter auch Seife – damals ebenfalls Mangelware –, weil sie ja ihre Wäsche machte.

In der Adventszeit äußerte meine Mama mal beim Abendessen, ihr täten die jungen Kerlchen leid, weil sie Weihnachten in der Fremde verbringen müssten. Sie sprach zwar kein Wort Englisch, aber sie schaffte es, dass wir an Weihnachten die ganze Stube voller Amerikaner hatten. Das waren nicht nur die, die bei uns wohnten, sie hatten ihre Kameraden aus der Gegend zusammengetrommelt. Für sie alle kochte meine Mutter ein köstliches Weihnachtsmenü, zum Teil aus den Zutaten, die uns die amerikanischen Jungs mitgebracht hatten. Anschließend sangen wir Weihnachtslieder, abwechselnd in Deutsch und in Englisch. Was waren die jungen Soldaten happy! Sie haben sich immer wieder bedankt.

Normalerweise speisten alle Soldaten gemeinsam im Gemeindehaus, wo sie sich unten im Keller eine Küche eingerichtet hatten. Bei ihnen gab es so gute Schokoladenmilch! Zum Dank für die schöne Weihnachtsfeier durfte ich in der folgenden Zeit jeden Tag mit meinem Milchkännchen etwas von dieser guten Milch abholen.

Nun zu meiner schulischen Laufbahn. Nachdem ich die École primaire (vergleichbar mit der Volksschule) hinter mir hatte, kam ich in ein Pensionat nach Ettelbrück. Dieses Pensionat wurde von Nonnen geleitet und hatte einen guten Ruf. Dort waren wir zwei Sorten von Schülerinnen. Die sogenannten *Vollpensionäre* waren Mädchen aus dem Norden des Landes. Sie wohnten im Internat, denn sie hatten eine so schlechte Bahnverbindung, dass sie nicht täglich nach Hause fahren konnten. Dann gab es noch die sogenannten *Halbpensionierten,* zu denen auch ich gehörte. Wir sind morgens in der Schule angekommen und fuhren um fünf oder um sechs am Abend wieder nach Hause. Von meinem Heimatbahnhof aus bis Ettelbrück benötigte der Zug etwa zwanzig Minuten. Damals pendelte auf dieser Strecke der sogenannte Auto-Rail (Triebwagen), der in jedem Ort anhielt. Er bestand aus zwei roten großräumigen Wagen, wobei man aber nicht von dem einen in den anderen durchgehen konnte.

Außer unserem reinen Mädchenpensionat gab es in Ettelbrück noch die Ackerbauschule, die damals ausschließlich von Jungen besucht wurde. In Diekirch, einem Nachbarort, gab es ein Lyzeum nur für Jungen. Diese saßen am Abend bereits in einem der Wagen, wenn der Zug in Ettelbrück einlief. Normalerweise stiegen wir Mädchen in den anderen Wagen. Eines Tages nun entschlossen wir uns, in den Wagen mit den Jungen zu steigen. So machte die Heimfahrt viel mehr Spaß. In diesem Zug befand sich auch eine ältere Dame, vermutlich auf dem Heimweg. Ihr missfiel es offensichtlich, dass wir jungen Leute so viel Freude miteinander hatten. Sie hatte also nichts Wichtigeres zu tun, als uns bei der Mutter Oberin »anzuklatschen«. Von dieser erging ein Donnerwetter über uns, als seien wir die schlimmsten Schwerverbrecher. Dabei hatten wir uns nur mit den jungen Burschen unterhalten und miteinander gelacht. Wir waren ja fünfzehn, sechzehn Jahre alt, da lacht man doch gerne. Unsere Klassenschwester hielt jedoch ihre Hand über uns, sie zeigte mehr Verständnis für junge Leute. Das bewahrte uns aber nicht davor, dass wir nach diesem Vorkommnis jeden Morgen von einer Schwester am Zug abgeholt und am Abend bis in den Zug geleitet wurden.

Die Mädchen, die im Internat wohnten, hatten auch mal das Bedürfnis nach frischer Luft. Es war ihnen jedoch streng untersagt, das Kloster allein zu verlassen. Sie durften nur als Gruppe spazieren gehen, mit einer Schwester vorneweg. Manchmal aber hatten sie das »Pech«, dass ihnen eine Internatsgruppe von der Ackerbauschule begegnete. Denn auch diese Jünglinge brauchten Bewegung und mussten mal frisch Luft schnuppern. In Panik wandte sich dann die Schwester zu ihren Schützlingen um und rief: »Baissez les yeux!« (»Senkt die Augen!«)

Die Ausbildung in meinem Pensionat dauerte normalerweise vier Jahre. Da ich aber auf eine weiterführende Schule wollte, legte ich nach drei Jahren ein Examen ab und wechselte über auf das Staatslyzeum in der Stadt Luxemburg.

Diesen Bildungsweg hatte ich mir selbst ausgesucht. Ich war in der glücklichen Lage, dass meine Eltern mir keine Steine in den Weg legten. Immerhin mussten sie

Schulgeld für mich zahlen, und sie waren nicht sehr bemittelt. Zwei Jahre lang war der Unterricht für alle gleich. Danach konnte man wählen zwischen Commerce (Handel) und Classique (also Fremdsprachen oder Naturwissenschaften). Auf Empfehlung meiner Mutter hin entschied ich mich für Commerce, weil sie meinte, ein Büroberuf sei das Richtige für mich. Als ich mit meiner Ausbildung fertig war, hatte ich wieder ganz großes Glück. Denn die Europäische Behörde saß mittlerweile in der Stadt Luxemburg. Einer meiner Cousins verfügte über entsprechende Beziehungen und verschaffte mir eine Anstellung bei der »Europäischen Union für Kohle und Stahl«. In Deutschland war diese bekannt unter dem Namen »Europäische Wirtschaftsgemeinschaft«, kurz EWG.

Meine Beziehungen allein hätten aber nichts genützt, wenn ich keine fundierte Ausbildung gehabt hätte. Da ich zudem vier Sprachen beherrschte – als Luxemburger wächst man ohnehin mit drei Sprachen auf: Luxemburgisch, Deutsch und Französisch; Englisch hatte ich im Lyzeum gelernt –, war ich für diesen Posten geradezu prädestiniert.

Weil es für mich zu umständlich gewesen wäre, jeden Abend nach Hause zu fahren, wohnte ich, wie auch schon während meiner Lyzeums-Zeit, bei meiner Tante und fuhr nur an den Wochenenden heim.

Mein Leben bestand aber nicht nur aus Beruf. Als junges Mädchen hat man ja auch das Bedürfnis, mal zur Tanzmusik zu gehen. In dieser Hinsicht bot unser Dorf so einiges. Mit seinen etwa tausend Einwohnern war es schon wesentlich größer als alle umliegenden Dörfer. Weil eine Nagelfabrik Brot und Arbeit bot, hatten sich bei uns nach dem Krieg viele Menschen angesiedelt. Außerdem gab es erstaunlich viele Vereine: Freiwillige Feuerwehr, Musik-, Gesangs-, Sport- und Theaterverein. Und jeder von ihnen sah sich veranlasst, im Winter immer wieder mal etwas auf die Beine zu stellen. So fand fast alle zwei Wochen am Samstag ein Tanzabend statt. Das sprach sich natürlich in der Umgebung herum, und da strömten die jungen Leute aus den Nachbardörfern herbei. Sie kamen per Bahn, per Fahrrad oder zu Fuß. Von Colmar aus hatten sie zum Beispiel sieben bis acht Kilometer zu tippeln, und in der Nacht wanderten sie dieselbe Strecke zurück. Überhaupt war zu-Fuß-Gehen bei uns üblich, es hatte ja noch niemand ein Auto. Wenn in einem Nachbarort Kirmes war, marschierten wir auch alle per pedes hin. Aus unserem Dorf waren wir eine Clique von zehn bis fünfzehn jungen Leuten. Deshalb hatten wir auch keine Angst in der Nacht nach Hause zu gehen, wo wir meist erst um vier Uhr ankamen.

Nun muss ich gestehen, dass die Bissener Jungen nicht gut tanzen konnten. Deshalb war ich immer glücklich, wenn die Burschen aus Colmar mich zum Tanz aufforderten. Jahrelang war mir egal, wer von ihnen mit mir tanzte, ich wurde gut im Takt der Musik herumgeschwenkt.

Eines Tages aber entdeckte ich, dass es einen gab, mit dem ich lieber tanzte als mit allen anderen. Ihm schien es mit mir genauso zu ergehen. Denn zu meiner Freude führte er mich immer wieder aufs Parkett. Es war bei uns nicht so, dass es auf einmal gefunkt hätte, bei uns beiden kam die Liebe schleichend. Und eines Tages beim Tanzen fragte mich Claude: »Wollen wir nicht heiraten?«

Obwohl ich von dieser Frage völlig überrascht war, hauchte ich glückselig: »Ja.«

Wenige Monate danach, im Mai 1956, haben wir dann geheiratet, und es wurde eine sehr glückliche Ehe.

Eine Freundschaft fürs Leben

Maria O., Jahrgang 1915, aus Stettin im heutigen Polen

In Stettin geboren, verließ ich diese Stadt bereits im Alter von drei Monaten auf dem Arm meiner Mutter. Sie hatte es vorgezogen, die Zeit, während mein Vater im Kriegseinsatz war, bei ihren Eltern in Speyer am Rhein zu verbringen. Dort blieben wir bis 1919. Nachdem mein Vater aus der Kriegsgefangenschaft entlassen war, kehrte meine Mutter mit mir nach Stettin zurück. An diese Rückkehr kann ich mich noch gut erinnern, während ich alles, was vorher gewesen ist, nur aus Erzählungen weiß.

Das bedeutendste Erlebnis in meinem ersten Stettiner Jahr war die Begegnung mit Lieselotte. Sie wohnte im Nachbarhaus und war nur zwei Monate jünger als ich. Sie hatte lange blonde Locken, die ihr Gesicht lieblich umrahmten, ich dagegen hatte dunkles Haar, das meine Mutter stets zu zwei strengen Zöpfen flocht. Lieselotte lernte ich mit einigen anderen Kindern auf der Straße kennen. Die Straße war unser täglicher Spielplatz. Sie war bereits asphaltiert, Verkehr gab es nicht, da wir am Rande von Stettin wohnten. So konnten wir nach Herzenslust herumtollen: Roller fahren, Rollschuh laufen, Ball spielen, Kreisel drehen, Reifen rollen. Ein sehr beliebtes Spiel bei uns war »Vater, Mutter, Kind«, wobei die Rollenverteilung reihum ging.

Mit Lieselotte spielte ich aber nicht nur auf der Straße, es gab ja auch mal schlechtes Wetter. Sie war das einzige Kind, das zu uns in die Wohnung kommen durfte. Umgekehrt war ich das einzige Kind, dem es erlaubt war, mit ihr in ihrer Wohnung zu spielen. Dadurch war unsere Freundschaft schon sehr gefestigt, als wir gemeinsam den Weg zur Schule antreten mussten.

Für mich, die ich als Einzelkind aufgewachsen bin, war die Freundschaft mit Lieselotte von großer Bedeutung. Ich hatte ja noch nicht mal Cousinen oder Cousins, weil meine Mutter ebenfalls ein Einzelkind gewesen war und mein Vater nur zwei sehr viel jüngere Brüder hatte. Er war sechsundzwanzig Jahre älter als sein jüngster Bruder. Da meine beiden Onkel sieben und acht Jahre älter waren als ich, kamen sie für mich als Spielkameraden auch nicht infrage. Als ich selbst schon Kinder hatte und in einem Alter war, in dem man normalerweise Nichten und Neffen bekommt, kamen endlich zwei Cousins, denn meine jungen Onkel hatten erst nach mir geheiratet.

Meine Eltern stammten beide aus Beamtenfamilien. Der Vater meiner Mutter war bei der Pfalzbahn beschäftigt gewesen, und der Vater meines Vaters hatte als Lehrer in der Pfalz gearbeitet. Also waren beide Elternteile gebürtige Pfälzer. Die Mutter stammte aus Neustadt an der Weinstraße, der Vater aus dem Dorf Edesheim bei Landau. Er war Beamter beim Zoll und wurde daher öfter mal versetzt. Leider ist er bereits im Alter von dreiundsechzig Jahren gestorben, als Opfer der Naziherrschaft. Heute würde man das, was ihm widerfahren ist, als »Mobbing« bezeichnen, damals nannte man es »Triezen«. In seinem Beruf hatte man ihn so sehr getriezt, dass er 1944 einen Nervenzusammenbruch erlitt. Schon bald nach Kriegsende, im August 1945, starb er in einer Nervenklinik.

Aber zurück zu meiner Freundin. Unsere Eltern schickten uns 1921 aufs Lyzeum Friedenshof in Stettin. Das war eine staatlich anerkannte Privatschule. Wenn man diese mit der ersten Klasse begann, brauchte man die Volksschule nicht zu besuchen. Konnte man sich zehn Jahre auf dieser Schule halten, hatte man das Einjährige, auch »Mittlere Reife« genannt, in der Tasche.

Das Schulgebäude war das Elternhaus der Frau von Hindenburg gewesen, der Gemahlin des deutschen Generalfeldmarschalls Paul von Hindenburg, der später der zweite Reichspräsident der Weimarer Republik wurde. Eine Tafel an der Schule wies darauf hin. Wenn bei uns Schulfeste stattfanden, nahm auch immer die Schwester Paul von Hindenburgs daran teil. Unsere Direktorin war ebenfalls eine von Hindenburg. Außerdem gab es weitere adlige Lehrerinnen bei uns. Sie waren alle schon ziemlich alt. Unsere Klassenlehrerin, Fräulein Rosalowski, war zwar nicht adlig, aber sie kam uns unheimlich alt vor. Sie trug ihr graues Haar geflochten und zu einem strengen Knoten im Nacken zusammengesteckt. Eines Tages beobachteten wir, dass ihr Unterrock unter ihrem Kleid hervorblitzte. Aber keines von uns

Mädchen hatte den Mut, ihr das zu sagen. Als sie es selbst bemerkte, lief ihr Gesicht hochrot an. Aufgeregt schickte sie uns alle vor die Tür, damit sie ihren Unterrock ungesehen wieder hochziehen konnte.

In den ersten vier Jahren auf dieser Schule waren Lieselotte und ich unzertrennlich. Versuchte eine Lehrerin, uns aus pädagogischen oder anderen Gründen auseinanderzusetzen, legten wir beide so lange Trauer an den Tag, bis sie einräumte: »Ich sehe schon, ihr müsst zusammenbleiben, ihr siamesischen Zwillinge.«

Einmal, als wir schon zehn waren, klingelte ich am Nachmittag bei meiner Freundin an der Wohnung, um sie mit ihrem Roller zum Spielen herauszulocken. Denn ich selbst besaß keinen Roller. Wie das bei guten Freundinnen so ist, teilt man sein Spielzeug miteinander. Üblicherweise erlaubte ich ihr, meinen Puppenwagen zu schieben, während ich mit ihrem Roller fuhr. Zu meiner großen Enttäuschung durfte Lieselotte an jenem Tag aber nicht auf die Straße. Sehr zu ihrem eigenen Bedauern musste sie ihrer Mutter bei irgendeiner Arbeit zur Hand gehen. Damit ich nicht gar zu traurig wurde, erlaubten sowohl sie als auch ihre Mutter, dass ich alleine mit dem Roller fahre. Das war natürlich ein Angebot! Ich fühlte mich wie eine Königin und dachte: *Wenn ich schon nicht die Gesellschaft meiner Freundin genießen kann, will ich die Zeit gehörig ausnutzen und stundenlang Roller fahren.*

Daraus wurde jedoch nichts. Der Teufel stellte mir ein Bein. Keine zehn Minuten war ich mit »meinem« Roller unterwegs, da war der Traum schon zu Ende.

Auf der Straße lag ein Stein, den ich zu spät entdeckte. Bei meinem hastigen Ausweichmanöver passierte es: Ich stürzte hin und fühlte sogleich einen stechenden Schmerz im linken Bein. Sofort war mir klar, es ist gebrochen. Der Verdacht verstärkte sich, als mein Aufstehversuch kläglich scheiterte. Trotz der Schmerzen war mein erster Gedanke: *Wie wird mein Vater auf diesen Unfall reagieren?* Schon immer hatte ich großen Respekt vor ihm, in diesem speziellen Fall nun ganz besonders, aus gutem Grund. Denn trotz meiner wiederholten Bettelei hatte er sich bisher geweigert, mir einen Roller zu kaufen, mit der Begründung, dieses Kinderspielzeug berge große Gefahren in sich. Optimistisch, wie ich war, hatte ich bisher immer gehofft, ihn eines Tages doch noch breitschlagen zu können. Nun sollte er tatsächlich recht behalten. Wenn ich mit meinem gebrochenen Bein nach Hause kam, waren sämtliche Aussichten, jemals einen eigenen Roller besitzen zu können, zunichte.

Zwei Männer, die meinen Sturz beobachtet hatten, sprangen herzu und hoben mich auf in der Absicht, mich nach Hause zu tragen. Ich flehte sie aber an, das nicht zu tun. Sie sollten mich lieber zu dem Arzt bringen, der im Nachbarhaus wohnte.

Da ich bei jeder Berührung des Beines vor mich hin wimmerte – laut aufzuschreien getraute ich mich nicht, damit der Vater nichts höre –, trugen die beiden mich im »Engelsstühlchen« ganz vorsichtig die drei Treppen hoch, bis auf den Küchentisch des Arztes. Seine Frau verabreichte mir eine Narkose, damit der Herr Doktor meine Knochen zurechtschieben konnte. Nachdem die Männer mich abgeliefert hatten,

hatten sie nichts Eiligeres zu tun, als meinen Vater herbeizurufen. Diesem kam nun eine wichtige Aufgabe zu. Er musste oben an mir ziehen, während der Doktor unten an mir zog, um meine Knochen in die richtige Lage zu bringen. Erst dann konnte der Arzt mir den Gipsverband anlegen. Von alldem habe ich zum Glück nichts mitbekommen.

Als ich aus der Narkose erwachte und nach Hause gebracht wurde, rief meine Mutter verwundert aus: »Wieso hast du die Haare voller Gips? Ich denke, du hast einen Beinbruch!« Da mussten wir alle herzlich lachen, trotz der traurigen Situation.

Doch sogleich lieferte mein Vater die nötige Erklärung. Während ich in Narkose lag, war ihm aufgefallen, dass ich plötzlich im Gesicht ganz blau wurde. Der Arzt, der mit Eingipsen beschäftigt war, hatte ihm vorher das Sprechen verboten. Weil Vater sich nicht anders zu helfen wusste, gab er dem Mediziner einen Tritt gegen das Schienbein, um ihn auf die bedrohliche Veränderung aufmerksam zu machen, und deutete mit dem Kopf in Richtung meines Gesichts. Sofort sprang der Doktor ans Kopfende, packte meinen Kopf mit seinen von Gips verschmierten Händen und drehte ihn in eine andere Lage. Durch das beherzte Umdrehen bekam ich wieder Luft und war gerettet. Dadurch also die vergipsten Haare.

Der Beinbruch verheilte so, wie sich das gehörte, obwohl alles primitiv auf dem ärztlichen Küchentisch durchgeführt worden war. Der Tag, an dem ich mir das Bein gebrochen hatte, war der 10. Oktober gewesen, und im Februar konnte ich in der Schule schon wieder mitturnen, als ob nichts gewesen wäre.

Was aus dem Roller geworden ist, daran erinnere ich mich nicht mehr. Ich nehme aber an, dass er unversehrt an seine Besitzerin zurückgegangen ist. Denn die Freundschaft blieb unverbrüchlich weiter bestehen. Und was meinen Vater angeht, so schimpfte er nicht. Er war froh, dass die Sache so glimpflich ausgegangen war. Von da an aber bettelte ich bei ihm nie wieder um einen Roller.

Sogar Schwimmen haben wir bereits in den unteren Klassen gelernt. Für eine Mark konnte man zehn Schwimmstunden nehmen. Bis zum Freischwimmer schaffte ich es in dieser Zeit nicht, da ich – im Gegensatz zu den anderen – keine Vorkenntnisse mitbrachte. Was mir noch fehlte, holte ich in der Badeanstalt nach. Zum Freischwimmer musste man fünfzehn Minuten lang brustschwimmen und vom Meterbrett springen. Wenn man es schaffte, länger als fünfzehn Minuten am Stück zu schwimmen, wurde einem die gesamte Zeit aufs Zeugnis geschrieben. Diese Aussicht weckte meinen Ehrgeiz. Bisher hatte ich im Turnen nämlich stets schlechte Noten bekommen, weil ich zu schwer und dadurch zu behäbig war. In Gymnastik ging es noch einigermaßen, aber beim Geräteturnen versagte ich kläglich. Nun hoffte ich, durch das Schwimmen etwas gutzumachen. Eisern hielt ich durch und legte zweiunddreißig Minuten Brustschwimmen hin. Das wurde mir prompt auf dem Zeugnis eingetragen. Stolz präsentierte ich dieses meiner Turnlehrerin. Statt des erwarteten Lobes war ihr einziger Kommentar: »Ein blindes Huhn findet auch mal ein Korn.« Darüber war ich maßlos enttäuscht.

Bei uns im Turnunterricht wurden auch viele Volkstänze einstudiert, bei denen ich einigermaßen glänzen konnte. Sie kamen immer wieder bei Schulfesten zur Aufführung.

Alle Lehrerinnen sowie alle Schülerinnen des Lyzeums Friedenshof waren damals im VDA, dem »Verein für Deutsche im Ausland«. Dieser Verein hatte es sich zur Aufgabe gemacht, die Auslandsdeutschen zu unterstützen. Das taten wir unter anderem mit Theater-Aufführungen bei unseren Schulfesten. Die Einnahmen, die wir dadurch erzielten, wurden ausnahmslos an den VDA überwiesen. Viele Schulen unterstützten den Verein. Sowohl Lehrpersonen als auch die Eltern der Schüler zahlten zusätzlich einen festen Monatsbeitrag, der dieser Organisation zugutekam.

Einmal, daran erinnere ich mich noch so genau, als sei es gestern gewesen, führten wir ein sehr pathetisches politisches Stück auf. Eine Schülerin stellte die Germania dar, im Trauerschleier. Alle bis dahin von Deutschland abgetrennten Gebiete waren vertreten durch Schülerinnen in den entsprechenden Trachten. Mir fiel die Aufgabe zu, die Elsässerin zu spielen. Dazu brauchte ich nur einen Satz zu sagen: »Und unsere Burschen drängt man in die Heere des Siegers mit Gewalt hinein.« Obwohl ich mir den kurzen Text immer und immer wieder vorgesagt hatte, trug ich ihn – als mein großer Augenblick gekommen war – vor lauter Aufregung verkehrt vor. Ich fühlte mich blamiert bis auf die Knochen. Doch niemand lachte. Als ich mich sogleich korrigierte, antwortete die Germania mit Ernst und Würde:

»Ertrag's mein Kind, das Herz schlägt mir zum Bersten, dass du für mich musst dulden solche Schmach.«

Am Ende des vierten Schuljahres gab es eine einschneidende Veränderung. Meine Eltern und auch ich selbst legten großen Wert darauf, dass ich als erste Fremdsprache Englisch nahm. Lieselottes Eltern aber entschieden sich – aus welchen Gründen auch immer – dafür, ihre Tochter in die Klasse zu geben, die mit Französisch begann. Also wurden wir beim Übergang in die Sexta getrennt. Das tat unserer Freundschaft jedoch keinen Abbruch. In jeder Pause standen wir zusammen, und jede Minute unserer knappen Freizeit verbrachten wir gemeinsam, entweder in ihrer Familie oder in der unseren.

Ab der Sexta hatte ich als Klassenlehrerin ein gewisses Fräulein von Naumann, mit der ich mich besonders gut verstand. Bei ihr hatte ich Englischunterricht. Ihre Schwester wohnte in London und leitete dort ein Pensionat. In den Ferien nahm sie immer wieder deutsche Mädchen in ihr Haus auf. Eines Tages gehörte auch ich zu den Auserwählten, die diesen Englandaufenthalt genießen sollten. Aber es kam anders. Ehe ich die Reise, auf die ich mich schon lange gefreut hatte, antreten konnte, wurde mein Vater nach Münster in Westfalen versetzt. Es war nicht nur die Trauer, die ich ob des entgangenen Englandaufenthaltes zu verkraften hatte, es war auch der Abschiedsschmerz, weil ich nun endgültig von Lieselotte getrennt wurde. Unter diesem Abschied litt sie ebenso wie ich. Unseren Kummer konnten wir nur dadurch mildern, dass wir uns das Versprechen gaben, recht oft zu schreiben. Das behielten wir auch jahrelang bei. Ellenlange Briefe wanderten von Münster nach Stettin und umgekehrt.

In Münster kam ich in das Marienlyzeum, das von Schwestern der Göttlichen Vorsehung geleitet wurde. Da in Stettin meine erste Fremdsprache Englisch gewesen war, hatte ich bereits drei Jahre Englischunterricht gehabt, als ich im Alter von dreizehn Jahren in die neue Schule wechselte. Dummerweise hatte man dort mit Französisch angefangen. Das bedeutete für mich, drei Jahre Französisch nachzuholen, während ich mich im Englischunterricht langweilte, da Englisch erst vor einem Jahr als zweite Fremdsprache eingeführt worden war. Hinzu kam, dass ich in der Quarta, also im dritten Jahr meines Lyzeumsbesuches, häufig krank gewesen war, und meine Mathelehrerin ebenfalls. So zeigte sich in Münster sehr bald, dass ich nicht nur die Riesenlücke in Französisch hatte, sondern auch in Mathe erhebliche Defizite aufwies. Deshalb entschied mein Vater, dass ich mitten im Schuljahr in die nächsttiefere Klasse gehen solle. Das war von ihm eine weise Entscheidung. Jetzt fiel mir der Anschluss wesentlich leichter. Nun waren – durch private Unterrichtsstunden – nur zwei Jahre Französisch aufzuholen, und ich brauchte keinen Nachhilfeunterricht in Mathematik. Also wurde die nächste Zeit für mich nicht zu anstrengend.

Nach dem Einjährigen musste man sich entscheiden, ob man auf das Oberlyzeum wollte oder auf die Frauenoberschule. Ich entschied mich für letztere. Dazu musste ich überwechseln auf die Hildegardisschule, die von denselben Schwestern geleitet wurde.

Diese Richtung schien mir als Voraussetzung für meinen Berufswunsch die geeignetere. Ich wollte nämlich Krankenschwester, genauer gesagt Kinderkrankenschwester werden. Noch lieber wäre ich natürlich Kinderärztin geworden. Doch dass mir meine Eltern dieses Studium nicht finanzieren konnten, war mir klar. Also hatte ich mich rechtzeitig für die zweitbeste Möglichkeit entschieden. Auf der Hildegardisschule machte ich 1935 das Abitur. Der neue Kurs zur Ausbildung als Säuglings- und Kinderkrankenschwester an der Kinderklinik in Münster begann aber erst 1936. Das Wartejahr überbrückte ich, indem ich zu Hause meiner Mutter half und schwungvolle Monogramme in meine Aussteuerwäsche stickte.

Nach dem ersten Ausbildungsjahr in der Kinderklinik legte ich das Examen als Pflegerin ab und nach einem weiteren Jahr das Staatsexamen als Säuglings- und Kinderkrankenschwester. Während meiner Ausbildungszeit war ich fünfzehn Monate auf der Infektionsstation eingesetzt gewesen. Dort war mir nichts passiert. Erst als ich auf der normalen Kinderstation arbeitete, fing ich mir – da ich als Kind offensichtlich von dieser Krankheit verschont geblieben war – einen Mumps ein. Aber was für einen! Beide Seiten meines Gesichtes waren furchtbar geschwollen. Zu meiner Sicherheit wurde ich stationär aufgenommen und war sogar ein Fall für die Medizinstudenten. Der Professor erklärte, einen solch schweren Mumps hätte er selten gesehen.

Tagelang konnte ich nichts essen. Nur mit Strohhalm konnte ich Suppe schlürfen. Meist gab es süße

Suppen, die ich noch nie ausstehen konnte. Daher habe ich in den zehn Tagen meines Klinikaufenthaltes fünfzehn Pfund abgenommen.

Von der Klinikseite ging man natürlich der Sache nach, wie ich an diese Krankheit gekommen war. Es stellte sich heraus, dass ich mich bei einem Kind angesteckt hatte, das wegen eines Beinbruchs bei uns lag. Anfangs war niemand auf den Gedanken gekommen, dass es Mumps haben könne. Weil es nicht vor Schmerzen schrie wie andere Kinder, die Mumps hatten, und weil es normal aß, hatte man gedacht, es habe von Natur aus so dicke Backen. Bis man bei ihm die Diagnose Mumps stellte, hatte es mich bereits erwischt.

Eigentlich sollte ich nach meiner Genesung noch einige Zeit geschont werden. Doch es gab in der Klinik wahnsinnig viel zu tun, also musste ich gleich wieder voll Dienst machen. Das war alles noch bevor ich mein Examen in der Tasche hatte. Danach ging ich in die Privatpflege, weil das wesentlich weniger anstrengend war.

Ein Jahr später jedoch, also ab 1939, blieb mir keine Wahl. Ich wurde kriegsdienstverpflichtet und musste erneut in die Kinderklinik nach Münster und kam auf die Säuglingsstation. Nach einem Jahr wurde es in Münster schon sehr brenzlig, was den Dienst enorm erschwerte. Da es sehr viele Bombenangriffe gab, waren wir oft gezwungen, mitsamt unseren Säuglingen nachts in den Keller zu rennen. Fast jede Nacht gab es Alarm. Man war froh, wenn man vor Mitternacht wenigstens eine Mütze Schlaf erwischte, denn für den Rest der Nacht war nicht mehr daran zu denken. Damit wir bei Alarm gleich lossausen konnten, gewöhnten wir uns an, die Kinder jeden Abend in den sogenannten Puck zu legen. Das hieß, wir rollten die Säuglinge in ihre Decken und gaben je eine Windel und eine Unterlage mit hinein. Diese Bündel wurden in die Bettchen gelegt. Ging der Alarm los, brauchten wir nur noch je fünf von unseren Schützlingen in einen großen rechteckigen Waschkorb zu packen, in jede Ecke einen und einen in die Mitte. Während des Alarms durften wir natürlich keine Aufzüge benutzen. Das bedeutete, wir mussten die unhandlichen Körbe, die ein ganz schönes Gewicht hatten, über die Treppe in den Keller schaffen. Immer drei Pflegerinnen trugen zwei Körbe, wobei die Mittlere die doppelte Last zu tragen hatte.

Fast jede Nacht verbrachten wir wachend im Luftschutzkeller, trotzdem mussten wir am Morgen pünktlich um sieben den regulären Dienst antreten.

Außer Krieg und Säuglingspflege gab es aber auch noch ein bisschen Privatleben. Mit einer Kollegin hatte ich einen Jahrmarkt besucht. Dort hatten wir uns aus Jux aus der Hand lesen lassen. Was die Wahrsagerin ihr prophezeit hatte, weiß ich nicht mehr. Mir eröffnete sie jedenfalls, ich werde schon bald mein Glück finden, und zwar an einem Karfreitag. Diese Aussagen nahmen wir natürlich nicht ernst. Wir zahlten die paar Pfennige, verließen lachend das winzige Zelt der Hellseherin und vergaßen das Ganze sehr bald.

Als ich um die Osterzeit 1940 ein paar freie Tage hatte, fuhr ich mit meiner Mutter in ihre alte Heimat, die Pfalz. Auf ihren Wunsch hin begleitete ich sie zum Kaffeeklatsch bei einer Freundin. Wir waren eine nette Runde von Damen, wovon ich mit Abstand die jüngste und die einzig Ledige war. Plötzlich ging die Tür auf, und ein gut aussehender junger Mann spazierte herein. Unsere Gastgeberin stellte ihn als Eugen, ihren Sohn, vor. Er sei Assessor am hiesigen Gymnasium, sei aber leider eingezogen worden und verbringe nun ein paar Tage Heimaturlaub bei ihr. Wir sahen uns an, und schon machte es Klick auf beiden Seiten. Wir entschlossen uns spontan zu einem Spaziergang, denn weder ihm noch mir war daran gelegen, mit älteren Damen weiterhin Kaffee zu trinken.

Es war ausgerechnet ein Karfreitag, an dem ich Eugen begegnet bin. Im Jahr darauf haben wir uns bereits verlobt.

In großer Besorgnis meinte mein Verlobter schon bald, der Dienst auf der Säuglingsstation sei auf die Dauer zu anstrengend für mich, ich solle mich auf eine andere Station bewerben. Das tat ich auch, und dem wurde stattgegeben. So landete ich auf einer Station mit Kindern zwischen drei und vierzehn Jahren, ein angenehmes Arbeiten. Leider nicht für lange. Nach kurzer Zeit wurde ich aus kriegswichtigen Gründen an ein anderes Krankenhaus versetzt, wieder auf eine Kinderstation. Dort waren alle bisherigen examinierten Krankenschwestern abgezogen und zu Lazaretten abkommandiert worden. Mir stellte man lediglich fünf Jungschülerinnen zur Seite, Mädels also, die ganz am Anfang ihrer Ausbildung standen. Händeringend bat ich die Oberin, sie möge mir doch wenigstens eine Altschülerin dalassen, damit mir diese zur Hand gehen und den jungen Dingern ein bisschen was beibringen könne. Meine Vorgesetzte lehnte das strikt ab mit den Worten: »Das geht auch so.«

Da ich fünfundzwanzig zum Teil schwer kranke Kinder zu pflegen hatte, blieb mir fast keine Freizeit, denn die Schülerinnen konnte ich noch nicht allein zu den Kindern lassen.

Wenig später beging ich einen Fauxpas, der mich meine Stelle kosten sollte.

Eugen, der einen kurzen Fronturlaub in der Heimat verbracht hatte, war in Münster vorbeigekommen. Nun musste er wieder zurück ins Kriegsgebiet. Da wir kaum Gelegenheit gehabt hatten, uns zu sehen, bat er mich, ihn wenigstens zum Bahnhof zu begleiten. Ordnungsgemäß suchte ich bei meiner Oberin um zwei Stunden Dienstbefreiung an. Zum Ausgleich wollte ich auf meinen folgenden dienstfreien Nachmittag verzichten. Sie verweigerte meine Bitte jedoch.

Da man in jener Zeit bei jedem neuen Fronteinsatz befürchten musste, es könne der letzte sein, wollte ich meinem Verlobten seinen Wunsch erfüllen und begleitete ihn ohne Erlaubnis am Abend zum Zug. Abends war auf der Station ohnehin nichts Wichtiges zu tun. Außerdem hatten meine Schülerinnen inzwischen schon so viel gelernt, dass ich sie mal für kurze Zeit allein lassen konnte. Nach anderthalb Stunden war ich wieder zurück.

Am folgenden Morgen kündigte mir meine Chefin: wegen falscher Dienstauffassung!

Eigentlich hätte sie mir gar nicht kündigen dürfen, weil ich nicht freiwillig in diesem Krankenhaus weilte. Ich war ja kriegsdienstverpflichtet. In diesem Status war weder von der einen noch von der anderen Seite eine Kündigung möglich. Frau Oberin sprach die Kündigung trotzdem aus, und ich akzeptierte: »Hm, ist gut.«

Ich drehte mich um und wandte mich wieder meiner Arbeit zu. Als meine Schülerinnen, die gerade in der Küche das Frühstück für die kleinen Patienten vorbereiteten, davon erfuhren, zeigten sie sich empört darüber, wie man mich behandelte. Sie waren wild entschlossen, an unsere übergeordnete Stelle zu schreiben, damit die Kündigung rückgängig gemacht werde. Doch ich wehrte ab: »Das ist sehr lieb von euch. Aber lasst es auf sich beruhen. Wer weiß, wozu es gut ist.«

Nachdem meine Kündigungsfrist abgelaufen war, packte ich meine Siebensachen und verabschiedete mich. Da ließ die Oberin verlauten, ich hätte nur ein Wort der Entschuldigung zu sagen brauchen, dann hätte sie die Kündigung zurückgenommen. Das hatte sie mich aber nicht wissen lassen, und deshalb hatte ich mich nicht entschuldigt. Nach sechs Wochen verließ ich also diese Stätte. Es war Mitte November, und es nieselte leicht. Da traf ich zufällig Ilona, eine frühere Kurskollegin, die vom Bodensee stammte. Sie erzählte mir, ihre Eltern seien sehr besorgt, weil Münster so oft bombardiert werde. Ihre Mutter würde sie in jedem Brief beschwören, sie möge so schnell wie möglich nach Hause kommen.

»Weißt du, Maria, ich würde meinen Eltern liebend gern ihren Wunsch erfüllen, aber ich arbeite bei einer privatärztlichen Verrechnungsstelle, und die lassen mich nur weg, wenn ich Ersatz für mich stelle.«

Nachdem sich Ilona bei mir ausgeklagt hatte, erzählte ich ihr von meinem Rausschmiss. Sie wurde hellhörig. »Du bist also frei? Absolut frei?« Ich nickte. »Das ist ja großartig! Dann kannst du meine Stelle übernehmen.«

Völlig überrumpelt wandte ich ein: »Das kann ich doch gar nicht. Von Büroarbeit habe ich keine Ahnung.«

»Ach was!«, fegte sie meine Bedenken hinweg. »Das wirst du dir sicher schnell aneignen. Geh mal ruhig hin.«

Als der Chef anhand meiner Zeugnisse sah, welche Vorbildung ich mitbrachte, engagierte er mich auf der Stelle. Am 1. Dezember trat ich meinen neuen Dienst an, und Ilona war glücklich, nach Hause entschwinden zu können. Wie sie vorausgesagt hatte, lernte ich alles Nötige im Handumdrehen. Gegen meine bisherige Tätigkeit war dies der reinste Erholungsurlaub.

Als ich meinem Verlobten das schrieb, zeigte er sich über diese Entwicklung ebenfalls sehr erfreut. Er hatte stets befürchtet, dass ich mich auf der Kinderstation aufreibe.

Eigentlich wollten wir mit der Hochzeit warten, bis der Krieg aus sei. Doch selbst nach drei Kriegsjahren war noch kein Ende abzusehen. Da kam uns erneut ein äußerst freundlicher Zufall zu Hilfe. Als Eugen mal wieder vom Stabsarzt routinemäßig untersucht wurde, stellte dieser an der rechten Schulter eine Geschwulst fest. »Die müssen wir so bald wie möglich operieren, junger Mann.« Da Eugen sich noch zierte, weil ihm die Geschwulst keine Beschwerden verursachte, malte ihm der Mediziner in düsteren Farben aus, was sich alles daraus entwickeln könne. Es sei sehr leichtfertig, wenn man die Operation verschieben würde.

Also begab sich Eugen ins Lazarett und unters Messer. Der Lazarettaufenthalt zog sich erstaunlich lange hin. Dann schickte ihn der Doktor für mehrere Monate zur Rekonvaleszenz nach Hause. Er entließ ihn mit der Erklärung, es lasse sich noch nicht mit Sicherheit sagen, ob der Arm jemals wieder kriegstauglich würde. Das war zwar keine erfreuliche Aussage, aber sie gab uns freie Bahn zum Heiraten. Als Eugens Freund und Kamerad, der mit der Schwester meines Bräutigams verlobt war, Heimaturlaub bekam, entschlossen wir uns Mitte 1942, zu viert vor den Traualtar zu treten. Eine Doppelhochzeit hatte nämlich nicht nur den Vorteil, dass alles in einem Aufwasch ging, sie bescherte uns auch die doppelte Anzahl an Lebensmittelmarken. Jedem Brautpaar standen nämlich zwölf Marken für ein Mittagsmahl zu. Wir waren also in der glücklichen Lage, vierundzwanzig Personen bewirten zu können. Und da sich einige der Verwandten überschnitten, konnten wir sogar die engsten Freunde einladen.

Die Trauung fand im Mainzer Dom statt. Es war einfacher, dass wir zu unserer Hochzeit nach Mainz fuhren, als die Verwandten der beiden Brautpaare, die in der Region um Mainz lebten, nach Münster zu holen. Wir wurden von einem Freund meines Mannes getraut. Dieser war ursprünglich als Missionar nach Kolumbien gegangen, jedoch kurz vor unserer Hochzeit ausgewiesen worden.

Da beide Bräutigame der Luftwaffe angehörten, heirateten sie in ihrer blauen Uniform. Das sah zum einen schick aus, zum anderen ersparte es uns die Ausgabe für Hochzeitsanzüge.

Leider musste mein Schwager schon nach wenigen Tagen wieder ins Feld. Mein Mann durfte zu Hause bleiben. Allerdings musste er sich regelmäßig zur Kontrolle bei seinem Stabsarzt vorstellen. Der zeigte jedes Mal größte Bedenken wegen der operierten Schulter. Dabei hatten wir selbst längst festgestellt, dass er sie genauso gut gebrauchen konnte wie vor der Operation. Da dämmerte es uns allmählich, dass dieser nette Mediziner meinen Mann vor einem weiteren Kriegseinsatz hatte bewahren wollen, den er womöglich nicht überlebt hätte. Statt also »in die Luft zu gehen«, musste er wieder in die Schule. Auf Antrag wurde er an eine Schule in Münster versetzt.

Einmal musste er nach Berlin zu einer Fortbildung, wobei ich ihn begleiten durfte. Auf der Rückreise fuhren wir über Stettin, damit ich Lieselotte besuchen konnte, die ich seit 1928 nicht mehr gesehen hatte. Obwohl wir den ganzen Tag unterwegs waren, blieb mir in Stettin nur eine Dreiviertelstunde, um mich mit meiner Freundin zu treffen. Sie hatte zu der Zeit bereits zwei Kinder, eines im Laufstall, das andere im Kinderwagen. Der kleine Kerl litt unter Milchschorf, deshalb war seine Mutter dauernd mit ihm beschäftigt. Also hatten wir von der Dreiviertelstunde sehr wenig. Aber wir hatten uns wenigstens mal wiedergesehen, endlich, nach fünfzehn Jahren! Und es bestand eine Vertrautheit zwischen uns, als seien wir nie auseinander gewesen.

Anfang 1945, als die Situation in Münster gar zu brisant wurde, wurde ich mit vielen anderen Frauen evakuiert und gelangte nach Lage im Lippschen. Zu meiner großen Überraschung kam mein Mann am 19. März nach. Schulunterricht war nämlich nicht mehr möglich.

Einige Tage nach Kriegsende konnten wir in unsere Wohnung zurückkehren, die zum Glück erhalten geblieben war, und mein Mann durfte seinen Dienst bald wieder aufnehmen.

Meine nächste Sorge galt meiner Freundin. Sie war offensichtlich im Osten geblieben. Dadurch hatte ich sie völlig aus den Augen verloren. Sobald das Postwesen wieder einigermaßen funktionierte, versuchte ich, mit ihr Kontakt aufzunehmen. Auf meinen Brief, der an ihre alte Adresse gerichtet war, erfolgte keine Antwort. Deshalb wandte ich mich an die »Pommernhilfe«. Mit dieser gemeinsam suchte ich von 1945 bis 1953. Sie gaben mir Adressen von Regionen, wo Leute aus Pommern hingekommen waren. Alle schrieb ich vergeblich an. Selbst nach Dänemark schrieb ich. Schließlich wandte ich mich an das DRK und bekam wieder neue Adressen. Mitte 1953 erhielt ich vom DRK die Nachricht, dass Lieselotte in Berlin gelandet sei. Dort war sie erst kurz vorher aus Köslin kommend eingetroffen. Sofort schrieb ich ihr und erhielt postwendend Antwort. Meine Freude war riesengroß. Wenig später kam Lieselotte zu mir nach Bingen, wo wir uns inzwischen aus beruflichen Gründen meines Mannes mit unseren drei Kindern angesiedelt hatten, für vier Wochen zu Besuch. Es gab natürlich unendlich viel zu erzählen. Da die Tage nicht ausreichten, nahmen wir die halben Nächte dazu.

Von da an schrieben wir uns nicht nur regelmäßig, wir telefonierten auch immer wieder miteinander. Und von Zeit zu Zeit besuchte die eine die andere. Im Jahre 1999 haben wir in Dortmund unsere achtzigjährige Freundschaft gefeiert und mit Sekt angestoßen.

Leider ist Lieselotte einige Jahre später gestorben, aber in meinem Herzen lebt sie weiter.

Die verhinderte Gutsherrin

Olga, Jahrgang 1929, aus Königsberg im ehemaligen Ostpreußen

Bei meiner Geburt war Auguste, meine Mutter, dreißig Jahre alt und Wilhelm, mein Vater, vierunddreißig. Da es bereits eine »große« Schwester von dreieinhalb Jahren gab, war ich für meinen Vater die größte Enttäuschung seines Lebens. Wie sehr hatte er sich einen Erben für »seinen« Gutshof gewünscht! Es sollte jedoch nicht lange dauern, da würde er mächtig stolz auf mich sein. Ja, es sollte sogar eine Zeit kommen, da war er dem Himmel dafür dankbar, dass er keinen Sohn hatte.

Weil bei meinen Eltern weitere Kinder ausblieben, stiegen meine Chancen, Gutserbin zu werden, sofern meine Schwester nicht den gleichen Ehrgeiz entwickelte wie ich. Hätte ich einen Bruder gehabt, wäre ich als Erbin niemals in Betracht gekommen. Dabei besaß mein Vater zur Zeit meiner Geburt noch nicht mal ein Gut, das er hätte vererben können. Mit seiner kleinen Familie lebte er in einer Etagenwohnung in Königsberg und hatte lediglich die Aussicht darauf, einst das ansehnliche Gut in Masuren, von dem er stammte, zu erben. Da er der einzige Sohn seiner Eltern war, bestand jedoch nicht der geringste Zweifel daran, dass er eines Tages dieses Gut übernehmen würde, dessen Eigentümer sein Vater gewesen war.

Sein Vater war leider schon zu einem Zeitpunkt gestorben, als Wilhelm noch zu jung gewesen war, um sein Erbe anzutreten. Abgesehen davon durchlief er gerade, als sein Vater starb, auf einem anderen Gutshof eine landwirtschaftliche Ausbildung, mit allem, was dazu gehörte. Nicht nur, dass er alles lernte, was mit Ackerbau und Viehzucht zu tun hatte, er musste während seiner »Lehrzeit« auch in die Stellmacherei, in die Schmiede und in die Schreinerei. Kaufmännisches Wissen hatte er sich ebenso anzueignen gewusst wie tiermedizinisches.

Sicher, als Gutsbesitzer würde er später nicht unbedingt Feldarbeit machen müssen, auch würde er für die verschiedensten Aufgaben seine Handwerker haben und entsprechende Fachleute für das Vieh. Aber es war äußerst wichtig, dass der Herr sich in allem auskannte und notfalls einspringen konnte, wenn eine Fachkraft ausfiel. Ein Gutsherr, der nicht überall Bescheid wusste, wäre leicht übers Ohr zu hauen gewesen und hätte seinen Betrieb schnell heruntergewirtschaftet. Auch konnte er es sich gar nicht leisten, für jede Kleinigkeit einen Tierarzt kommen zu lassen. Bei den großen Entfernungen wäre das viel zu teuer geworden. Deshalb musste er sich auch in der Geburtshilfe bei den unterschiedlichen Tieren auskennen. In erster Linie waren der Kutscher und der Schweizer diejenigen, die bei den ihnen anvertrauten Tieren Geburtshilfe leisteten. Wenn die aber mit ihrem Latein am Ende waren, musste der Gutsherr noch immer Rat wissen.

Da also, wie gesagt, mein Vater noch zu jung gewesen war und mitten in der Ausbildung steckte, hatte er das väterliche Gut nicht gleich übernehmen können. Der Betrieb musste aber am Leben erhalten werden. Deshalb sah sich seine Mutter genötigt, einen Verwalter einzustellen. Sie hatte Glück und fand einen äußerst tüchtigen Menschen. Dieser hielt den Betrieb nicht nur am Leben, sondern sogar in Schwung. Auch sonst verstanden sich Herrin und Verwalter gut, und da er ebenfalls verwitwet war, wurde bald Hochzeit gehalten, obwohl er um Etliches jünger war als sie.

Mein Vater war gerade mal zwanzig Jahre alt, als er seine Ausbildung mit einem glänzenden Abschluss beendete. Heute würde man sagen, er hatte seinen Meister gemacht. Trotzdem konnte er sein Gut noch nicht übernehmen. Denn wenige Tage später brach der Erste Weltkrieg aus, und der frisch gebackene Landwirt wurde zu den Waffen gerufen. Bei allem hatte er noch Glück. Er überlebte den Krieg nicht nur unversehrt, er hatte es auch bis zum Rang eines Majors gebracht. Als solcher kam er im Alter von vierundzwanzig Jahren nach Hause. Nun wäre er alt genug gewesen, seinen Besitz selbst zu leiten, zumal er das nötige Rüstzeug besaß. Er wollte es aber seiner Mutter, solange sie lebte und solange sie *von* diesem Gut lebte, nicht wegnehmen. Auch wollte er seinem Stiefvater, der nur wenige Jahre älter war als er und der sich als äußerst tüchtig erwies, nicht die Existenz streitig machen.

Mein Vater sagte sich, ich bin noch jung genug, um zu studieren und mir eine andere Existenz aufzubauen. Der Zufall hatte es nämlich gefügt, dass er sich im Krieg mit einem Zahnarzt angefreundet hatte, der wesentlich älter war als er. Dieser Mann war kinderlos verheiratet, besaß genug Geld und erkannte schnell, dass mein Vater sehr klug war. Er gab ihm den Rat, nach Kriegsende zu studieren, er werde das Studium finanzieren. Später, wenn mein Vater genug verdiene, könne er ihm, dem Zahnarzt, die Auslagen in kleinen Raten zurückzahlen.

Dieses Angebot nahm der Junglandwirt an, obwohl er gar kein Abitur, sondern nur die Mittlere Reife hatte. Ihm war klar, dass er zwar ohne Abitur studieren konnte, aber nicht zum Staatsexamen zugelassen werde. Also studierte er tagsüber an der Universität und besuchte abends das Abendgymnasium. Diese Doppelbelastung hielt er drei Jahre durch. Nach dem dritten Jahr legte er in dem Zeitraum zwischen Weihnachten und Ostern drei wichtige Prüfungen ab: 1. das Abitur, 2. das Staatsexamen als Tierzuchtinspektor, 3. promovierte er zum Dr. rer. nat.

Mit diesen Qualifikationen in der Tasche und seiner vorher absolvierten praktischen Landwirtsausbildung standen ihm Tür und Tor offen. Auf Anhieb erhielt er eine gut bezahlte Anstellung in Königsberg bei der Deutschen Herdbuchgesellschaft.

Die Herdbuchgesellschaft war eine um 1880 zu Berlin gebildete Vereinigung von Bauern und Gutsbesitzern. Sie hatten es sich zur Aufgabe gemacht, die Rinderzucht in Deutschland zu fördern durch die Führung eines Herdbuches, durch Viehausstellungen und durch öffentliche Vertretung der züchterischen

Interessen. Ein Pendant dazu bildeten die Stutbuch- und die Schweinebuchgesellschaft.

Tiere wurden auf großen Auktionen gekauft und verkauft. Dort war der Hauptarbeitsplatz meines Vaters. Wenn jemand eine Kuh oder einen Bullen – bei uns sagte man nicht »Stier« – kaufen wollte, holte er den Rat meines Vaters ein. Da mein Vater bald jeden Stall kannte, mitsamt dem Melker, dem Ober- und dem Unterschweizer, kannte er auch die Schwächen und Stärken der einzelnen Herden. Daher konnte er jeden Käufer gezielt beraten.

So war der Stand der Dinge zum Zeitpunkt meiner Geburt. Bereits fünf Jahre später starb überraschend die Mutter meines Vaters. Damit wäre für ihn der Weg frei gewesen, sein Erbe anzutreten. Nach der Beisetzung seiner Mutter sprach sein Stiefvater ihn an: »Du, Wilhelm, wir müssen darüber reden, was nun mit dem Hof wird.«

Mein Vater entgegnete: »Wir brauchen nicht lange darüber zu reden. Ich möchte den Hof vorerst nicht übernehmen, da ich gut unter bin. Wie du weißt, schätze ich dich sehr, bei dir weiß ich den Hof in guten Händen. Deshalb kannst du als Verwalter bleiben.«

Wenige Wochen nach diesem Gespräch erhielt mein Vater die Nachricht vom Tode seines Verwalters. Mit Ende vierzig war er plötzlich tot umgefallen: Herzschlag. Natürlich fuhr Vater auch zu dieser Beerdigung, nicht ohne die Sorge, dass er sich nun selbst um seinen Besitz kümmern müsse. Ihn erwartete jedoch eine böse Überraschung: Der Sohn aus der ersten Ehe seines Stiefvaters bekam das Gut. Zunächst war mein Vater wie vor den Kopf geschlagen. Das war nicht möglich! Er war doch der rechtmäßige Erbe! Dann stellte sich heraus, dass der Stiefvater den Hof von seiner Frau geerbt hatte – wieso das hatte passieren können, ist uns nie klar geworden –, somit war dessen Sohn erbberechtigt.

Gewiss, mein Vater hätte um sein Erbe streiten können, aber das lag ihm nicht. Auch hatte er festgestellt, dass diese sandigen Böden für die Landwirtschaft nicht gut waren, da er mittlerweile schon einige Güter mit viel fruchtbareren Böden kennengelernt hatte.

Also resignierte er und kehrte ohne sein Erbe nach Hause zurück. Im Familienkreis berichtete er davon und erläuterte seinen Entschluss: »Was soll ich um dieses Land kämpfen? Ich habe ja keinen Sohn. Wer sollte es nach mir übernehmen?«

»Ja, ich!«, krähte ich, ein Küken von fünf Jahren, in voller Überzeugung. Diese Aussage erzeugte in meiner Familie nur Heiterkeit. Von mir aber war sie todernst gemeint gewesen. Trotz meines zarten Alters hatte sich in mir schon so viel Liebe zur Landwirtschaft entwickelt, dass ich mir für mein Leben nichts anderes vorstellen konnte. Sämtliche Schulferien meiner Schwester hatten wir bisher auf dem Hof der Großmutter oder Gutshöfen von Verwandten verbracht. Davon gab es einige, denn die Schwestern meines Vaters hatten in mehr oder minder große Güter eingeheiratet.

Meine Mutter stammte ebenfalls von einem herrschaftlichen Anwesen. Dieses lag vierzig Kilometer südlich von Königsberg. Es war kein sehr großes Gut, jedoch unglaublich ertragreich. Die Böden dort waren so fruchtbar, dass dieser Besitz ebenso viel einbrachte wie ein etwa dreimal so großes Gut in Masuren. Nach dem Tode ihres Mannes hatte meine Großmutter mütterlicherseits das Anwesen ihrem älteren Sohn, also meinem Onkel, übergeben. Mit ihrer Heirat hatte Mutter auf alle Erbansprüche verzichten müssen, ebenso wie ihr jüngerer Bruder, weil ihm ein Studium bezahlt worden war.

Das war bei uns gang und gäbe, einer erbte alles, die anderen nichts. Das heißt, das Gut ging vor. Durch ständiges Aufteilen wäre es ja bald nicht mehr lebensfähig gewesen. Meine Mutter hatte jedoch zur Hochzeit eine Aussteuer bekommen. Auch wurde ihr, nebst ihren Nachkommen, ein lebenslanges Wohnrecht in ihrem Elternhaus zugesichert. Aus diesem Grunde habe ich das Gut meines Onkels nicht anders betrachtet denn als mein zweites Zuhause. Sicher spielte dabei auch die Tatsache eine Rolle, dass er nicht geheiratet hatte und somit ohne Nachkommen blieb. Daher liebäugelte ich, nachdem uns das väterliche Gut verloren gegangen war, damit, des Onkels Nachfolge anzutreten.

Da Mutters Vermögen quasi in diesem Gutshof steckte, bekam sie jährlich ihre Zinsen, hundert Mark. Das war damals wahnsinnig viel Geld. Ihr Jungmädchenzimmer durfte sie behalten, und sie konnte jederzeit dorthin kommen, auch mit uns Töchtern, oder wir konnten alleine hin.

Hätte meine Mutter ihren Ehemann verloren, hätte sie das Recht gehabt, mit ihren Kindern nach

Hause zurückzukehren, und wäre versorgt gewesen. Einen Beruf zu erlernen, um selbst für die Ernährung der Familie sorgen zu können, hatten ihr die Eltern verwehrt mit der Begründung: »Was würden die Leute sagen, wenn du als Mädchen einen Beruf erlernst?«

Zum Glück ist der Fall nie eingetreten, dass meine Mutter mit ihren Kindern auf dem elterlichen Hof hätte Zuflucht suchen müssen. Aber viele meiner Ferien verbrachte ich mit großer Begeisterung dort. Beim Onkel waren sehr gute Leute beschäftigt, die arbeiteten völlig selbstständig. Daher lief der Betrieb auch, wenn er mal verreisen musste. Weil sich jeder als Mitbesitzer fühlte, fühlte sich auch jeder verantwortlich und gab sein Bestes – ohne dass er besonders beaufsichtigt worden wäre –, um es dem Hof gut gehen zu lassen. Die Angestellten meines Onkels waren meist schon seit Generationen auf dem Hof, sie wurden gewissermaßen mit vererbt.

Viele Güter besaßen außer ihren Arbeitsgespannen, die aus vier Pferden bestanden, ein eigenes Kutschgespann von zwei Pferden, was sich mein Onkel jedoch bei seinem kleinen Betrieb nicht leisten wollte. Benötigte er Kutschpferde, wählte er aus dem Arbeitsgespann, das am besten gepflegt war, zwei Tiere aus. Werktags verrichteten sie also ihre Feldarbeit, und sonntags kamen sie vor die Kutsche. Das bedeutete aber nicht, dass der Gespannführer die Kutsche führen durfte, das machte der Gutsherr selbst. Dass aber seine Pferde sie ziehen durften, erfüllte ihn schon mit Stolz. Daher war jeder Gespannführer bestrebt, seine Pferde so gut zu pflegen, dass sie für die Kutsche infrage kommen könnten.

Wie ich bereits erwähnte, bestand ein Gespann aus vier Pferden, für diese trug ein Gespannführer die volle Verantwortung. Nun hatte mein Onkel unter seinen Gespannführern einen, den Hinrich, der ihm immer wieder Ärger bereitete. Der war etwas älter als der Onkel und sehr eigenwillig. Er hatte auch seinen Sohn schon auf dem Hof untergebracht, obwohl mein Onkel den gar nicht haben wollte. Für Hinrich war das aber selbstverständlich. »Ich wohne hier, ich bin hier zu Hause, das ist mein Hof. Also muss mein Sohn auch da arbeiten«, war seine bündige Erklärung. Dem Gutsherrn blieb gar nichts anderes übrig, als das zu akzeptieren.

Mit der Zeit fiel meinem Onkel auf, dass immer wieder Futter fehlte, meistens Hafer, aber auch Heu.

Jeder, der nur ein bisschen Ahnung von Landwirtschaft hat, weiß, dass Hafer ein gutes Futter für Pferde ist. Er weiß aber auch, dass Hafer nur in geringer Dosierung gegeben werden darf. Denn neben seinen positiven Eigenschaften – er befeuert die Pferde, er macht das Fell glänzend – wirkt er sich wegen seines hohen Eiweißgehaltes negativ auf die Hufbildung aus. Die richtige Futtermischung ist also das A und O in der Pferdehaltung.

Für jedes Gespann gab es einen Extrastall, und in jedem stand eine Futterkiste mit wohldosierten Mengen an Häcksel, Heu und Hafer. Über dem Stall befand sich der Heu- und Haferschober. In dessen Boden waren Luken, durch die man das Futter hinunterwarf, das man dann in die Kiste brachte.

Dieser Schober stand immer unter Verschluss. Den Schlüssel verwahrte der Gutsherr, damit er den Überblick über den Futterverbrauch behielt. Immer wieder aber musste er feststellen, dass die Tür nach oben offen stand und Futter geklaut worden war.

Eines Tages nun erwischte er Hinrich auf frischer Tat. Er war wütend, machte dem Hinrich ein großes Spektakel und schrie: »Ich schmeiß Sie raus!«

Der andere schien aber nicht zu verstehen, was seinen Herrn so in Rage gebracht hatte. Mit Unschuldsmiene erklärte er meinem Onkel: »Sie können mich gar nicht rausschmeißen. Ich bin hier geboren, ich bin hier aufgewachsen. Mein Vater hat auch schon hier gedient und mein Großvater auch.«

Als mein Onkel die Entlassung dann damit begründete, dass er seine Pferde nicht von einem Haferdieb betreut wissen wolle, stellte sich der alte Knecht breitbeinig vor ihn hin und sagte auf Platt: »Dat sin miene Perd!« (»Das sind meine Pferde!«) Dann erklärte er dem verdutzt dreinblickenden Onkel, dass er nicht für sich, sondern für seine Pferde geklaut habe. Er wolle, dass sie die Schönsten auf dem ganzen Gut seien, damit sie am Sonntag die Kutsche ziehen dürften.

Lachend kam mein Onkel ins Haus, erzählte uns die Geschichte und fügte hinzu: »Den kann ich doch nicht rausschmeißen. Der hat es doch nur gut gemeint. Außerdem hat er hier Heimatrecht.«

Meine Mutter stammte also aus diesem Gut und hatte keinen Beruf erlernen dürfen, sondern nur schöne Künste wie Malen, Sticken, Singen, Klavierspiel. Selbst als junge Frau nahm sie noch Klavierunterricht.

So konnte sie hervorragend auf dem Instrument spielen. Vielleicht war es diese Erziehung gewesen, die sie zu einem Kind von herzlicher Fröhlichkeit gemacht hat. Mein Vater dagegen war mehr der Ernste, er pflegte nicht viel zu reden, dennoch hatte er großen Einfluss auf die Familie.

Folgende bezeichnende Geschichte trug sich zu, als meine Eltern noch nicht mal ein Jahr verheiratet waren: Von ihrem Vater, der sehr wohlhabend gewesen war, hatte meine Mutter einen Pelzmantel geschenkt bekommen, einen Opossum, ein wunderschönes Stück. Mein Vater erblickte den Pelz, erstarrte und warnte: »Wenn du den anziehst, gehe ich nicht mit dir auf die Straße. Wir haben Arbeitslosigkeit, und du junges Ding musst Pelz tragen?«

Empört erwiderte Mama: »Den hast du mir nicht gekauft. Den hat mir mein Vatchen geschenkt. Mein Vater darf mir schenken, was er will.«

»Ja«, antwortete der Ehemann. »Aber wenn du diesen Mantel trägst, gehe ich nicht mit dir auf die Straße.«

Sie waren noch jung verliebt, deshalb dachte sie: *Dich krieg ich schon.* Am nächsten Abend zog sie ihren Pelzmantel an und begab sich zum Büro des Ehemannes, um ihn abzuholen. Geduldig wartete sie auf der gegenüberliegenden Straßenseite. Als ihr Mann das Bürogebäude endlich verließ und seine junge Frau auf der anderen Seite entdeckte, strahlte er übers ganze Gesicht. Eiligen Schrittes wollte er die Straße überqueren, in der Mitte stockte er, erstarrte, sein Gesicht wurde blass, er drehte sich um und ging wortlos davon.

Zu Hause erklärte er ihr: »Ich habe dir gesagt, wenn du diesen Mantel trägst, gehe ich nicht mit dir auf die Straße. In dieser Zeit, wo allenthalben Hunger herrscht und wo die Leute frieren, weil sie sich keine Kohlen kaufen können, trägst du so einen Pelz zur Schau.«

Das war ihr eine Lehre. Meine Mutter schämte sich und packte ihren Pelz mottensicher ein. Jahre später, als die Zeiten besser waren, hat sie den Mantel bei entsprechenden Minusgraden endlich tragen dürfen. Als er unten herum bereits schäbig wurde, hat sie ein Stück davon abgeschnitten und ihn weiterhin als Jacke getragen. Diese hat sie sogar mit auf die Flucht genommen, wo die Jacke uns wunderbare Dienste tat.

Mit dieser Geschichte will ich Papas Charakter beleuchten. Seine Rede war immer: »Man kann alles können, man kann alles sein. Aber man darf nichts scheinen.«

Dies war ein ganzes Leben lang sein Prinzip. Deshalb hat meine Mutter später auf seinen Grabstein meißeln lassen: »Mehr sein als scheinen.«

Mutter hatte eine sehr tüchtige Schneiderin, die klug genug war, sich in der schlechten Zeit mit Naturalien bezahlen zu lassen. Besonders, wenn mein Vater etwas von der Jagd mit heimbrachte, war sie eine dankbare Abnehmerin. In ihrem Beruf galt sie geradezu als Künstlerin. Daher war meine Mutter immer schick gekleidet. Auch meine Schwester kriegte das eine oder andere schicke Teil. Mich bedachte man modemäßig nicht. Mir genügte es, die abgelegten Sachen meiner Schwester zu bekommen. Was hätte ich auch mit guten Sachen sollen? Ich kroch ja doch durch Hecken und Zäune, kletterte auf Mauern und Bäumen herum und verbrachte viel Zeit mit meinem Vater in Kuhställen und auf Weiden.

Obwohl meine Art zu leben meinem Vater irgendwie imponierte, ließ er sich einmal zu einer verzweifelten Äußerung hinreißen: »Willst du denn nie ein Mädchen werden?«

Tatsächlich wäre ich lieber ein Junge gewesen. Aber als solcher hätte ich kaum eine Chance gehabt, zu überleben. Denn die fünfzehnjährigen Jungen wurden schon bald zum Kriegseinsatz herangezogen. Selbst als wir uns bereits auf der Flucht befanden, waren wir vor den Kettenhunden – so nannte man die Militärpolizei – nicht sicher. Den flüchtenden Mädchen zogen sie die Mützen vom Kopf, um zu sehen, ob nicht doch ein Jungenkopf darunterstecke. Verzweifelte Mütter hatten nämlich ihre Söhne in Mädchenkleider gesteckt, um ihnen das Leben zu retten. Wurde so einer erwischt, wurde er gleich abgeführt. Die meisten von ihnen kehrten nie wieder zurück. In dieser Zeit dankte mein Vater dem Himmel dafür, dass er nur Töchter hatte.

Obwohl er sich in der Sache mit dem Opossum-Mantel so hart gegen seine junge Frau gezeigt hatte, entwickelte er sich zu einem ausgesprochen liebevollen Vater. Nicht in der Öffentlichkeit. Das wäre ganz unmöglich gewesen. In der Öffentlichkeit durfte sich ein Mann nicht mit seinen Kindern beschäftigen. Vater schämte sich schon, als er auf einem Foto entdeckte, dass er mal eine Hand auf den Griff des Kinderwagens gelegt hatte.

Zu Hause aber war er ganz lieber Vater. Er spielte mit uns, sooft es sein Beruf zuließ, und er verwöhnte uns. War eine von uns krank, saß er am Bettchen und erzählte Geschichten. Hatte eine von uns Ohrenschmerzen, tränkte er Watte mit Spiritus und steckte sie uns ins Ohr. Der Alkohol sollte den Schmerz betäuben. Das war Medizin vom Lande, die er aus der Tierpflege kannte. Man hatte ja noch nichts anderes. Anschließend legte er seine gute, weiche, warme Hand aufs Ohr, und schon ließen die Schmerzen nach.

Nachdem wir gebadet hatten, kontrollierte er, ob auch der Bauchnabel gut abgetrocknet war. Wenn dem nicht so war, zog er sein Taschentuch hervor und trocknete das Näbelchen gewissenhaft ab. Dabei erzählte er mir jedes Mal die Geschichte von dem Mann, dem der Nabel verfault war, weil er ihn nicht sorgfältig genug abgetrocknet hatte.

Vater spielte mit uns auch *Mühle*, *Mensch ärgere dich nicht* und anderes. Damit die Spiele für uns etwas spannender wurden, erfand er sogar neue Regeln. Leider hatten wir nicht allzu viel von ihm, da er durch seine beruflich bedingten Reisen oft so spät nach Hause kam, dass wir schon schliefen.

Meine Mama war ein unglaublich fröhlicher und unkomplizierter Mensch, wie folgende Episode zeigt, die typisch für sie ist: Sie besaß einst eine wunderschöne, kostbare Dose aus Bleikristall. Es war eine Art Schale mit einem Deckel drauf. Diese stand auf ihrer Frisierkommode und enthielt die Watte, mit der sie sich das Gesicht puderte. Zu einer Zeit, als es mich noch nicht gab, schlich sich meine Schwester allein in das Schlafzimmer der Eltern und langte nach diesem Gefäß. Den Deckel bekam sie zwar zu fassen, aber das Unterteil flog auf den Boden und zerbrach. In Tränen aufgelöst, rannte die Kleine mit dem Deckel in der einen und den Scherben in der anderen Hand zur Mutter. Schluchzend berichtete sie, was sich zugetragen hatte.

Mama konstatierte: Dose kaputt, Kind weint. »Ach, Schiet«, stieß sie aus, packte den Deckel und schmiss ihn ebenfalls auf die Erde. Dann schloss sie ihre Tochter in die Arme und tröstete sie.

Das war Mutters Naturell. Alles war für sie nicht so schlimm, Hauptsache, das Kind war nicht unglücklich. Diese Geschichte ist mir öfter erzählt worden. Sie hat mich nachhaltig geprägt, und ich habe daraus die Erkenntnis gewonnen, dass materielle Güter im Leben nicht das Wichtigste sind. Wie sehr ich das verinnerlicht hatte, zeigt ein Erlebnis, das sich kurz nach dem Krieg ereignete. Unsere Klassenlehrerin machte mit uns einen Ausflug auf einem Elbedampfer. Dazu trug ich mein einziges Paar Schuhe, das mir eigentlich zu groß war. Aber man war froh, dass man überhaupt welche ergattert hatte. Zudem waren sie wunderschön. Übermütig, wie ich war, kletterte ich über die Reling und marschierte außerhalb herum. Ein Matrose, der mich erblickte, schimpfte fürchterlich. Bei meinem Bemühen, schleunigst wieder auf das sichere Deck zurückzusteigen, rutschte mir ein Schuh vom Fuß und fiel in die Elbe. Alle guckten entsetzt. In dem Moment fiel mir Mutti ein. Ich packte den zweiten Schuh, rief: »Ach, Schiet!«, und schmiss ihn nach.

Meine Mitschülerinnen fanden das fürchterlich blöd von mir. Ich aber fragte: »Was soll ich denn mit einem Schuh? Den anderen sehe ich nie wieder. Der ging doch sofort unter wie ein Stein.«

»Schiet« hatte ich gesagt, das durfte man, und man war trotzdem noch eine Dame. Aber das andere Wort mit Sch... war verpönt. Nun war ich barfüßig und hätte so durch Hamburg marschieren müssen. Auf dem Schiff befand sich jedoch ein junges Ehepaar, das den Vorfall mitbekommen hatte. Die beiden erbarmten sich meiner, nahmen mich mit nach Hause und gaben mir ein Paar Schuhe. Es waren schreckliche Herrenschuhe, statt Oberleder hatten sie Pappe, und ich lief mir fürchterliche Blasen damit. Dennoch war ich dankbar und fand es rührend, dass diese wildfremden Leute mir in dieser schlechten Zeit etwas schenkten.

Aber zurück in unsere Königsberger Zeit. Ein Jahr nach seiner Hochzeit hatte mein Vater zwei Eigentumswohnungen kaufen können, in der schönsten Lage von Königsberg. Beide Wohnungen lagen in der ersten Etage, so hatte man einen Durchbruch machen können von der einen zur anderen Wohnung. Dadurch besaßen wir ein großzügiges Domizil mit einer traumhaften Aussicht. Weil wir zwei Wohnungen in diesem Haus hatten, verfügten wir auch über den doppelten Gartenanteil, der uns Kindern genügend Platz zum Spielen bot. Unser bevorzugter Spielplatz in jener Zeit war aber die Straße, die noch kaum befahren war. Für meine Eltern gab es jedoch bald einen Wermutstropfen. Mitten in die schöne Aussicht hinein wurde ein Riesenkasten mit Mietwohnungen gesetzt. Uns Kinder störte das nicht. Im Gegenteil, sobald die Wohnungen bezogen waren, lieferten sie uns jede Menge Spielkameraden. Mit ihnen tollten wir auf der Straße herum, oder auf den breiten Gehwegen. Die Straße selbst war mit Kopfsteinen gepflastert, der Gehweg auf unserer Seite hatte einen fest gewalzten Sandbelag, und der auf der anderen Seite war mit Platten belegt. Beide Gehwege hatten ihre Vorteile. Auf den Fliesen ließ sich wunderbar Kreisel spielen. Dazu hatten wir kleine gedrechselte Holzkreisel, die genau ausgelotet waren und in deren Spitze ein Nagel eingeschlagen war. Diese konnte man für zehn Pfennig in der Drogerie erstehen. Die Peitschen musste man sich selber machen. Dazu schnitt man sich einen Stock zurecht, band einen Bindfaden daran und schlug den Kreisel, damit er sich immer weiter drehte und immer weiter davonhüpfte.

Von meinen Eltern aus mussten wir uns übrigens immer alles selbst machen, was nur irgend möglich war. Denn dass wir wohlhabender waren als die Leute von »drüben«, durften wir nie zeigen. Im Gegenteil. Unsere Spielsachen waren wesentlich einfacher als die von jenen. Wir hatten den bescheidensten Roller, die einfachsten Puppen, den kleinsten Puppenwagen. Die anderen besaßen einen Tretroller, riesige Puppen, die sogar sprechen konnten, und protzige Puppenwagen.

Der sandige Bürgersteig auf unserer Seite war dazu geeignet, mit einem Stock oder mit dem Schuhabsatz Hüpfkästchen aufzuzeichnen. Dann wurde ein Steinchen hineingeworfen, und man hüpfte nach festgelegten Regeln auf einem Bein oder auf beiden Beinen da durch. Das taten wir mit großer Hingabe. Wir sind auch sehr viel Roller gefahren. Dabei waren wir immer bemüht, uns den Roller der Kinder von »drüben« auszuleihen.

Meine beste Freundin war die Doro. Sie lebte ebenfalls drüben. Dadurch hatte ich die Gelegenheit, eine solche Wohnung von innen zu sehen. Sie war wesentlich bescheidener als die unsere. Sie bestand aus einem Schlafzimmer, einer Wohnküche mit kleinem Balkon, einem Klo und einem kleinen Flur. In diesem Haus lebten immer vier Familien auf einer Etage, die sich jeweils eines der im Keller befindlichen Bäder teilen mussten.

Doros Vater war Klempner. Ich wunderte mich, dass er immer auf dem Sofa lag, wenn ich kam. Denn mein Papa war immer zur Arbeit. Dann schnappte ich das Wort »arbeitslos« auf. Alle hatten jedoch großen Respekt vor ihm. Doros Mutter war eine wunderschöne, große Frau, die eigentlich gar nicht in diese ärmliche Umgebung passte. Sie hatte aber das Sagen. Dann gab es noch Doros wesentlich ältere Schwester und ihren Bruder, den Karl, der nur ein Jahr älter war als sie. Heute denke ich, er war geistig etwas zurückgeblieben. Jedes Mal, wenn ich mich von meiner Freundin verabschiedete, trat er dicht vor mich hin und fragte: »Bist meine Braut? – Sonst kriegst Koppelwucht.«

Koppelwucht war damals in den Familien eine sehr gebräuchliche Erziehungsmethode. Es war ein vom Militär übernommener Brauch. Bei Streitigkeiten hatten sowohl die russischen als auch die deutschen Soldaten die Gewohnheit, sich die schweren Ledergürtel – also Koppel – abzuschnallen und sich gegenseitig damit zu verprügeln.

Nur um der Ausführung von Karls Drohung, von der ich nicht wusste, wie ernst sie gemeint war, zu entgehen, piepste ich jedes Mal, zitternd vor Angst: »Jaja, ich bin deine Braut.«

Dann ließ er mich gehen, guckte aber streng hinter mir her. Sobald ich durch unser Gartentor geschlüpft war, wurde ich mutig. Frech schaute ich zurück und rief ihm spöttisch zu: »Heini papeini!« Dann rannte ich ins Haus. Damals, als ich meinen ersten »Verlobten« hatte, muss ich fünf Jahre alt gewesen sein.

Eines Tages, als mir das ganze Zwangsverlobtsein zum Halse heraushing, beschwerte ich mich bei Doro über Karl. Diese verhaute daraufhin ihren Bruder, obwohl er älter war als sie. Aber gewaltig! Das kam in der Folgezeit noch einige Male vor. Meine Freundin war ein ebenso zierliches Persönchen wie ich. Deshalb wunderte ich mich immer, woher sie die Kraft nahm, in diesem Zweikampf jedes Mal Sieger zu bleiben. Niemals griff ich ein. Ich begnügte mich damit, feixend dabeizustehen. Anschließend lachten wir Karl gemeinsam aus.

Ein Jahr später bekam Doros Vater wieder Arbeit. Deshalb zogen sie weg, und ich verlor sie, nebst meinem »Bräutigam«, aus den Augen.

Kurz darauf erfolgte meine Einschulung, ich fand schnell eine neue Freundin, Frauke. Ihre Familie besaß einen kleinen Nutzgarten. Als Dünger für diesen sammelte meine Freundin auf der Straße Pferdeäpfel.

Dazu trug sie stets einen Beutel bei sich. Bereitwillig half ich ihr bei diesem Sammelgeschäft. Die Pferdeäpfel packten wir mit den bloßen Händen und fanden das gar nicht eklig.

Damals sah man noch viele Pferdefuhrwerke im Stadtbild. Sie gehörten den Kohlenhändlern, den Bauern, den Fischverkäufern. Regelmäßig zogen sie durch die Straßen, ihre Waren lauthals feilbietend. Für die Hausfrauen oder ihre Dienstboten war das äußerst praktisch. Sie brauchten keine langen Wege zurücklegen, und sie mussten die Sachen nicht mühsam heimschleppen. Kohlen und Kartoffeln wurden von den Lieferanten sogar direkt in den Keller gebracht.

Da fällt mir ein, es war nie eine Mülltonne auf der Straße zu sehen, obwohl es in Königsberg schon eine gut funktionierende Müllabfuhr gab. Die Tonnen standen entweder im Keller oder im Hinterhof. Am Abfuhrtag rollten die Müllmänner die Behälter zu ihrem Wagen, kippten sie aus und schleiften sie wieder zurück an ihren Platz. So hatte man immer ein sauberes Stadtbild.

Im Winter befand ich mich mal mit Frauke – wir waren inzwischen im zweiten Schuljahr – auf dem Heimweg von der Schule. Da entdeckten wir ein Pferd, das auf der spiegelglatten Straße lag und sich vergeblich bemühte, wieder auf die Beine zu kommen. Das Pferd war vor einen Kohlenwagen gespannt, einen Kutscher konnten wir weit und breit nicht sehen. Entweder war der losgegangen, um Hilfe zu holen, oder das Tier war erst ausgerutscht, nachdem sich der Kutscher entfernt hatte, um jemandem die Kohlen in den Keller zu tragen. Uns kleine Mädchen erbarmte das Pferd fürchterlich. Als hätten wir es verabredet, zogen wir unsere Mäntelchen aus und schoben sie dem Pferd unter die Hufe. Zu unserer großen Freude gelang es dem Tier tatsächlich, wieder auf die Beine zu kommen.

Ich aber erschien mit einem ramponierten Mäntelchen zu Hause. Es war zwar nicht kaputt, aber es war ganz schön dreckig. »Um Gottes willen!«, rief meine Mama entsetzt. »Was hast du denn mit deinem Mäntelchen gemacht?«

Mit schlechtem Gewissen, aber auch mit ein bisschen Stolz, berichtete ich ihr von unserer Rettungsaktion. Da nahm sie mich in die Arme und sagte: »Das hast du gut gemacht.« Von Bestrafung war keine Rede.

In unserer Schule gab es auch etliche Kinder aus dem Asyl. So nannte man bei uns das Obdachlosenheim. Zu der Zeit gab es viele Obdachlose in der Stadt. Das waren zum Teil Arbeitslose, zum Teil Asoziale. Jeden Tag gab mir meine Mutter zu meinem Pausenbrot zusätzlich eines mit für ein Kind aus dem Asyl. Auch andere Kinder hatten Pausenbrote für eines der Asylkinder dabei. In der Schule bekamen alle Kinder jeden Morgen Milch oder Kakao, die damals von den wohlhabenderen Eltern für alle Kinder bezahlt wurden.

Meine Mutter war noch auf andere Weise wohltätig. Freundin Doro von gegenüber hatte ich oft zum Mittagessen mitbringen dürfen, weil ihr Vater arbeitslos war. Später waren auch andere arme Kinder aus meiner Klasse zum Mittagessen eingeladen.

Nur von den Asylkindern durfte ich keines mitbringen. Die hatten meist Läuse und einen schlechten Ruf. Deshalb fürchtete man sich, sie in seine Wohnung zu lassen.

Einmal, ich war gerade sieben, wäre ich beinahe von einem Vierzehnjährigen aus dem Asyl vergewaltigt worden. Nur einem Zufall ist es zu danken, dass ich mit heiler Haut davonkam. Obwohl ich keine Ahnung hatte, was er mit mir machen wollte, wehrte ich mich mit Händen und Füßen. Als die Lage für mich schon aussichtslos schien, tauchte in unserer Straße der Pfarrer auf, bei dem dieser Bengel Konfirmand war. Da ließ er mich los. Meine Chance witternd, stürmte ich davon und rannte auf den Pfarrer zu. Ihm etwas zu sagen, traute ich mich jedoch nicht. Was hätte ich ihm auch sagen sollen? Ich wusste doch gar nicht, worum es ging. Instinktiv blieb ich aber in seiner Nähe, mal neben ihm, mal hinter ihm und mal vor ihm. Dem Pfarrer, der ungestört mit seiner Frau spazieren gehen wollte, war das Kind lästig. Deshalb versuchte er, mich wegzuscheuchen. Da tauchte, wie ein rettender Engel, meine Mutti auf. Meine Spielkameradinnen hatten sie herbeigeholt, weil es ihnen verdächtig gewesen war, dass der große Junge mich von ihnen abgedrängt hatte. Zu Hause berichtete ich ihr, was der Junge gesagt und getan hatte. Danach musste ich bei einer Frau auf der Polizeiwache eine ganze Reihe Fragen beantworten. Noch immer hatte ich keinen blassen Schimmer, was das alles zu bedeuten hatte und welcher Gefahr ich haarscharf entronnen war. Lange Zeit traute ich mich nicht mehr auf die Straße. Erst viele Tage nach diesem Ereignis wagte ich mich wieder hinaus. Das war, nachdem mir meine Mutter erklärt hatte, ich könne wieder unbesorgt draußen spielen, der Junge sei abgeholt worden und befinde sich nun weit weg in einem Heim.

Die ärmeren Kinder bekamen ihre Schulbücher gestellt, wir anderen mussten sie kaufen. Meine Eltern kauften mir immer neue Bücher, mit der Auflage, sie zu schonen. So konnte ich sie nach einem Jahr zum halben Preis verkaufen. Wenn das nächste Kind ebenfalls schonend damit umging, konnten sie nach Gebrauch erneut zum halben Preis verkauft werden. Geschrieben wurde natürlich noch auf die gute alte Schiefertafel, mit Griffeln. Dabei gab es wieder Klassenunterschiede. Die armen Kinder hatten einfache, nackte Schiefergriffel, die anderen sogenannte Milchgriffel mit Holzummantelung. Die ärmeren Kinder hatten Tafeln mit unlackierten Holzrahmen, die Tafelrahmen der wohlhabenderen Kinder waren mit glänzendem Lack überzogen.

Was tat meine Mutter? Sie kaufte mir einfache Schiefergriffel und eine Tafel in Einfachstausführung. Der Standpunkt meiner Eltern war: »Man untertreibt, nur ein Popel übertreibt.«

»Popel« war für uns ein sehr negativ besetzter Ausdruck. Was meine Eltern »popelig« nannten, war wirklich das Letzte vom Letzten. Heute würde man dafür vielleicht den Ausdruck »halbgebildet« verwenden. Nach Ansicht meiner Eltern durfte man arm sein, man durfte reich sein, man durfte dumm sein, man durfte intelligent sein – man konnte sein, was man wollte, aber popelig, das ging auf keinen Fall, dann war man nicht gesellschaftsfähig. Das wurde uns von klein auf eingetrichtert.

In Königsberg standen überall an den Straßenrändern Gaslaternen. Tagsüber brannten sie auf Sparflamme. Am Abend kam der Laternenanzünder mit einer langen Stange, die am Ende ein Häkchen hatte. Damit zog er an einem Ring, der oben an der Laterne befestigt war. In diesem Moment erstrahlten die Laternen in hellem Licht. Das war sehr störend, wenn wir im Dunkeln Verstecken spielen wollten. Deshalb kletterten die Jungs hinauf und »schalteten« die Laternen wieder auf Sparflamme. Zum Versteckspielen war das herrlich. Daran beteiligten sich die Kinder aus der ganzen Straße. Später, wenn die Männer von der Arbeit kamen, schimpften sie mächtig, weil sie nichts sahen. Dann mussten die Jungs abermals hinaufklettern und wieder an dem Ring ziehen.

Wenn die Laternenputzer kamen, war das immer ein besonderes Ereignis für uns. Mit großen Leitern rückten sie an, die sie an die Laternenpfähle lehnten. Dann stiegen sie hoch und putzten eifrig da oben herum. Ebenso begeistert waren wir, wenn der Schornsteinfeger kam. So hatten wir immer wieder Freuden, die nichts kosteten, und waren glückliche Kinder.

Da meinem Vater der Sohn versagt geblieben war, er aber durch meinen frühen Ausspruch meine Neigung zur Landwirtschaft erkannt hatte, nahm er mich oft auf seine Dienstreisen mit. Damals besaß er bereits ein Auto, das eigentlich der Herdbuchgesellschaft gehörte. Er dufte es jedoch auch für Privatfahrten nutzen. Für mich war es nicht nur interessant, im Auto mitzufahren, sondern auch, dabei zu sein, wenn die Tiere beurteilt wurden. Die Jungbullen wurden aussortiert. Nur die, die für die Nachzucht am besten geeignet schienen, behielt man. Die anderen gingen in die Wurst. Damals gab es noch keine künstliche Besamung, also besaß jeder Hof seinen eigenen Bullen. Die Kuhkälber blieben fast alle am Leben. Sie waren für die Nachzucht nicht so entscheidend wie der Bulle. Letztere wurden ausgewertet nach Körperbau, Rasse, Edelsein, Bewegungen, Schritt. Kühe wurden dagegen beurteilt nach Euterform, Milchleistung und Fettgehalt der Milch. So wurde mein Auge schon frühzeitig für das Wesentliche geschult. Bereits als Zwölf-/Dreizehnjährige war ich in der Lage, aus einer großen Herde die beste Kuh herauszufinden. Nur um mich zu beschäftigen, hatte Vater mich manchmal losgeschickt mit dem Auftrag: »Such mal hier die beste Kuh raus.«

Ich ging durch die Reihen, schaute, fühlte, tastete, und fand sie immer, sehr zu seiner Verblüffung. Einmal sagte er mir: »Hier steht eine ostpreußische Kuh, such sie raus!« Das war in einem Stall mit vierzig Kühen. Auch diese fand ich innerhalb kurzer Zeit. Manchmal, da war ich bereits vierzehn, forderte er mich heraus: »Töchterchen, was würdest du dieser Kuh für eine Note geben?«

Es gab ein bestimmtes Schema, nach dem man Noten vergab. Selten kam es vor, dass er einwandte: »Nein, diese Kuh würde ich anders benoten.«

Meist aber nickte er zufrieden. »Gut gemacht, Töchterchen. An genau diese Note habe ich auch gedacht.«

Das alles machte mir wahnsinnig Spaß, und ich war überzeugt davon, dass ich eines Tages in die Landwirtschaft gehen würde. Auf keinen Fall dachte ich dabei an Küche und Haushalt, nur Stall und Feld waren das Ziel meiner Träume.

So, wie ich von meinem Vater bereits in jungen Jahren gelernt hatte, Rinder zu beurteilen, lernte ich von meinem Onkel, dem Gutsherrn auf dem Anwesen von mütterlicher Seite, die Saat auf dem Feld zu unterscheiden. Beim fingerlangen Halm konnte ich schon sagen, ob das Gerste war oder Roggen oder Weizen.

Eine meiner Tanten besaß ein großes Gut, auf dem man sich hauptsächlich mit der Zucht von Trakehnern beschäftigte. Ab einem gewissen Alter war ich am liebsten bei dieser Tante zu Besuch, denn ich liebte sie heiß und innig. Vielleicht war es aber auch nur ihr Gut, das ich so heiß liebte, denn ich wollte es unbedingt »heiraten«. Drei Vettern zwischen achtzehn und dreiundzwanzig standen zur Auswahl. Jeder von ihnen wäre mir recht gewesen, wenn ich dadurch nur an den Besitz gekommen wäre. Leider nahm mich kein Einziger von ihnen zur Kenntnis. Ich muss gestehen, damals war ich erst dreizehn. Wenn mich überhaupt einer der Vettern ansprach, dann nannte er mich »Brezel«. Das machte mich immer wütend. Die Bezeichnung »Brezel« signalisierte mir. Sie nehmen mich noch nicht ernst. Der Älteste war der Netteste von allen. Er nahm mich manchmal mit, wenn er auf die Felder ritt. Stolz durfte ich neben ihm reiten. Aber auch für ihn blieb ich immer das Brezelchen.

Von meinen Heiratsabsichten wusste natürlich niemand etwas. Und hätte es nicht das wunderschöne Gut gegeben, wäre an eine Ehe mit einem meiner Vettern auch nicht zu denken gewesen.

Mein Interesse an diesem Hof und damit an den Vettern legte sich, als bald darauf ein eigener Hof winkte. Seit mein Vater einsah, dass ich als Gutserbin ernstlich infrage kam, stieg sein Interesse an einem eigenen Anwesen wieder, und er streckte die Fühler nach einem solchen aus.

Mutter hatte selbstverständlich immer ein Dienstmädchen gehabt. Wenn eines aus ihren Diensten ausschied, gab Mutter gleich eine entsprechende Annonce auf. Dann standen die armen Dinger bei uns Schlange bis auf die Straße. Die Entscheidung war für Mutter sehr schwer. Sie brauchte ein Mädchen, das gut kochte; sie brauchte eines, das lieb zu Kindern war. Aber wie sollte sie das bei einem kurzen Vorstellungsgespräch herausfinden? Sie wusste sich zu helfen. Anfangs musste meine Schwester, später dann ich als Testperson herhalten. Mutter nahm also ihre kleine Tochter an die Hand und schritt die Reihe der Mädchen ab. Das Mädchen, auf das meine Schwester oder ich zulief und welches das Kind umarmte, das bat Mutter herein. Ihre erste Frage war regelmäßig: »Können Sie kochen?« Mit einem bloßen »Ja« gab sich Mutter, die selbst hervorragend kochen konnte, jedoch nicht zufrieden.

Sie überprüfte die Kochkenntnisse der Bewerberin, indem sie fragte: »Wie würden Sie dies oder jenes zubereiten?«

War diese in der Lage, die Vorgehensweise genau zu beschreiben, wurde sie vom Fleck weg engagiert. Auf diese Weise hatte Mutter immer ein zuverlässiges Kindermädchen und eine exzellente Köchin in einer Person. Sie selbst stand nämlich nicht gern in der Küche. Lieber nahm sie ihre wunderschönen Sachen in die Hand und staubte sie ab. Auch Handarbeiten machte sie mit Begeisterung. Vor allem aber spielte sie stundenlang Klavier.

Später, in der Kriegszeit, waren keine deutschen Mädchen mehr zu haben. Die waren alle irgendwie dienstverpflichtet. Es gab nur noch verschleppte Ukrainerinnen und Polinnen. Eine von ihnen teilte man meiner Mutter zu. Es war eine ukrainische Studentin, die man unter Vorspiegelung falscher Tatsachen nach Deutschland gelockt hatte. Mutter war sehr zufrieden mit ihr. Deshalb schenkte sie ihr von sich die eine oder andere Bluse sowie ein Paar Schuhe. Dennoch hatte das Mädchen nichts anderes im Sinn, als zu fliehen. Eines Morgens war es weg. Auf dem Bett lag alles fein säuberlich zusammengelegt, was wir ihr je geschenkt hatten. Selbst das Geld, das meine Mutter der Ukrainerin gezahlt hatte, lag auf Heller und Pfennig da. Sie hatte nur mitgenommen, womit sie gekommen war. Da die Haustür über Nacht nicht abgeschlossen gewesen war, hatte sie entwischen können. Deshalb wurde meine Mutter zur Gestapo bestellt. Sie musste ernste Vorwürfe über sich ergehen lassen und bekam die Auflage, darauf zu achten, dass nach Einbruch der Dunkelheit die Haustüre stets verschlossen sein müsse.

Mir, dem Kind, teilte man gar nicht mit, was geschehen war. Unser nächstes Mädchen war wieder eine Ukrainerin. Der Besitzer der Parterrewohnung verschloss auf Weisung meiner Mutter gewissenhaft jeden Abend die Haustür. Dennoch war unser Mädchen eines Morgens weg. Es war aus einem Fenster im ersten Stock gesprungen.

Wieder wurde meine Mutter zur Gestapo vorgeladen. Nun war sie bereits ein rotes Tuch für sie. Man machte ihr noch eindringlichere Vorhaltungen als beim ersten Mal, und man beschwor sie, so etwas dürfe nicht noch einmal vorkommen, sonst würde man Konsequenzen ziehen. Wie diese aussahen, konnte man sich vorstellen. Man hatte schon von Konzentrationslagern gehört.

Als Nächstes bekamen wir ein polnisches Mädchen, Halina. Sie nannte mich immer »Olgaschka«. Manchmal kam sie in mein Zimmer und weinte ein bisschen. Mutti war auch zu ihr sehr gut. Sie kleidete sie ein und machte ihr kleine Geschenke neben dem Lohn, den sie ihr zahlte.

Eines Nachts kam Halina in mein Zimmer und bat: »Olgaschka, schließ mir die Tür auf. Ich muss raus. Ich will fliehen.«

»Das kann ich nicht«, war meine Antwort. »Du weißt ganz genau, dass meine Mutti wirklich in Gefahr ist. Bei der Gestapo hat man sie schon im Visier.«

Ich wunderte mich, dass Halina mit ihrer Bitte zu mir gekommen war. Der Hausschlüssel befand sich im Schreibtisch meiner Mutter, an dem alle Schubladenschlüssel steckten. Das hat sie aber nicht gemacht, einen fremden Schreibtisch zu durchsuchen.

Stattdessen bedrängte sie mich: »Bitte, Olgaschka, Täubchen, hilf mir. Mein Bräutigam steht draußen. Er will mich abholen.«

»Wo willst du denn hin?«, fragte ich besorgt. »Wir wollen nach Warschau. Er ist extra aus Warschau gekommen.«

»Halina, ihr kommt doch im Leben nicht durch!«, warnte ich sie.

»Wir müssen es versuchen«, erwiderte sie tonlos. Mein nächster Einwand war: »Das kann ich wirklich nicht machen; ich gefährde Mutti.«

»Olgaschka«, drohte sie, »wenn du mir nicht hilfst, springe ich aus dem Fenster.«

»Halina, da unten ist weiche Erde. Am Springen kann ich dich nicht hindern. Aber ich kann meine Mutti nicht in Gefahr bringen. Das musst du einsehen.«

Sie brach in Tränen aus: »Olgaschka, ich bin schwanger, im vierten Monat.«

Da stand ich wortlos auf, holte den Schlüssel aus Mutters Schreibtisch und ließ Halina in die Nacht hinaus. Den Schlüssel legte ich an seinen Platz zurück, öffnete das Badfenster und ging wieder ins Bett. Vor lauter Herzklopfen konnte ich lange nicht einschlafen.

Am nächsten Morgen weckte mich meine Mutter mit der Schreckensnachricht: »Die Halina ist weg!«

»Wie kann die denn weg sein?«, fragte ich scheinheilig.

»Das Badfenster war offen.«

Dass unter dem Fenster Schuhabdrücke hätten sein müssen, darauf war ich nicht gekommen. Zum Glück kam auch niemand anderes auf diese Idee. Mutter führte mich in Halinas Zimmer. Da lag alles, was sie je von uns bekommen hatte, nebst dem Geld, genau wie bei der ersten Ukrainerin.

Natürlich wurde Mutter wieder zur Gestapo zitiert. »Mutti, ich begleite dich«, war meine spontane Reaktion.

»Ach was«, wehrte sie ab. »Mit denen werde ich schon allein fertig.« Ich bestand jedoch darauf: »Doch, Mutti, ich gehe zu deinem Schutz mit. Die werden womöglich frech, dann sehen wir uns nicht wieder.«

»Na, denen sage ich Bescheid!«, äußerte sie in ihrer naiv-ehrlichen Art.

»Muttchen, der Gestapo sagst du nicht Bescheid. Genau deshalb gehe ich mit.«

Mutter war viel zu blauäugig. Den Ernst der Lage hatte ich als Fünfzehnjährige besser begriffen als sie. Ohne weiteren Einwand duldete sie nun meine Begleitung. Für mich war es das erste Mal in meinem Leben, dass ich in diesem Gebäude war. Schon in der Eingangshalle lief mir ein Schauer den Rücken hinunter. In dem großen quadratischen Raum mit vielen Türen standen überall Leute mit erhobenen Händen und dem Gesicht zur Wand. Keiner von ihnen wagte zu fliehen, obwohl sich zeitweilig kein Bewacher in der Halle befand. Das konnten sie aber nicht wissen, weil sie nicht in den Raum sehen durften.

Immer wieder wurde eine Tür aufgerissen, ein aufgeregter SS-Mann rannte durch die Halle und verschwand hinter einer anderen Tür.

Während meines Wartens hatte ich Zeit genug, um über alles nachzudenken: *Wenn sie Mutti verhaften, dann gestehe ich meine Tat. Wenn sie Mutti nicht verhaften, dann sage ich nichts.*

Nach einer guten halben Stunde, die sich wie eine Ewigkeit hinzog, öffnete sich die Tür, und Mutter kam heraus. Sofort wurde die Tür hinter ihr wieder zugeknallt. Sie trat auf mich zu und presste zwischen den fast geschlossenen Lippen hervor: »Nicht grinsen! Popels!«

Nach Grinsen war mir keineswegs zumute. Mit todernsten Gesichtern verließen wir beide das Gebäude. Erst als wir uns weit genug entfernt wähnten, grinste sie. »Also, Bescheid sagen konnte ich denen leider nicht. Aber meinen Kopf habe ich wenigstens aus der Schlinge gezogen.« Seufzend fügte sie hinzu: »Leider kriege ich nun kein Dienstmädchen mehr.«

Erleichtert atmete ich auf, das bedeutete eine Sorge weniger. Es bedeutete aber auch, dass von da an ich ranmusste in Haushalt und Küche. In der Küche konnte man mich allerdings nur für die niederen Dienste einsetzen, sonst hätte ich zu viele Lebensmittel, die damals sehr knapp waren, verdorben. Alles, was man mir auftrug, erledigte ich klaglos, aber in dem beseligenden Bewusstsein, eine gute Tat getan zu haben.

Meiner Mutter erzählte ich nichts davon. Ich habe mich nicht getraut, ihr ein Geständnis zu machen, weil ich wusste, dass sie den Mund nicht halten konnte. Ich dagegen konnte schweigen. Erst nach dem Krieg, als keine Gefahr mehr bestand, erzählte ich ihr, wie das mit Halinas Flucht wirklich gewesen war. Ihr einziger Kommentar: »Recht so.«

In der Zeit, als Halina noch bei uns zu Hause gearbeitet hatte, nahm mich mein Vater am Sonntag manchmal mit auf die Pirsch, weil er wusste, dass mich alles in der Natur interessierte. Wir streiften durch die Wälder und saßen oft stundenlang auf dem Hochsitz. Selbst in der Dämmerung am frühen Morgen und am späten Abend beobachteten wir das Wild vom Anstand aus. Durchs Nachtglas zu schauen machte mir besondere Freude.

Wenn mein Vater allerdings ernsthaft auf die Jagd ging, das heißt, wenn er schießen wollte, durfte ich nicht mit. »Das ist kein Anblick für ein junges Mädchen«, war seine Erklärung.

Eines Tages, als wir wieder mal beobachtend auf dem Hochsitz saßen, wurde vor uns auf der Wiese ein Reh erschossen. Mein Vater war es nicht, der geschossen hatte, und der Forstmeister und seine Gehilfen auch nicht. Deshalb bekam mein Vater einen gehörigen Schreck. Er legte den Finger auf den Mund und stieg mit mir ganz leise hinab. Vorsichtig schlichen wir – jedes Geräusch vermeidend – zum Forsthaus, das immerhin eine halbe Stunde entfernt lag. Danach durfte ich nie wieder mit auf die Pirsch. Vater vermutete, dass ein flüchtiger Russe das Reh geschossen hatte. Deren gab es zu dieser Zeit genug in unserer Gegend, es waren geflohene Kriegsgefangene. Man wusste, dass sie manchmal Forsthäuser überfielen, um an Gewehre zu kommen. Auf der Suche nach Nahrung raubten sie Vieh aus den Ställen oder erlegten Wild. Menschen hatten sie bisher nie etwas getan. Wenn aber einer uns auf dem Anstand entdeckt hätte, wäre er sicherlich zu Tode erschrocken gewesen, und wer weiß, wie er dann reagiert hätte.

Ein Freund meines Vaters hatte in jenen Tagen ebenfalls ein beängstigendes Erlebnis. In der Dunkelheit hatte er am Waldrand auf einer Pferdedecke gesessen, seine Flinte hatte er an einen Baum gelehnt. Um Pipi zu machen, entfernte er sich nur einige Schritte von der Decke. Als er sich wieder umwandte, waren Decke und Gewehr weg. Er hatte weder etwas gehört noch gesehen, absolut nichts. Da wurde es ihm äußerst mulmig zumute, und er sah zu, dass er nach Hause kam. Bald war es in unseren Wäldern wirklich gefährlich.

Wie bereits erwähnt, war mein Vater mit zunehmendem Alter mehr und mehr daran interessiert, einen Gutshof zu erwerben. Seit Inkrafttreten des Erbhofgesetzes war das aber gar nicht mehr so einfach. Ein Hof durfte nur noch verkauft werden, wenn es keine direkten Nachkommen gab.

Weil Vater ja bei der Herdbuchgesellschaft beschäftigt war, kannte er alle Güter in weitem Umkreis und erfuhr sofort, wenn eines zum Verkauf stand. So wurde er auf ein Anwesen aufmerksam, das etwa dreißig Kilometer entfernt lag. Auf diesem lebte ein altes, kinderloses Ehepaar, das nicht mehr in der Lage war, es selbst zu bewirtschaften. Deshalb übernahm mein Vater zunächst die Verwaltung, trat aber zu meiner größten Freude schon in Kaufverhandlungen ein. Weil die Besitzer jedoch bis zu ihrem Lebensende auf ihrem Gut bleiben wollten, konnten wir vorerst nicht einziehen. Dennoch sah ich mich bereits als künftige Herrin dieses Gutshofes.

Die Verwaltung von Königsberg aus erwies sich auf die Dauer jedoch als sehr schwierig. Deshalb beschloss mein Vater, in das kleine Dorf in der Nähe des Gutshauses zu ziehen. Meine Schwester, die bereits in Königsberg Medizin studierte, blieb allein zurück und bezog ein bescheidenes Studentenbüdchen, als wir 1938 in ein Zweifamilienhaus in dem besagten Dorf zogen. Damit war ich dem Ziel meiner Träume ein gutes Stück näher gerückt.

In diesem Haus bewohnten wir den ersten Stock und das Dachgeschoss. Unten lebte der Hausbesitzer. Um das Haus war ein Garten, der bis an einen See reichte. Dieser See hatte keinen Abfluss, deshalb bestand für die Öffentlichkeit Badeverbot. Wir Anlieger durften jedoch dort baden. Das nutzte ich weidlich aus. Mein Badeanzug wurde im Sommer nie trocken. Noch vor dem Unterricht schwamm ich meine Runde, und sobald die Schule aus war, tauchte ich schon wieder ins Wasser. Erst wenn meine Mutter durchs Fenster zum Essen rief, entstieg ich den Fluten. Doch bereits kurz nach dem Essen tummelte ich mich wieder im See.

Dass das Wasser relativ kalt war, störte mich nicht. An kaltes Wasser war ich gewöhnt. Von klein auf hatte uns unsere Mutter, ob Sommer oder Winter, in der Wanne kalt abgeduscht. Damit nur ja kein warmes Wasser verwendet würde, war der Boiler sogar plombiert. Mutter war der Ansicht, dass kaltes Wasser abhärtete und die beste Vorbeugung gegen Erkältungen sei. Sie achtete auch streng darauf, dass wir nie dick wurden. Das kontrollierte sie an den Rippen, ob diese sichtbar blieben. Daran hat es bei mir nie gefehlt, weil ich so viel Sport trieb. Meine Rippen konnte man immer zählen.

Erst nachdem ich mein nachmittägliches Bad im See genommen hatte, begab ich mich an die Schularbeiten. Dazu brauchte ich jedoch keinen Schreibtisch. Meine Aufgaben erledigte ich immer auf dem Bauche liegend, im Wohnzimmer auf dem Teppich. In meiner Klasse gab es nur drei Mitschülerinnen, bei denen es zu Hause bereits Privattelefon gab, andere hatten einen Anschluss, der über das väterliche Büro lief. So war das auch bei uns. Deshalb konnte ich meine Freundin nur anrufen, um die Ergebnisse zu vergleichen, wenn mein Vater nicht im Büro war.

Er hatte eine ganz süße, ältere Person als Sekretärin. Die rief manchmal bei mir an und sagte: »Olgachen, jetzt hat der Papa das Büro verlassen, jetzt kannst du telefonieren.«

Das nutzte ich ausgiebig aus. Ich hörte, wenn Vater bei uns am Hause vorfuhr, und legte dann schnell auf.

Die Mutter wusste von meinen Telefonaktionen, sie hat mich aber nie verraten. Nur manchmal seufzte sie: »Olga, Olga, was soll nur aus dir werden?«

Während wir in dem Dorf nahe an »unserem« Gutshaus noch in einer gewissen Beschaulichkeit lebten, tobte an der Ost- und Westfront bereits der Krieg. Auch meine Schwester sollte bald davon betroffen sein. Sehr zum Kummer meiner Eltern wurde sie mitten aus dem Studium gerissen und als Flakhelferin zu den Scheinwerfern abkommandiert. Doch das stellte sich bald als ihr Glück heraus. Denn wenig später wurde Königsberg bombardiert. Das hätte sie wahrscheinlich nicht überlebt. Bei den Scheinwerfern dagegen schob sie eine ruhige Kugel. Sie landete in einer Mädchengruppe, die aus lauter Musikstudentinnen bestand. Sie war die einzige Medizinstudentin unter ihnen.

Die Scheinwerfer, die sie zu bedienen hatten, lagen auf den Äckern außerhalb eines Dorfes. Zwischen Dorf und Acker befand sich eine Baracke als Unterkunft. Die Aufgabe der Mädchen war folgende: In der Nacht sollten sie mit mehreren Scheinwerfern die feindlichen Bomber ins Lichtkreuz nehmen und verfolgen, damit die Flak sie herunterholen konnte.

Ehe die Flak aber dazu gekommen wäre, die Flugzeuge abzuschießen, wären die Scheinwerfer und damit die Mädchen eine ideale Zielscheibe für die feindlichen Flieger gewesen.

Ihrem Bataillonskommandeur, einem sehr vernünftigen Mann, war das klar. Deshalb verbot er den Mädchen, die Scheinwerfer nachts anzumachen. Stattdessen achtete er streng darauf, dass sie diese tagsüber unentwegt putzten und in Ordnung hielten. Er ging immer wieder von Scheinwerfer zu Scheinwerfer und kontrollierte peinlichst, ob sie auch fleißig ihre Arbeit verrichteten. Sobald es aber Fliegeralarm gab, beorderte er die jungen Frauen in die Unterkunft. Kein Mädchen sollte ihm fallen. Wenn Jungens im Krieg fielen, war das schon schlimm genug. Das war schließlich etwas anderes, das waren Soldaten. Dass auch noch Frauen und Mädchen geopfert werden sollten, sah er nicht ein.

Also blieb dieser Gruppe außer Scheinwerferputzen noch genug Zeit zum Musizieren. Eine musste allerdings immer Wache schieben, um Alarm zu geben, falls mal ein Kontrolleur von außerhalb auftauche. Sie hatten jedoch Glück. Es hat sich nie einer bei ihnen blicken lassen.

Ende 1944 wurde es aber auch in unserem beschaulichen Dorf ernst. Hals über Kopf mussten Mutter und ich unsere Wohnung verlassen, während Vater zu einem militärischen Einsatz fort war. Die dramatische Flucht will ich hier nicht wiedergeben. Das wäre eine Geschichte für sich.

Nach Kriegsende jedenfalls trafen wir alle vier an dem vereinbarten Ort im Westen wieder zusammen, überglücklich, dass wir mit heiler Haut davongekommen waren. Wir besaßen nur noch das, was wir auf dem Leib trugen. Unseren ganzen Besitz hatten wir zurücklassen müssen. Auch das Gut, das mein Vater zwischenzeitlich gekauft hatte, war verloren.

Aber es erging nicht nur uns so. Das Gut meines ledigen Onkels, das Heimatanwesen meiner Mutter also, befand sich ebenfalls in Feindeshand.

Meine Lieblingstante hatte nicht nur ihren prächtigen Besitz verloren, sondern auch noch zwei ihrer Söhne. Der Mittlere war in Frankreich gefallen, der Älteste in Russland vermisst.

Ein schwacher Trost für mich war vielleicht der Gedanke, dass diejenigen, die den Gutshof meines

Vaters unrechtmäßig an sich gerissen hatten, ihn nun auch nicht mehr besaßen.

Jedenfalls konnte ich meinen Traum, Gutsherrin zu werden, endgültig begraben. Was wurde ich stattdessen? Juristin. Aber das wäre ebenfalls eine Geschichte für sich.

Dienstmagd und Bauernsohn

Aloisia, Jahrgang 1929, aus Vals in Südtirol

Am 13. Juli 1929 wurde ich in Vals, im schönen Pustertal in Südtirol, auf einem einsam gelegenen Bergbauernhof in sehr bescheidene Verhältnisse hineingeboren.

Obwohl Gottfried, mein Vater, vom reichsten Hof des Ortes stammte, lebten wir in äußerster Armut. Es erbte nämlich Hubert, Vaters ältester Bruder – sie waren drei Brüder und zwei Schwestern –, wie es üblich war, von seinen Eltern den ganzen Besitz. Dieser bestand nicht nur aus einem Bauernhof mit recht viel Grund, sondern auch aus einer gut gehenden Gastwirtschaft, die etwa dreißig Minuten zu Fuß vom Bauernhof entfernt lag. Da Hubert lieber Gastwirt als Bauer war, verpachtete er dem Jüngeren, also meinem Vater, die Landwirtschaft. Dabei nährte er in ihm die Hoffnung, er oder eines seiner Kinder könnte dieses Anwesen eines Tages als Eigentum übernehmen. Im Gegensatz zu Gottfried war Hubert nämlich unverheiratet und dementsprechend ohne legitime Nachkommen. Meine Eltern lebten also in dem Bauernhaus und rackerten sich von früh bis spät ab, als ob es bereits ihr Besitz wäre.

Zur Überraschung aller fand der alte Junggeselle doch noch eine passende Braut und heiratete sehr bald.

Einige Monate nach der Hochzeit bestellte er seinen Bruder zu sich und erklärte ihm, dass er Vaterfreuden entgegensehe. Das ändere natürlich alles. Den Hof wolle er nun für seine Nachkommen behalten, und er zahle ihm, dem Jüngeren, deshalb sein Erbteil aus. Zusätzlich machte er ihm das großzügige Angebot, er könne das Anwesen weiterhin pachten, bis eines seiner eigenen Kinder alt genug sei, um den Hof zu übernehmen.

»Da kann ich noch gar nichts sagen, das muss ich erst mit meiner Frau besprechen«, war Gottfrieds Kommentar, als er sich verabschiedete. Freudestrahlend kehrte er mit dem Geld in der Hosentasche zurück zu seiner Fanny, die ein halbes Jahr zuvor ihren zweiten Sohn, den Engelbert, zur Welt gebracht hatte. Der erste Sohn, nach dem Vater Gottfried benannt, aber »Friedl« gerufen, war bereits anderthalb Jahre alt. Nachdem die junge Frau die vielen Geldscheine, die ihr Mann vor ihr auf dem Tisch ausbreitete, bewundert hatte, beratschlagten die beiden, was sie mit dem unverhofften Geldsegen anfangen sollten. Schnell waren sie sich einig, dass sie sich davon ein eigenes Anwesen kaufen wollten, einen Hof, der in einem besseren Zustand war als der von ihnen bis jetzt bewohnte. Der war nämlich die reinste Bruchbude. Der Eigentümer hatte nie etwas daran getan, und seinem Bruder fehlten die Mittel dazu. Der Wind pfiff durch sämtliche Ritzen, und das Dach war undicht. An mehreren Stellen regnete es herein. Damit das Wasser nicht in die darunterliegenden Räume tropfte, hatte man einige Behälter auf den Dachboden gestellt, die immer rechtzeitig geleert werden mussten. Echtes fließendes Wasser gab es nicht im Haus, sondern nur daneben in Form eines Wildbaches, der durch das Grundstück rauschte. Aus diesem schöpfte man alles benötigte Wasser für Mensch und Tier. Denn einen Brunnen gab es auf dem Anwesen nicht. Ans elektrische Stromnetz war man auch nicht angeschlossen, ebenso wenig wie die anderen vierzehn Höfe, die recht verstreut in der Gegend lagen und zur Gemeinde Vals gehörten. Die Bodenbretter im Hausgang waren in grauer Vorzeit einfach auf die nackte Erde gelegt worden und hatten sich im Laufe der Zeit so zusammengezogen, dass zwischen ihnen breite Ritzen entstanden waren. Aus diesen wuchs im Sommer munter Gras hervor.

Nachdem die jungen Eheleute also beschlossen hatten, schon bald einen Hof zu kaufen, überlegten sie, wie und wo man einen solchen finden könne. Doch diese Überlegungen sollten schon bald ein abruptes Ende finden. Drei Tage nachdem der ältere Bruder dem jüngeren sein Erbteil ausgezahlt hatte, breitete sich die Inflation wie eine Seuche über das Land aus und fraß ihr ganzes schönes Bargeld auf. Von der bevorstehenden Geldentwertung hatte Hubert, der Ältere, nämlich Wind bekommen – in seinem Gasthaus wurde ja über dieses und jenes geredet – und sein Wissen ausgenutzt, um den völlig ahnungslosen Bruder übers Ohr zu hauen.

Also blieb der jungen Familie nichts anderes übrig, als weiterhin Huberts Felder zu bewirtschaften und in dem heruntergekommenen Gebäude zu wohnen.

Anfang 1924 kam ein weiterer Sohn zur Welt, der Franz. Zwei Jahre später wurde endlich das ersehnte

Mädchen geboren, Amalia, die man »Mali« rief. Nach mir, der Aloisia, die wie anfangs erwähnt im Jahre 1929 das Licht der Welt erblickte, wurden noch zwei weitere Söhne geboren, der Alois, »Lois« genannt, und der Richard. Kaum war der Richard auf der Welt, begann mein Vater zu kränkeln, und schon bald brachte man ihn ins Spital nach Brixen. Uns Kindern nannte man natürlich nicht den Grund dafür. Nach einigen Wochen war der Vater wieder zu Hause, wirkte aber sehr elend und konnte nicht mehr so schwer arbeiten wie vorher. Wenige Monate später war er erneut im Krankenhaus. So ging das etwa ein Jahr lang, immer wieder kurze Aufenthalte zu Hause und kurze Aufenthalte im Spital. An einem Spätnachmittag im März 1935, Lois und ich zogen uns gegenseitig mit dem Schlitten auf dem Hof hin und her, erblickten wir unseren Vater, der sich mühsam auf das Haus zuschleppte. Da wir ihn wieder wochenlang nicht gesehen hatten, liefen wir jubelnd auf ihn zu, um ihn zu umklammern. Noch deutlich erinnere ich mich an sein gequältes Lächeln.

»Nicht so stürmisch, Kinder! Ihr werft mich sonst um. Ich komme grade vom Spital und bin noch sehr schwach auf den Beinen.«

Bestürzt hielten wir inne und folgten ihm bedrückt ins Haus. Die Mutter wollte uns sogleich hinausscheuchen. Er aber hinderte sie daran: »Lass sie doch, Stefanie, einmal müssen sie es ja erfahren.«

Zunächst erfuhren wir, dass er einfach aus der Klinik abgehauen war, weil ihm dort angeblich niemand mehr helfen könne. Die ganzen dreißig Kilometer hatte er trotz seines geschwächten Zustandes zu Fuß zurückgelegt. Die Mutter tadelte ihn, das sei sehr leichtsinnig von ihm gewesen, denn daheim könne ihm erst recht niemand helfen. Dann hörte ich zum ersten Mal das schlimme Wort »Magenkrebs«.

Anschließend vernahm ich vom Vater den Satz: »Weißt, Fanny, ich möchte doch lieber daheim sterben.«

Danach liefen der Mutter dicken Tränen über die Wangen. Spontan fingen wir Kleinen ebenfalls an zu weinen.

Bald konnte der Vater überhaupt nicht mehr aufstehen, und essen tat er so gut wie nichts mehr. Wir Kinder durften jeden Tag für wenige Minuten an sein Bett. Auf Zehenspitzen schlichen wir in die Kammer und sprachen ganz leise mit dem Vater. Nach ein paar Tagen strich er jedem von uns zärtlich über den Kopf, wobei er flüsterte: »Bleibt brav, Kinder, und macht es der Mutter nicht so schwer.«

Zur Mutter gewandt, fuhr er fort: »Mir macht es nichts aus, zu sterben, aber du tust mir leid, mit dem Haufen Kinder allein.«

Noch verstand ich nicht, was er damit meinte, ich war ja erst fünf. Doch als die Mutter in Tränen ausbrach, weinten wir wieder alle mit.

Am folgenden Morgen erklärte uns die Mutter mit verweinten Augen: »Jetzt ist er gestorben.«

Als wir alle schluchzend um sein Grab standen, begriff ich endlich, warum er gesagt hatte: »Du tust mir leid.« Sie stand nun ohne Ernährer da, mit sieben unmündigen Kindern. Der älteste war dreizehn und der Jüngste gerade mal ein Jahr alt. War es bei uns schon immer ärmlich zugegangen, so wurde es in

Zukunft noch ärmer. Von der Verwandtschaft war keinerlei Unterstützung zu erwarten, die meisten von ihnen hatten selbst nicht viel. Nur bei Hubert, Vaters Bruder, dem Gastwirt, wurden wir alle einmal im Jahr zum Essen eingeladen.

Wir hatten daheim zwar einigermaßen satt zu essen, doch jahrelang bestanden unsere Mittags- und Abendmahlzeiten hauptsächlich aus »blendene ›Knödel‹«. Sie wurden auch »schwarze Knödel« genannt, weil sie aus dem dunklen Buchweizenmehl bestanden. Angerührt wurde das mit Wasser und Salz, zu Knödeln geformt und in siedendem Wasser gegart. Dazu gab es Gemüse. Davon wuchs ja genug im Garten. Zur Abwechslung standen gelegentlich eine Gemüsesuppe oder Pellkartoffeln mit Salz auf dem Tisch, nichts dazu und nichts davor und nichts dahinter. Zum Frühstück gab es immer ein Mus, das aus Milch und Mehl bestand. Eine Schnitte Brot für jedes gab es allenfalls mal an einem Festtag, aber nur mit Margarine oder Marmelade bestrichen.

Wir und die Kinder von den vierzehn umliegenden Höfen hatten allesamt einen guten Kontakt untereinander. Zwar hatten wir nicht oft Gelegenheit zum Spielen, denn schon von klein an hatte jedes Kind häusliche Pflichten, doch manchmal gaben uns die Eltern die eine oder andere Stunde frei. Dann tollten wir meist im Freien herum. Regnete es aber, traf man sich mal in dem einen oder in dem anderen Haus. Da roch es manchmal so gut nach Kartoffelnocken. Das war zwar auch ein einfaches Essen, aber im Gegensatz zu unserem erschien es mir himmlisch, und ich hätte einiges drum gegeben, wenn ich mal hätte mitessen dürfen. Aber nie wurde ich eingeladen. Die Nocken dufteten deshalb so verführerisch, weil sie mit echter Butter zubereitet wurden. Unsere Mutter butterte zwar selbst, aber unsere Butter sowie die Eier verkaufte sie alle nach Brixen, damit sie ein bisschen Bargeld in die Hand bekam. Alle zwei Wochen nahm sie die große Mühe auf sich, ihre Erzeugnisse in einer Kraxe auf dem Rücken dreißig Kilometer weit zu tragen. Um rechtzeitig wieder zu Hause zu sein, marschierte sie bereits um vier Uhr in der Frühe los. Nie brachte sie ihren Buckelkorb leer von der Stadt mit nach Hause. Für das erlöste Geld erstand sie in Brixen Brot und Äpfel und schleppte die schwere Last den Berg hinauf. Diese Gaben waren allerdings nicht für uns bestimmt. In den Bauernhäusern, die am Wegrand lagen, fand sie dankbare Abnehmer dafür und verdiente ein paar Lire am Zwischenhandel. Von diesem Geld kaufte sie vor Anbruch des Winters Kleidung für den Ältesten und die Älteste, weil die aus ihren Sachen herausgewachsen waren. Diese und alle anderen alten Kleidungsstücke wurden dann nach unten weitergereicht. Ich, als das zweite Mädchen, hatte Glück. Meine Sachen sahen immer noch ganz manierlich aus. Die Kleidungsstücke aber, die bei meinem fünften Bruder ankamen, wirkten schon arg mitgenommen, und die Mutter hatte schon so manchen Flicken aufsetzen müssen.

Damit unsere Schuhe geschont wurden, liefen wir den ganzen Sommer über barfuß. Im Winter aber war es unmöglich, sich im Freien ohne Schuhwerk zu bewegen. Die Winter waren damals noch sehr kalt und schneereich, selbst in Südtirol. Wir wohnten immerhin auf einer Höhe von 1300 Metern.

Im Herbst 1935 wurde ich eingeschult. Zunächst fand ich es lustig, mit Friedl, Bertl, Franzl und Mali den Berg hinunterzuspringen, wo wir etwa nach zwanzig Minuten das Schulhaus erreichten. Unterwegs hatten sich unsere Freunde aus den Nachbarhäusern dazugesellt. Für den Heimweg brauchten wir doppelt so lang, obwohl wir uns nicht mit Spielen aufhielten. Das anstrengende Aufsteigen konnte mir aber meine gute Laune nicht nehmen. Doch als der Winter Einzug hielt mit Frost und Schnee, der mir bis über die Knie reichte, war's vorbei mit dem Spaß. Denn als Mädchen trug man keine langen Hosen, ja noch nicht mal Unterhosen, und einen Mantel kannten wir erst recht nicht. So schlich sich die Kälte unbarmherzig oberhalb der kratzigen Wollstrümpfe unter meinen knielangen Rock hinauf bis in Mark und Bein. Jeden Morgen, wenn ich in der Schule ankam, hatte ich das Gefühl, ich sei halb erfroren. Oft hatten sich rundum am Rocksaum kleine Eisklumpen gebildet, weil der im Schnee geschleift hatte. Aber nicht nur mir ging das so. Uns Mädchen vom Berg blieb nichts anderes übrig, als diese Eisklümpchen abzuschütteln, wenn sie von der Wärme im Klassenraum etwas angetaut waren. Es war eine einklassige Schule, die wir besuchten. Meine Geschwister und Freunde saßen also alle gemeinsam mit mir in einem Raum.

Im folgenden Sommer kam unser Ältester aus der Schule. Da bot sich eine Chance, die Mutter sogleich ergriff: Andi, ein Bauer aus der Nachbarschaft, fragte bei ihr an, ob sie ihm nicht ihren Friedl als Knecht schicken möchte. Im Sommer habe er auf den Feldern genug für ihn zu tun, und im Herbst und Frühling brauche er ihn als Helfer bei der Holzarbeit. Andi fällte nämlich nicht nur Bäume für den Eigenbedarf, sondern auch gegen Lohn für die Nachbarn. Von diesem Holzarbeiter lernte mein Bruder innerhalb kurzer Zeit alle Techniken, die man zum Holzmachen braucht. Auch im Winter hatte der Bauer Verwendung für ihn. Sobald die Schneedecke dick genug war, zogen sie gemeinsam das gefällte Holz aus dem Wald, teils zu den Nachbarn, teils auf seinen eigenen Hof und zum Teil zu uns als Bezahlung für Friedls geleistete Arbeit.

Anschließend musste er auf Andis Hof das Holz sägen, hacken und aufschichten. War das erledigt, warteten auf ihn noch andere Winterarbeiten. Rechen und Heugabeln waren zu reparieren, Säcke zu flicken und Schindeln zu schnitzen, damit man die Dächer neu belegen konnte. Der Bauer war mit dem geschickten Burschen äußerst zufrieden, deshalb behielt er ihn auch in den folgenden Jahren. Das hatte für die Mutter nicht nur den Vorteil, dass sie den Friedl das ganze Jahr über aus der Kost hatte, durch ihn hatten wir auch immer unser Brennholz.

Nach des Vaters Tod hatte die Mutter eine alte Frau ins Haus genommen, die Rosa. Als lediges Kind war sie von Pflegefamilie zu Pflegefamilie herumgeschubst worden. Mit dreizehn Jahren war sie dann bei einem Bauern als Magd untergekommen und hatte sich von da an ihr Brot selbst verdient. Damit fand ihre Wanderzeit aber noch kein Ende. Aus unterschiedlichen Gründen musste sie ihre Stelle immer wieder wechseln. Als ihr letzter Arbeitgeber gestorben war, wollte niemand mehr sie einstellen. Da sie keinerlei Angehörige hatte, wäre sie der Gemeinde zur Last gefallen. Sie hätte beim Bürgermeister in einer Dachkammer genächtigt und wäre reihum jeden Tag bei einer anderen Familie zum Essen gegangen. Nach vier Wochen hätte die Runde wieder von vorn angefangen. Als meine Mutter vom Schicksal dieser alten Magd erfuhr, war sie von Mitleid gerührt und nahm sie spontan bei sich auf. Lohn konnte sie ihr nicht zahlen, aber Rosa konnte in Vaters Bett schlafen, und zu essen bekam sie ebenfalls, wenn auch nur von den einfachen Speisen, wie wir selbst sie aßen. Dennoch war es für Rosa ein Glücksfall, und sie war sehr gerne bei uns. Nun hatte sie endlich eine Familie.

Zum einen hatte Mutter die alte Frau aus christlicher Nächstenliebe aufgenommen, zum anderen, weil sie dringend Hilfe benötigte. Viel arbeiten konnte sie zwar nicht mehr, aber sie war noch in der Lage, Rosa Mahlzeiten zuzubereiten und abzuspülen, Strümpfe zu stopfen und Wäsche zu reparieren. Vor allem aber konnte sie die Kleinen beaufsichtigen, wenn die Mutter im Feld oder auf dem Weg in die Stadt war. Obwohl die Rosa bei ihrem Einzug in unser Haus erst siebzig Jahre zählte, kam sie mir uralt vor. Vermutlich lag das daran, dass sie ob ihrer Körperfülle recht behäbig und unbeweglich war.

Während der Sommerferien, wenn meine älteren Geschwister nicht gerade der Mutter bei der Feldarbeit halfen, arbeiteten die Buben bei Bauern als

Kühhüter und Mali als Kindsmagd, damit sie wenigstens tageweise daheim vom Tisch waren. An einem Nachmittag, es muss Ende August 1937 gewesen sein, war die Mutter trotz sengender Hitze mit ihrem Buckelkorb wieder nach Brixen hinabgestiegen. Der Lois, der Richard und ich spielten vor dem Haus unter Rosas Aufsicht. Sie saß auf der Bank im Schatten und strickte an einem Strumpf. Nach einer Weile wurde es uns Kindern zu langweilig.

Deshalb erklärte ich unserer Kinderfrau: »Die Mutter wird wohl bald kommen. Wir gehen ihr schon mal entgegen.«

»Nein, nein«, versuchte uns die Rosa mit Worten daran zu hindern. Bis sie sich aber von der Bank erhoben hatte, um uns mit den Händen zurückzuhalten, waren wir längst ihren Blicken entschwunden. Munter hüpften wir den Berg hinab und nahmen die Richtung, aus der wir die Rückkehr der Mutter vermuteten. Nachdem wir etwa eine Stunde unterwegs gewesen waren, jammerte der kleine Richard: »Kann nicht mehr, bin müde.« Da wir anderen ebenfalls unter Ermüdungserscheinungen litten, legten wir uns am Wegesrand ins Gras unter einen Strauch, der genügend Schatten spendete. Hier wird uns die Mutter gleich entdecken, wenn sie vorbeigeht, dachte ich noch, und schon war ich eingeschlafen.

Unterdessen spielte sich zu Hause folgende Szene ab: Die Mutter kam heim, stellte ihren leeren Korb auf die Bank und schaute sich suchend um. Da sie von uns weder etwas hörte noch sah, wandte sie sich an die Kindsmagd, die noch immer strickend auf der Bank saß: »Wo sind die Kinder?«

»Ja, hast du die nicht gesehen? Die sind dir doch entgegengelaufen.« Die Mutter bekam einen Mordsschreck und fragte vorwurfsvoll: »Warum hast du sie nicht daran gehindert?«

»So schnell konnte ich ihnen nicht nach«, äußerte Rosa mit Bedauern.

»Ohje«, jammerte die Mutter. »Hoffentlich ist nichts passiert.« Ihr erster Gedanke galt dem Wildbach, doch ihr blieb eine Hoffnung: »Vielleicht haben sie den anderen Weg genommen.« Obwohl sie sehr erschöpft war, kehrte sie sofort um und machte sich auf die Suche. Nach einer bangen Stunde, in der sie immer wieder unsere Namen gerufen und die Gottesmutter um Hilfe angefleht hatte, entdeckte sie uns, am Wegesrand friedlich schlafend. Sie wagte es kaum, uns zu wecken, und schickte erst mal ein heißes Dankgebet gen Himmel. Als sie uns endlich leicht rüttelte, rieben wir uns schlaftrunken die Augen in der Annahme, die Mutter befinde sich noch auf dem Heimweg. Als sie uns mit Tränen in den Augen alle drei gleichzeitig an sich drückte, kamen mir vor Rührung ebenfalls die Tränen. Denn eine solche Zärtlichkeit hatte ich bei ihr noch nie erlebt.

»Kinder, das dürft ihr nie wieder machen!«, ermahnte sie uns. »Ich war zu Tode erschrocken, als ich euch auf dem Hof nicht vorfand.«

Doch schon bald sollten größere Sorgen auf unsere arme Mutter zukommen. Adolf Hitler hatte mit Mussolini im Juni 1939 eine Vereinbarung getroffen, nach der sich die Südtiroler entscheiden mussten, ob sie in Italien verbleiben oder nach Deutschland auswandern wollten, die sogenannte Option. Diese Vereinbarung hatte für unser Land eine weitere schwerwiegende Folge: Die jungen Südtiroler wurden von der deutschen Wehrmacht eingezogen und mussten auf deutscher Seite kämpfen, nachdem am 1. September 1939 der verheerende Zweite Weltkrieg ausgebrochen war.

Für unsere Familie bedeutete dies, dass unser armer Bruder Friedl bereits 1940, kaum dass er achtzehn war, an die Front geschickt wurde. Nicht nur wir vermissten ihn, der für unsere Brennholzbeschaffung zuständig gewesen war, sondern auch sein Brotherr. Deshalb bat er meine Mutter, sie möge ihm doch ihren zweiten Sohn als Ersatz schicken.

Das war ihr gerade recht. Der Bertl – er war schon zwei Jahre zuvor aus der Schule entlassen worden – hatte zwar bisher mit ihr auf den gepachteten Feldern gearbeitet, aber sie war froh, in ihm wieder jemanden zu haben, der für das Brennholz der Familie sorgte.

Franzl, der dritte Sohn, war mittlerweile ebenfalls der Schule entwachsen und konnte durchaus Bertls Aufgaben in der Landwirtschaft übernehmen. Einige Tage nachdem ihr zweiter Sohn seine neue Stelle angetreten hatte, erschien dieser kurz nach dem Mittagessen wieder daheim. Seinen Unterarm zierte ein dicker weißer Verband.

»Um Gottes willen!«, rief die Mutter aus und schlug die Hände zusammen. »Was ist passiert?«

Unter Tränen erzählte der Siebzehnjährige, was sich am Vormittag zugetragen hatte, und wir anderen lauschten gebannt. An diesem Morgen hatte unser Bruder mit seinem Arbeitgeber noch kaum den Wald betreten, da stolperte Bertl über eine Baumwurzel und schlug der Länge nach hin. Seine Hock (Axt) hatte er ordnungsgemäß mit der Schneide nach hinten über der linken Schulter getragen und sie mit der linken Hand ziemlich nah am Schaft festgehalten, wie ihm das der Andi bereits am ersten Arbeitstag beigebracht hatte. Bei dem Stolperer hatte er nun reflexartig, wie das wohl jeder machen würde, die Arme nach vorne gerissen, um sich abzufangen, damit er nicht mit dem Gesicht aufschlage. Unglücklicherweise kam bei diesem Sturz die Schneide nach oben zu liegen, und das rechte Handgelenk des jungen Waldarbeiters landete genau darauf.

Auf seinen Schmerzensschrei hin eilte der Andi zu ihm und half ihm auf die Beine. Dann erst entdeckten die beiden die klaffende Schnittwunde oberhalb des Handgelenks. Es blutete zwar heftig, dennoch stellte der Bauer sachkundig fest: »Da hast noch mal Glück gehabt, die Pulsader hat es nicht erwischt.«

In diesem Fall hätte der junge Holzarbeiter die Verletzung wahrscheinlich nicht überlebt. Denn bis nach Mühldorf, wo sich die nächste Arztpraxis befand, waren es gut zwei Stunden zu gehen. Deshalb musste zunächst eine Erstversorgung her. Aber wie? Weder der »Lehrling« noch der »Meister« hatten ein sauberes Schneiztiachl (Taschentuch) dabei, von echtem Verbandszeug erst gar nicht zu reden. Doch der erfahrene Holzfäller wusste sich zu helfen. Sie ließen ihre Werkzeuge im Wald liegen und machten sich auf den Weg. Als sie den Wald verließen, zupfte Andi ein paar Blätter Breitwegerich am Wiesenrain, legte sie auf Bertls Wunde und band sie sorgfältig mit dessen

Schneiztiachl fest. Schon bald war die Blutung gestillt. Nach gut zweistündigem Marsch erreichten sie die Praxis des Arztes. Der Verletzte kam aber nicht so schnell dran, wie er und sein Chef das gehofft hatten. In dem Wartezimmer saßen weitere Leute, die sich auf die eine oder andere Weise verletzt hatten. Als Bertl endlich an die Reihe kam, war der Kommentar des Arztes: »Da hast dich aber sauber zugerichtet. Bei allem hast noch Glück gehabt, es ist keine Sehne verletzt.«

Bevor der Doktor die Wunde reinigte und nähte, verabreichte er dem Patienten eine Spritze in den Arm, damit der keine Schmerzen verspürte. Für den Heimweg benötigten die beiden Holzarbeiter nahezu drei Stunden. Der treusorgende Bauer blieb bis zur Haustür an der Seite seines Gehilfen.

Als mein Bruder seinen Bericht beendet hatte, zerflossen wir alle vor Mitleid. Wie aber reagierte unsere Mutter? Sie stemmte die Hände in die Seiten und ließ eine Schimpfkanonade über den bedauernswerten Sohn los: »Dich kann man aber auch zu gar nichts brauchen! Über drei Jahre hat dein Bruder die Waldarbeit gemacht, und nie ist was passiert. Du aber bist gerade mal den dritten Tag im Wald, und schon kommst du schwer verletzt daher.«

Da tat mir mein Bruder noch mehr leid. Ich fand es ungerecht von meiner Mutter, dass sie mit ihm schimpfte, statt ihn zu trösten. Schließlich hatte er sich nicht mit Absicht verletzt. Er litt schon genug unter seinen Schmerzen, denn mittlerweile hatte die Wirkung der Betäubungsspritze nachgelassen. Andererseits verstand ich auch Mutters Aufregung.

Ihr Sohn würde nun für einige Wochen bei der Waldarbeit ausfallen. Nicht nur dass er während dieser Zeit nichts verdiente; statt sich am Tisch des Bauern satt zu essen, saß er nun am heimischen Tisch, wo sie ihm das »Gnadenbrot« reichte. Dem Bauern tat es natürlich ebenfalls leid, dass sein Mitarbeiter für Wochen ausfiel. Zum Glück war er so anständig, ihm die Stelle freizuhalten.

Nach sechs Wochen war der Bertl wieder voll einsatzfähig, und es wurde doch noch ein guter Waldarbeiter aus ihm. Leider nicht für lange.

Doch zunächst will ich wieder über meine Mutter erzählen. Sie hatte sich lange Zeit nicht entscheiden können, ob sie fürs Dableiben oder fürs Auswandern optieren sollte. Doch zu Herbstbeginn 1940 stellte sie, für uns alle völlig überraschend, einen Antrag zum Auswandern. Sie erklärte jedem, der sie davor warnen wollte: »Wenn ich im Deutschen Reich wohne, kann der Bub« – sie meinte ihren Ältesten – »wenigstens einmal im Jahr zu mir auf Urlaub kommen.« Damit hatte sie recht. In Südtirol, das seit dem Ende des Ersten Weltkrieges zu Italien gehörte, hätte er sie tatsächlich nicht besuchen dürfen. Für ihre überraschende Entscheidung mag auch folgende Tatsache ausschlaggebend gewesen sein: Im August 1940 war Rosa ganz plötzlich einem Hirnschlag erlegen. Die alte Magd hatte schon seit längerer Zeit nichts mehr helfen können. Das war auch gar nicht mehr nötig gewesen, denn die Kleinen brauchten keine Kinderfrau mehr, und die Großen nahmen der Mutter so manche Arbeit ab. Auch als Rosa gar nichts mehr arbeiten konnte, ja, als sie sogar der Pflege bedurfte, hatte unsere Mutter sie behalten, weil sie sich für sie verantwortlich fühlte. Nun war sie dieser Verantwortung enthoben. Unsere treue Magd war fünfundsiebzig Jahre alt geworden.

Der Herbst verging, der Winter verging, und wir hatten noch immer keine Nachricht von der Auswanderungsbehörde. Das einzige amtliche Schreiben, das uns ins Haus flatterte, war Bertls Einberufung zum Militär, pünktlich zu seinem achtzehnten Geburtstag.

Nachdem er sein Ränzel geschnürt hatte und zum Bahnhof von Mühlbach gewandert war, hielt die Mutter die Ungewissheit nicht mehr aus. Ende April machte sie sich auf den Weg nach Brixen, um bei der Behörde nachzufragen, wie denn die Dinge für uns stünden.

Ich erinnere mich noch gut, meine beiden kleinen Brüder und ich warteten am Spätnachmittag unter der Haustür, als unsere Mutter schnaufend den Berg heraufkam. Wir ließen sie gar nicht erst zu Atem kommen, sondern fielen gleich mit der Frage über sie her: »Mutter, wann dürfen wir auswandern?«

Mit letzter Kraft antwortete sie: »Nächsten Donnerstag«, und ließ sich auf die Hausbank fallen. Wir drei Kinder aber fassten uns an den Händen und hüpften vor lauter Freude auf dem Hof herum. Als Franzl und Mali vom Feld kamen und die Neuigkeit erfuhren, freuten sie sich ebenfalls. Es war Freitag. Also wurde es höchste Zeit, mit dem Packen zu beginnen. Begeistert halfen wir alle mit. Wir durften die gesamte Habe mitnehmen, weshalb die Mutter einen ganzen Packen Zettel mitbekommen hatte.

Diese mussten nun auf jedes Möbelstück, jeden Karton und jede Kiste geklebt werden, damit man uns unser Eigentum in Deutschland wieder zuordnen konnte.

Am Dienstagmorgen fuhr ein Speditionsauto vor, das unser Hab und Gut zur Bahn bringen sollte. Die beiden Männer luden alles in den Wagen, wobei Mali und Franzl mithalfen. Die Mutter behielt lediglich die beiden Koffer mit der Kleidung für uns zurück, und die kleinen Bündel, die jeder von uns selbst gepackt hatte, mit seinen liebsten Sachen darin.

»Was machen wir nun?«, fragten wir Kinder im Chor, als das Möbelauto abgefahren war und wir in der leeren Wohnung standen.

»Wir gehen zum Onkel Sebastian«, erklärte die Mutter, »er weiß Bescheid«. Sie nahm den einen Koffer und Franzl den anderen und jeder von uns sein Bündel. So wanderten wir im Gänsemarsch hinter ihr her den Berg hinab. Zwanzig Minuten brauchten wir, bis wir das Haus von Mutters Bruder erreicht hatten. Dort blieben wir zwei Nächte. In der zweiten Nacht weckte uns die Mutter in der Früh um vier. Wenig später begaben wir uns in Begleitung des Onkels zur Kirche. Der Pfarrer hatte unserer Mutter nämlich angeboten, sie und uns Kinder zu segnen, bevor wir das Land verließen. Nachdem wir diesen Segen empfangen hatten, marschierten wir tapfer, wieder mit dem Onkel an der Seite, in der Dunkelheit zum Bahnhof. Dort machte Sebastian einen letzten Versuch, seine Schwester umzustimmen: »Fanny, willst du dir das nicht noch mal überlegen? Schau, hier hast du das Grab deines Mannes! Um dich herum leben deine Verwandten. Hier kennst du jeden. Was willst du denn in der Fremde? Wenn du jetzt in diesen Zug steigst, werden wir uns vielleicht nie mehr wiedersehen.«

Die Mutter entgegnete unerschütterlich: »Ich muss fort. Hier hält mich nichts mehr. Meine beiden Großen sind im Krieg. Wenn ich in Deutschland lebe, können sie wenigstens einmal im Jahr zu mir auf Urlaub kommen.«

»Aber wovon willst du leben? In Deutschland hast du doch keine Existenz. Da ist alles zu ungewiss.«

»In Deutschland bekommt man, so wurde mir auf dem Amt versichert, Kinderbeihilfe. Außerdem habe ich noch einige Ersparnisse. Für die erste Zeit wird das reichen. Derweil finde ich gewiss eine Arbeit.«

»Aber geh, Fanny, was willst denn arbeiten? Du hast doch nichts gelernt.«

»Notfalls geh ich als Magd.«

»Du willst als Magd arbeiten, wo du doch Bäuerin warst!«

»Warum nicht? Dem Namen nach war ich zwar Bäuerin, in Wirklichkeit habe ich mich aber mehr abschinden müssen als eine Magd.«

Da fielen dem Onkel keine Argumente mehr ein. »So fahr denn, in Gottes Namen.« Zum Abschied drückte er jeden von uns an sich, was noch nie vorgekommen war. Schnaubend und stampfend fuhr der Zug ein. Wir konnten gar nicht schnell genug hineinkommen. War das ein Erlebnis! Wir waren ja noch nie Zug gefahren. Ratternd ging es in den erwachenden Morgen. Ich bestaunte die ständig wechselnde Landschaft, die blühenden Obstbäume und die Dörfer, die nur so an uns vorbeisausten. An mehreren Stationen hielt der Zug an. Immer mehr Leute stiegen zu, alle mit Gepäck. Offensichtlich ebenfalls Auswanderer.

In Innsbruck stiegen wir aus. Die Mutter marschierte mit uns zum Arbeitsamt. Das zu finden war kein Problem. Wir brauchten uns nur dem allgemeinen Menschenstrom, der mit uns aus dem Zug gequollen war, anzuschließen. Es dauerte sehr lange, bis wir an die Reihe kamen. Endlich teilte man uns, wie jeder anderen Familie auch, in einem großen Gebäude einen Raum zu. Dort sollten wir die Nacht auf Matratzen verbringen. Vorher aber bekamen wir in einem riesigen Speisesaal eine Mahlzeit. Dann gab man jeder Familie ein Essenspaket mit für die Weiterreise. Am folgenden Morgen bestiegen wir in aller Herrgottsfrühe einen Zug in Richtung Berlin. Riesige Menschenmengen drängten sich hinein. Nur mit Mühe gelang es uns, Sitzplätze zu ergattern. Jetzt fand ich die Bahnfahrt schon nicht mehr so lustig. Das Rattern wollte schier kein Ende nehmen, und auf den harten Holzbänken wurde man ordentlich durchgeschüttelt. Trotzdem schliefen wir ein, als es zu dunkeln begann. Wie lange wir so durchgeschaukelt worden sind, weiß ich nicht. Jedenfalls hieß es für uns plötzlich: Berlin, in den Zug nach Brandenburg umsteigen. Es dauerte eine Weile, bis wir nach dem Umsteigen wieder eingeschlafen waren. Erneut wurden wir aus dem Schlaf gerissen, als der Zug mit einem Ruck anhielt. Noch immer war es Nacht. Vor dem Bahnhof standen Pferdefuhrwerke, die uns zu unserem Ziel bringen sollten. Der Wagen war ganz mit Stroh ausgelegt und bot so viel Platz, dass wir Kinder uns hinlegen konnten. Also kuschelte ich mich gemütlich ins Stroh. Aber an Schlafen war nicht zu denken. Auf dem gleichen Fuhrwerk reiste nämlich eine Familie mit zwei kleinen Kindern, die abwechselnd oder gemeinsam schrien. Nach zwei Stunden war diese Tortur beendet. Der Kutscher wies uns eine Art Hütte zu, deren Boden ebenfalls vollständig mit Stroh bedeckt war. Zum Glück hatte man der Familie mit den Schreihälsen eine andere Unterkunft gegeben. Deshalb konnten wir endlich den versäumten Schlaf nachholen. Ich erwachte erst, als die Sonne hoch am Himmel stand. Unsere Mutter aber war schon früh aufgestanden und hatte die Gegend erkundet. Zu ihrer Freude hatte sie ganz in der Nähe eine Kirche entdeckt. Dort wollte sie Gott dafür danken, dass bis jetzt alles gut gegangen war, und ihn weiterhin um seinen Schutz bitten. Enttäuscht stellte sie jedoch fest, dass es sich um ein evangelisches Gotteshaus handelte. Vor dem Portal traf sie mit einer Frau zusammen, die ebenfalls mit fünf Kindern ausgewandert war. Auch dieser passte es nicht, dass sie in eine rein evangelische Gegend geraten war. Die beiden Frauen waren sich einig: Sie mussten so schnell wie möglich hier weg. Noch am selben Vormittag ließen sie sich mit Sack und Pack von dem Bauern, der uns herkutschiert hatte, zurück nach Brandenburg bringen. Gemeinsam traten die beiden Frauen bei der Behörde auf mit dem Wunsch: »Wir wollen wieder zurück nach Innsbruck.«

»Ja, wenn ihr die Rückreise selbst bezahlt, dürfte das kein Problem sein«, entgegnete der Beamte.

Die Rückkehr nach Innsbruck, in eine katholische Gegend, war der Mutter so wichtig, dass sie ihre gesamten Ersparnisse opferte. Der anderen Frau erging es ebenso. So ratterten wir schon anderntags mit der fremden Familie gen Süden. In Innsbruck wurden wir erneut beim Arbeitsamt vorstellig. Wieder wurden wir in dem großen Gebäude untergebracht und verpflegt. Am nächsten Tag mussten wir uns, wie viele andere Leute aus Südtirol auch, die inzwischen hier angekommen waren, im Hof aufstellen. Dann kamen Bauern aus der Umgebung und begutachteten uns. Ich kam mir vor wie auf einem Viehmarkt, so, wie ich mir einen solchen nach der Beschreibung meiner Mutter vorgestellt hatte. Ein Bauer, der die ganze Reihe einmal rauf und einmal runter abgeschritten hatte, erklärte schließlich dem Aufsichtführenden vom Arbeitsamt: »Die beiden nehm' ich«, indem er auf Mali und Franz deutete. Der Beamte aber stellte eine Bedingung: »Wenn du eine Wohnung hast für die Mutter und die drei Kleinen, kannst die beiden Großen haben.«

Das müsse er sich noch überlegen, sagte er und fuhr nach Hause. Nach einer Woche war er wieder da. Wieder war »Menschenmarkt«. In dem Moment, als er auf uns zutrat, schob sich ein anderer dazwischen mit der Erklärung: »Die da nehm' ich. In meinem Zuhäusl kann ich die Mutter mit ihren Kindern unterbringen.« Er bekam den »Zuschlag«.

Mit diesem Bauern hatten wir es nicht schlecht getroffen. In seinem Zuhäusl war es zwar eng, aber es war in einem wesentlich besseren Zustand, als es unser Bauernhaus gewesen war. Da unsere Möbel noch nicht da waren, schaffte der Bauer ein paar Bündel Stroh in die Behausung, auf denen wir die erste Nacht verbrachten. Wir hatten Glück, schon am nächsten Tag trafen unsere Möbel ein, obwohl sie eine weite Reise hinter sich hatten: von Vals nach Innsbruck, nach Berlin, nach Brandenburg, wieder zurück nach Innsbruck und von da in das kleine Bergdorf in Tirol.

Den Franzl behielt der Bauer als Knecht auf dem Hof und wies ihm eine Kammer im Bauernhaus zu. Die Mali dagegen schickte er schon bald mit seinen Kühen auf die Alm. Kaum dass wir uns häuslich eingerichtet hatten, stattete uns der Bürgermeister des Dorfes einen Besuch ab. »Fanny«, begann er. »Ich sag dir das eine, geh zu einem Bauern und arbeite, nicht nur, damit du euren Lebensunterhalt bestreiten kannst, sondern auch, damit du versichert bist. Sonst bekommst du später keine Rente.«

Diesen Rat befolgte sie sogleich und war dem Bürgermeister dafür bis zu ihrem Lebensende dankbar. Durch Vermittlung unseres Bauern fand sie bald Arbeit bei einem anderen Bauern, zunächst als Stallmagd gegen Kost für sich und die drei jüngeren Kinder. Nach einigen Wochen durfte sie seine Viecher auf die Alm begleiten und den Sommer über als Sennerin arbeiten. In dieser Zeit bekam sie einen bescheidenen Lohn, der Chef zahlte aber zusätzlich in ihre Rentenversicherung ein. So ging das viele Jahre lang. Da ihr Arbeitsverhältnis immer nur über das Sommerhalbjahr lief, musste sie in den Wintermonaten selbst in die Rentenkasse einzahlen, damit ihr die Anwartschaft auch erhalten blieb. Das tat sie von dem Geld, das sie im Sommer zurückgelegt hatte.

Davon durfte für unsere Ernährung nichts angetastet werden. Da wir von der Kinderbeihilfe nicht wirklich satt wurden und die Mutter die Sommerzeit auf der Alm verbrachte, blieb ihr nichts anderes übrig, als uns auf verschiedene Bauernhöfe zu verteilen. Mich, die ich schon fast zwölf war, nahm man gerne. Ich sah ja so aus, als könne ich schon richtig arbeiten. Den Lois nahm auch noch einer bereitwillig. Mit seinen zehn Jahren war er immerhin als Hütebub zu gebrauchen. Den siebenjährigen Richard wurde die Mutter aber nicht so leicht los.

Schließlich siegte das gute Herz der Bäuerin, die den Lois genommen hatte. »Nehm ich ihn halt noch dazu«, erklärte sie. »So kann der Große ihn anlernen, dann taugt er auch schon bald als Kühhüter.«

Am Vormittag mussten wir allerdings in die Schule, da führte kein Weg dran vorbei. Auch hier gab es eine einklassige Schule. Gleich in den ersten Tagen stellte der Lehrer fest, dass wir in der Schule in Vals außer der italienischen Sprache so gut wie nichts gelernt hatten. Der deutschen Sprache waren wir zwar mächtig, weil die Mutter mit uns daheim nur Deutsch gesprochen hatte, aber wir waren nicht in der Lage, sie zu lesen oder zu schreiben. Auch in allen anderen Fächern hatten wir erhebliche Lücken. Also mussten wir uns ganz nach vorne zu den Erstklässlern hocken. Der Richard war eh ein Erstklässler, und der Lois mit seinen zehn Jahren passte noch einigermaßen in das Bild. Ich aber, mit meinen fast zwölf Jahren, nahm mich aus wie ein Riese unter Zwergen. Deshalb hatte ich in der ersten Zeit jede Menge Spott von meinen Mitschülern zu ertragen.

Gleich nach Schulschluss musste ich mich beeilen, dass ich zu meinem Bauern kam. Nach dem Mittagessen erwarteten mich unterschiedliche Aufgaben: das Geschirr spülen, Zimmer putzen, beim Waschen helfen, bügeln, die Hühner- und Schweineställe ausmisten. Das Nachtessen gab es um achtzehn Uhr. Danach durfte ich heimgehen, wo dann auch meine Brüder eintrudelten. Da sie ebenfalls bereits gegessen hatten, brauchte ich nur darauf zu achten, dass sie ihre Hausaufgaben erledigten und sich ordentlich wuschen, bevor sie zu Bett gingen. Dann erst kam ich zu meinen eigenen Hausaufgaben.

Das Essen bei meinem Bauern war nicht besonders. Gewiss, es gab oft Kartoffeln mit Sauermilch. Diese Milch war aber so mager, dass sie richtig blau aussah. Manchmal wurde »Türkisch Koch« gereicht. Dieses Essen bestand aus Magermilch mit Maisgrieß. Am Abend gab es hin und wieder ein Butterbrot. Von diesem kratzte ich immer die Hälfte der Butter weg, damit sie noch für eine zweite Brotschnitte reichte.

Während der Sommerferien waren meine Brüder und ich ganztags bei dem Bauern im Einsatz. Ab Mitte Oktober aber blieben wir zu Hause. Da war dann auch die Mutter daheim, weil sie ja nur eine Sommerstelle hatte. Nach ihrer Rückkehr von der Alm hatte Mali das Glück, bei ihrem Bauern als Stallmagd weiterarbeiten zu dürfen. Dafür durften wir weiterhin mietfrei wohnen. Auch Franzl wurde weiterbeschäftigt, nämlich als Holzknecht. Dadurch erhielten wir fürs ganze Jahr unser Brennholz, und von den Bauersleuten einiges an Naturalien: Milch,

Eier, Mehl, Kartoffeln und Obst. So kam die Mutter mit der Kinderbeihilfe und dem, was sie im Sommer erspart hatte, einigermaßen zurecht. Denn es ging nicht alles drauf für die Rentenversicherung. Allerdings mussten wir sehr bescheiden leben. Mali und Franzl kamen manchmal am Abend von ihrem Bauern zu uns herüber. So hatten wir wenigstens im Winterhalbjahr etwas vom Familienleben.

Schon in unserem ersten Oktober in der Fremde erlebten wir eine Riesenüberraschung. Am Ende des Monats stand plötzlich unser Friedl vor der Tür. Mei, war das eine Freude! Er durfte seine beiden Wochen Fronturlaub bei uns verbringen. Im Jahr darauf, kurz bevor die Mutter wieder auf die Alm musste, weilte der Friedl abermals zwei Wochen bei uns. Da war sich die Mutter ganz sicher, dass sie mit dem Auswandern die richtige Entscheidung getroffen hatte.

Aber bereits im folgenden Oktober brachte uns der Postbote einen schwarz umrandeten Brief. Als die Mutter ihn in Händen hielt, zitterte sie am ganzen Leib und wagte es nicht, ihn aufzumachen. Das übernahm dann ich. Er enthielt nur eine kurze Mitteilung: Friedl war für Volk und Vaterland gefallen. Für welches Volk? Für welches Vaterland?, fragte sich die Mutter bitter.

Einige Wochen später erreichte uns wieder ein Brief, diesmal ein erfreulicher. Bertl kündigte seinen Urlaub für die nächsten Tage an. Wie freuten wir uns alle, als er endlich da war, wenngleich über dem Wiedersehen der Schatten lag, dass Friedl nie mehr bei uns sein würde. Zu einem zweiten Besuch kam es nicht mehr. Stattdessen erhielt die Mutter im März

1943 die Mitteilung, dass Bertl nach einer Schlacht in Russland vermisst sei. Nun weinte sie bittere Tränen, weil sie ihren Sohn seinerzeit nach dem Unfall mit der Axt so geschimpft hatte. Da niemals eine Mitteilung eintraf, dass er gefallen sei, hegte sie bis zu ihrem Lebensende die stille Hoffnung, dass er doch noch zurückkommen werde. Wir Kinder trauerten ebenfalls sehr um unsere Brüder. Dennoch, für uns musste das Leben weitergehen.

Da Franzl bereits im Oktober 1942 sein achtzehntes Lebensjahr vollendet hatte, bangte die Mutter jeden Tag, der Einberufungsbescheid könne kommen. Aber es verging ein Monat, es verging ein Jahr, und nichts passierte. Zunächst dachte die Mutter, er werde deshalb nicht einberufen, weil man durch unsere Auswanderung seine Spur verloren habe. Nachdem sie aber die Todesnachricht vom Friedl und die Vermisstennachricht vom Bertl erhalten hatte, war sie überzeugt davon, man werde ihn verschonen, weil sie bereits zwei Söhne geopfert habe. Doch sie sollte sich geirrt haben. Im Januar 1945 kam die böse Überraschung. Franzl wurde doch noch zu den Waffen gerufen. Aber er hatte Glück, noch ehe er an die Front geschickt wurde, war der Krieg aus, und er kam schon bald unversehrt nach Hause.

Nachdem ich als Schulmädchen zwei Sommer bei meiner Bäuerin verbracht hatte, übernahm sie mich nach meiner Schulentlassung als Vollzeitkraft. Damit wuchsen meine Aufgaben, und ich bekam endlich Lohn, von dem ich mir Kleidung kaufte, die längst fällig war. Den Rest gab ich der Mutter.

Jeden Herbst war bei meinem Bauern große Einmachzeit. Im Winter wollte man ja von den Früchten, die uns die Natur so reichlich schenkte, zehren. Im Garten meiner Bauernfamilie standen unter anderem einige Bäume mit blauen Mirabellen, die hier »Kriecherl« genannt wurden. Meine Aufgabe war es, daraus Marmelade zu kochen.

Diese sollte am Schluss eigentlich rot aussehen. Da die Frau mir aber zu wenig Zucker zur Verfügung stellte, musste ich den Fruchtbrei so lange kochen, bis er braun war. Diese Marmelade diente meist als Brotaufstrich, allerdings ohne Butter darunter. In dieser Zeit litt ich oft unter Sodbrennen. Lag das an der Marmelade oder an der sehr mageren Milch?

Die Bauersleute hatten fünf Buben, von denen zwei bei meiner Ankunft noch recht klein waren. Die übrigen hatten eine Weile mit mir die Schulbank gedrückt. Einer war nämlich so alt wie ich, einer ein Jahr älter und der dritte zwei Jahre älter als ich. Die drei mussten in der Landwirtschaft auch schon fleißig mithelfen. Nachdem ich insgesamt sechs Jahre bei dieser Familie gedient hatte, war ich kein Kind mehr. Und auch die älteren Söhne waren keine Kinder mehr. So blieb es nicht aus, dass sie bei den Mahlzeiten mit mir zu schäkern begannen. Das entging der Bäuerin nicht. Sie sah es nicht gerade mit Begeisterung und zog ihre Konsequenzen daraus. Ende Januar 1947 nahm sie mich beiseite und zahlte mir meinen Lohn aus mit den Worten: »Nicht dass ich mit dir unzufrieden wäre. Du hast stets zu meiner Zufriedenheit gearbeitet. Aber jetzt, wo die Kinder aus dem Gröbsten heraus sind, brauche ich keine

Magd mehr. Am zweiten Februar kannst du bei Anna, meiner Tochter, anfangen. Die hat im Nachbardorf in einen Bauernhof eingeheiratet. Bei der gibt es genug Arbeit, deshalb braucht sie dringend eine Magd. Sie hat zwei kleine Töchter. Da kann nichts passieren.« Den letzten Satz hatte sie so leise gesprochen, dass er wohl nicht mehr für meine Ohren bestimmt war. Da mein Gehör aber ausgezeichnet war, hatte ich ihn doch aufgeschnappt und machte mir meinen Reim drauf: *Daher weht also der Wind. Sie hat Angst, dass sich einer ihrer Söhne an eine Dienstmagd hängen könnte.*

Von Anna erfuhr ich, dass ihre Mutter sie einige Jahre vor ihrer Heirat zur Welt gebracht hatte. Da der Kindsvater sie nicht hatte heiraten wollen, war das Dirndl bei der Großmutter aufgewachsen. Der Hof, auf dem Anna lebte, erinnerte mich sehr an meine Südtiroler Heimat. Er lag ebenso wie unser ehemaliges Anwesen an einem Berg, und einige andere Höfe lagen verstreut drum herum. Und es war ein gutes Stück zu gehen, bis man den Ortskern erreichte. Die junge Bäuerin war nur wenige Jahre älter als ich und sehr nett. Deshalb war unser Verhältnis zueinander nicht wie sonst üblich zwischen Herrin und Magd, sondern eher wie unter Freundinnen. Trotzdem wurde mir an Arbeit nichts geschenkt.

Als ich bereits zweieinhalb Monate in ihren Diensten stand, schickte sie mich wieder mal ins Dorf zum Einkaufen. Da erregte ein Plakat mein Interesse. *Tanz in den Mai* war da in großen Lettern angekündigt. Das war ja ganz etwas Neues! Nachdem der furchtbare Krieg zu Ende war, wollte man wohl den jungen Leuten eine Entschädigung dafür bieten, dass man ihnen so viele Jahre ihrer Jugend gestohlen hatte. Da es bisher noch nie eine Gelegenheit zum Tanzen gegeben hatte, wäre ich liebend gerne dorthin gegangen. Aber ich brachte nicht den Mut auf, meine Bäuerin zu fragen, ob sie mir für diesen Abend freigebe. Zu meiner Überraschung schnitt sie am folgenden Tag dieses Thema von sich aus an: »Aloisia, bei unserem Wirt ist am Samstagabend Tanz. Hast du nicht Lust, hinzugehen?«

»Doch, sehr gerne, wenn's dir recht ist«, strahlte ich übers ganze Gesicht. Doch Sekunden später huschte ein Schatten darüber, was Anna nicht verborgen blieb. »Was ist, Aloisia? Magst doch nicht hingehen?«

»Eigentlich schon, sehr gerne sogar«, druckste ich herum. »Aber ich hab nichts anzuziehen.«

Da lachte meine Bäuerin. »Wenn's weiter nichts ist. Ich hab noch ein Dirndl von vor meiner Hochzeit. Das müsste dir passen.«

Es passte tatsächlich! Es saß, als wäre es extra für mich geschneidert worden. Darin kam ich mir vor wie eine Prinzessin. So etwas Schönes hatte ich noch nie getragen.

Um zwanzig Uhr sollte der Tanz beginnen. Ich war schon fünfzehn Minuten vorher an der Saaltür und schaute schüchtern hinein. Zu meiner Freude entdeckten mich zwei ehemalige Schulkameradinnen und winkten mich an ihren Tisch. In meinem früheren Wohnort hatte ebenfalls ein Plakat auf diese Veranstaltung aufmerksam gemacht.

Kaum dass die Musik eingesetzt hatte, stürzten gleich einige junge Männer auf uns zu und baten uns zum Tanz. Mich führte ein junger Nachbar, den ich vom Sehen kannte, auf die Tanzfläche. In diesem Moment fiel mir mit Schrecken ein, dass ich noch gar nicht tanzen gelernt hatte. Nach wenigen Schritten erkannte ich, dass mein Partner ebenfalls nicht tanzen konnte. Das machte aber nichts aus. Die Tanzfläche war im Nu so voll, dass man sich im Takt der Musik nur hin- und herschieben konnte. In der Tanzpause stellte sich mein Partner als Sepp vor und gestand mir, dass er mich schon öfter aus der Ferne gesehen habe, aber nicht gewusst hätte, wie er an mich rankommen sollte. Bevor er zu weiteren Erklärungen kam, setzte die Musik wieder ein. An diesem Abend holte er mich zu jedem Tanz. Einerseits schmeichelte es mir, andererseits bedauerte ich es, weil ich dadurch keine Gelegenheit hatte, auch mal mit einem anderen zu tanzen. Zu gerne hätte ich gewusst, ob sich das anders anfühlte und was mir ein anderer zu erzählen hätte. So, als ob es die selbstverständlichste Sache der Welt wäre, begleitete mich mein Kavalier nach Hause. Das war kein Umweg für ihn, denn sein Elternhaus stand nur etwa hundert Meter von dem Haus meiner Bauern entfernt.

Er wolle mich gerne wiedersehen, gestand er mir beim Abschied und schlug vor, dass wir uns eine Woche später am Sonntag am Waldrand treffen sollten. Das taten wir auch. Wir waren erst wenige Schritte in den Wald hineingegangen, da versuchte er, mich zu küssen. Doch ich wehrte ab: »Nur langsam mit den jungen Pferden! Erst müssen wir uns besser kennenlernen.« Damit war er einverstanden. Bei lieblichem Vogelgezwitscher und dem betäubenden Duft von

Frühling erfuhr ich, dass er fünf Jahre älter war als ich und dass er es ernst mit mir meine. Ab sofort wolle er mit mir *gehen*. Allerdings dürften wir uns nur in aller Heimlichkeit treffen, damit seine Eltern nichts davon merkten. Da er der Hoferbe sei, solle er standesgemäß heiraten und dürfe seinen Eltern keine Dienstmagd präsentieren. Deshalb hätten sie ihm schon einige Bauerntöchter vorgestellt. Aber für keine von ihnen habe er sich erwärmen können. Er wolle sich seine Frau selbst aussuchen, und ich sei die Frau, die ihm gefalle. Wir müssten nur Geduld haben, mit der Zeit würden es seine Eltern schon akzeptieren, dass er nach dem Herzen heiraten wolle und nicht nach dem Geldbeutel.

Seine Rede beeindruckte mich stark. Nicht dass mir an dem Sepp viel gelegen hätte, jedoch erfüllte es mich mit Stolz, dass er nun mit mir *ging*. Fast alle Mädchen in meinem Alter *gingen* schon seit längerer Zeit. Nun gehörte ich ebenfalls zu diesem Kreis, wenn es vorerst auch heimlich sein musste. Doch auch das hatte seinen Reiz.

In der Folgezeit trafen wir uns auf dem einen oder anderen Ball, bei uns oder in einem Nachbardorf. Gelegentlich wanderten wir auch stundenlang durch den Wald, wobei wir immer ein bisschen mehr übereinander erfuhren. Irgendwann ließ ich mich auch küssen, aber es war mir eher zuwider. Auf keinen Fall kribbelte es bei mir im Bauch, so wie das in einem Roman beschrieben war, den mir meine Bäuerin ausgeliehen hatte. Nun ja, in Romanen kann man viel schreiben, in Wirklichkeit gibt es so was wahrscheinlich gar nicht.

Was mich allerdings, nachdem wir schon zwei Jahre miteinander gegangen waren, wirklich störte, war die Heimlichtuerei. Angeblich war er bei seinen Eltern noch keinen Schritt weitergekommen und bat mich um Geduld.

Für Februar 1949 wurde bei unserem Gastwirt zu einem Maskenball eingeladen. Inzwischen hatte ich mich mit einigen Mädchen aus dem Dorf angefreundet, sodass wir eine Clique von sechs jungen Damen bildeten. Bei unserem nächsten Treffen beschäftigte uns nur der Maskenball. Als was sollten wir uns verkleiden? Schnell waren wir uns einig, dass wir als Gruppe gehen. Unser Ehrgeiz war es, uns so zu verkleiden, dass selbst unsere festen Freunde uns nicht erkannten. Außerdem sollte unser Kostüm nicht viel kosten, da wir alle nur wenig Geld besaßen. Auf einmal stand der Vorschlag im Raum: *als Großmutter.* Von dieser Idee waren alle begeistert. Jede würde daheim noch ein altes Gewand von der Oma finden und eine Tabakpfeife dazu. In dieser Gegend war es früher nämlich selbstverständlich gewesen, dass die alten Frauen Pfeife rauchten.

Unsere Haare ließen sich leicht unter einem Kopftuch verbergen und die Gesichter hinter Masken. Die brachte uns ein Mädchen mit, das in der Stadt arbeitete.

Was meine Verkleidung anging, so konnte ich mich ganz auf meine Chefin verlassen. Sie war nämlich für jeden Blödsinn zu haben. Schneller als erwartet hatte sie ein Kleid von ihrer Großmutter herbeigezaubert und deren alte Tabakpfeife ebenfalls.

Am Ballabend hatten wir einen wunderbaren Auftritt und wurden mit Applaus begrüßt. Wir sahen nämlich nicht nur alt aus, wir bewegten uns auch und jede hatte ihre Pfeife – die natürlich nicht angezündet war – lässig im Mundwinkel hängen.

Es gab noch andere Mädchengruppen, die einheitlich kostümiert waren. Aber keine sah so originell aus wie wir. Alle anderen Mädchen hatten auf jung und schön gemacht. Würden wir *alten Frauen* gegen diese Konkurrenz überhaupt eine Chance haben?

Als die Musik die ersten Takte spielte, stürzten sich die jungen Männer wie wild auf uns. Es bekam gar nicht jeder eine *Oma* ab. Vorher hatten wir Mädchen ausgemacht, beim Tanz kein Wort zu reden, damit uns unsere Stimmen nicht verrieten. Jeder meiner Tanzpartner versuchte, mich durch geschickte Fragen zum Sprechen zu bringen. Auch mein Freund Sepp war unter ihnen, aber ich schwieg eisern. Zum fünften oder zum sechsten Tanz holte mich einer, den ich schon lange vom Sehen kannte, er wohnte nämlich nicht weit weg von meinem Hof. Als er mich in seinen Armen hielt, war das ein ganz anderes Gefühl. So etwas hatte ich bei meinem bisherigen Freund nicht erlebt, und bei anderen Tänzern erst recht nicht. Auf einmal war es da, das Empfinden, als ob ich Schmetterlinge im Bauch hätte. Mein Herz klopfte stärker, und mein Atem ging schneller. Natürlich versuchte auch er, mich durch allerlei Fangfragen zum Reden zu bringen. Doch ich schwieg wie ein Grab. Nachdem er mich zu meinem Platz zurückgebracht hatte, hoffte ich inständig, dass er beim Einsetzen der Musik schnell genug sein würde. Leider war er das nicht. Aber als der letzte Tanz vor Mitternacht angesagt wurde, muss er in meiner Nähe auf der Lauer gelegen haben. Denn schon beim ersten Takt war er bei mir. Während er mit mir seine Runden in dem Gewühl drehte, pochte mein Herz so laut, dass ich meinte, er müsse es hören. Plötzlich spielte die Musik einen Tusch! Mitternacht! Demaskierung! Wahrscheinlich würde mein Tänzer enttäuscht sein, wenn er mein Gesicht sah. Aber nein! Das Gegenteil war der Fall. Er stieß einen lauten Juchzer aus, packte mich mit beiden Händen an der Taille und hob mich hoch. Ich wusste gar nicht, wie mir geschah. Danach stellte er sich mit dem Namen Sepp vor und wich den restlichen Abend nicht mehr von meiner Seite, was ich sichtlich genoss. »Natürlich begleite ich dich nach Hause«, erklärte er selbstbewusst, als der Außischmeißer (Kehraus) gespielt wurde. »Ich weiß ja, wo du wohnst.«

»Oh, das wird ein Problem geben«, piepste ich kleinlaut. »Denn der Sepp vom Mitterer-Hof meint, das sei sein Privileg.«

Nun wollte mein neuer Sepp wissen, wieso. Mir blieb nichts anderes übrig, als ihm zu erklären, dass der andere und ich seit zwei Jahren heimlich miteinander gingen, weil er vorerst bei seinen Eltern nicht Farbe bekennen wolle. »So ein Feigling!«, entfuhr es meinem neuen Verehrer. »Natürlich bringe ich dich heim. Und wenn dein feiger Freund etwas dagegen hat, werde ich ihm was anderes erzählen.«

Sepp II half mir in meinen Mantel, bot mir im Freien seinen Arm, und ich hängte mich ganz selbstverständlich ein. Wir waren erst wenige Schritte gegangen, da tauchte Sepp I aus dem Nichts auf und riss mich vom Arm meines Kavaliers weg. Dieser pflanzte sich vor dem anderen auf und empfahl ihm in entsprechendem Tonfall: »Schleich di!«

Woraufhin dann Sepp I tatsächlich davonschlich. Und wir konnten unter munterem Plaudern unsern Heimweg fortsetzen. Ich wunderte mich, dass ein so gut aussehender Bursche von fünfundzwanzig Jahren noch keine feste Freundin hatte, und fragte ihn ungeniert danach.

»Ja, weißt«, erklärte er mir, »meine Eltern haben mir schon eine ausgesucht, die Vroni aus Deutschland, gleich über der Grenze. Mit ihren Eltern sind sie sich auch schon einig. Aber wir beiden mögen nicht so recht. Um unsere Eltern nicht zu verärgern, treffen wir uns gelegentlich, mal bei ihr, mal bei uns. In der übrigen Zeit schaut aber jeder, ob er nicht was Besseres findet. Und ich hab was Besseres gefunden, nämlich die Richtige, die, bei der mein Herz spricht.« Er blieb mitten auf dem Weg stehen, nahm mich zärtlich in die Arme und drückte seinen Mund auf den meinen. Ich wehrte mich nicht. Mei, war das schön! So glücklich hatte ich mich in meinem ganzen Leben noch nicht gefühlt. Leider hatten wir schon bald meine Haustüre erreicht. Wir machten nichts aus, wann und wo wir uns wiedertreffen wollten. Das würde sich gewiss von selbst ergeben. Wir wohnten ja nur zweihundert Meter auseinander.

Am Sonntag darauf passte er mich nach dem Kirchgang ab und erzählte mir eine aufregende Geschichte. Wir hatten beide geglaubt, Sepp I würde, nachdem er sich so schnell verzogen hatte, aufgeben. Dem war aber nicht so. Vier Tage nach dem Maskenball war er in die Küche von Sepp II gestürmt und hatte geschrien: »Lass die Finger von der Aloisia!«

Darauf hatte Sepp II geantwortet: »Das geht dich gar nichts an. Wenn sie mich lieber hat als dich, dann ist das ihre Sache.«

Sepp I, der in Rage war und keine weiteren Argumente vorzubringen wusste, packte seinem Gegenüber in sein volles braunes Haar und riss kräftig daran. Sepp II, nicht faul, griff dem anderen ebenfalls in seine Haarpracht, um seinerseits mit voller Kraft daran zu zerren. Und ehe sich die beiden versahen, war eine zünftige Rauferei im Gange. Während sie sich gegenseitig mit Fußtritten und Fäusten attackierten, stießen sie wilde Rufe aus: »Lass die Finger von meinem Dirndl!« – »Die Aloisia ist mein Dirndl!« – »Ich brech dir sämtliche Knochen!« – »Ich schlag dir alle Zähne aus!« – »Die Aloisia gehört mir!« – »Ich habe ältere Rechte.« – »Gar nichts hast du. Ein Feigling bist!«

Wie lange die Rauferei noch angehalten hätte und wie schwer verletzt nachher der eine oder andere von der Kampfstätte getragen worden wäre, lässt sich nicht sagen. Denn angelockt durch das Getümmel und die Wutschreie, erschien plötzlich die Hausherrin auf der Bildfläche, wodurch Schlimmeres verhindert wurde. Beide Hände in die Seite gestützt, schrie sie die Kampfhähne an: »Ja, seid ihr zwei narrisch word'n! Sofort hört's ihr auf mit der Gaudi!« Doch ihre Stimme verhallte ungehört. Da blieb ihr keine Wahl. Sie ergriff den vollen Wassereimer, der unter der Spüle stand, und kippte den Inhalt mit Schwung über die Streithansl.

Erschrocken ließen die beiden voneinander ab und schüttelten sich wie Hunde. Dann herrschte die Bäuerin den Nachbarsburschen an: »Druck di hoam!«, und ihrem eigenen Sohn rief sie zu: »Schleich di in dei Kammer. Reden tun wir später.«

Am nächsten Tag erfolgte dann das große Verhör: »Um was ist es denn gegangen bei eurer Rauferei?«, wollte die Bäuerin wissen.

»Ach, um nichts«, versuchte der Sohn, die Sache kleinzureden.

»Um *nichts* reißt man sich nicht die Haare aus und schlägt sich das Gesicht blutig. Es ging um ein Weibsbild, stimmt's?«

»Ja«, nickte Sepp II.

»Und zwar um eine Aloisia. Hab ich recht?«, forschte die Mutter weiter.

»Wie kommst jetzt darauf?«, fragte der Sohn verunsichert.

»Bei eurem Kampf habt ihr doch laut genug ihren Namen geschrien. Handelt es sich etwa um die Magd von unserm Nachbarn oberhalb?«

»Ja«, gab ihr Sohn kleinlaut zu.

»Was geht dich diese Aloisia an? Wieso musst du wegen der raufen?«

Er zögerte einen Moment. Dann hielt er es für das Beste, gleich mit der Wahrheit herauszurücken: »Ich mag sie, und ich werde sie heiraten.«

Vor Schreck blieb der Mutter für einige Sekunden der Mund offen stehen. Doch dann hatte sie ihre Redegewandtheit wieder. »Ja, spinnst du?«, fauchte sie ihn an. »Mit einer Ausländerin brauchst uns net daherkommen.«

»Wieso net? Die Vroni ist auch eine Ausländerin«, hielt er mutig dagegen. Die Mutter schnappte nach Luft wie ein Karpfen auf dem Trockenen. Dann legte sie los: »Mit der Vroni, das ist doch ganz was anderes. Sie wohnt ja gleich über der Grenze, und ihr Vater besitzt einen stattlichen Hof. Sie wird eine anständige Mitgift kriegen, ist alles schon mit ihren Eltern ausgehandelt. Die Aloisia aber ist eine Dahergelaufene, sie hat nichts, und sie kann nichts. Wie lange geht denn das schon?«

»Auf dem Faschingsball am letzten Samstag hab' ich sie kennengelernt.«

Erleichtert atmete die Bäuerin auf. »Ja, wenn das so neu ist, dann ist's noch nichts Ernstes. Sagst ihr einfach, es ist aus und vorbei. Oder noch besser, du lässt dich bei ihr einfach nicht mehr blicken. Dann spannt sie's nachher schon. Überlass sie großzügig dem Mitterer-Sepp. Seine Eltern werden auch nicht gerade begeistert sein, wenn er eine Dienstmagd daherbringt. Aber wir sind sie wenigstens los.«

So war der Stand der Dinge, als Sepp II mich an jenem Sonntag nach dem Gottesdienst ansprach.

»Und was soll jetzt werden?«, fragte ich ziemlich niedergeschlagen, weil ich die Ursache für einen solchen Wirbel gewesen war. Mein Verehrer drückte mich fest an sich, ungeachtet der anderen Kirchgänger, die noch in Grüppchen herumstanden. »Du gehörst zu mir, und ich lass mir dich von niemandem wegnehmen, auch nicht von meinen Eltern.«

Welche Kämpfe es danach noch bei ihm zu Hause gegeben hat, will ich gar nicht ausführlich beschreiben. Vonseiten der Mutter aber sind folgende Sätze gefallen: »Wenn du mit der nicht Schluss machst, brauchst deine Haxn nicht mehr unter unsern Tisch zu strecken.« Und: »Wenn du dir einbildest, du musst unbedingt eine Dienstmagd heiraten, dann wirst enterbt.«

Jedenfalls stand er einige Tage später bei meiner Bäuerin vor der Tür und bat um ein Gespräch mit mir. Sie rief mich herbei und zog sich diskret zurück.

»Aloisia«, begann er. »Du weißt, dass ich dich mag. Mehr als alles andere auf der Welt. Ich möchte nicht mehr ohne dich leben. Deshalb bitte ich dich, zieh zu mir. Leider kann ich dir nichts Besseres bieten als das Zuhäusl von einem Onkel. Korbinian, ein Bruder meiner Mutter, ist so mitleidig, dass er uns darin wohnen lässt. Daheim haben sie mich nämlich rausgeschmissen.«

Gewiss, das war kein guter Start in ein gemeinsames Leben. Trotzdem sagte ich ohne langes Überlegen zu. Denn auch ich wollte ja nichts anderes, als mit dem geliebten Mann zusammen zu sein. Anna, meine Dienstherrin, zeigte volles Verständnis für meinen Entschluss und nahm meine Kündigung außer der Zeit an. In aller Eile schnürte ich mein Bündel und wanderte mit Sepp etwa eine Stunde bis zu unserem Liebesnest. Es war zwar spärlich möbliert, aber es fand sich alles, was man brauchte: eine winzige Küche, eine Schlafkammer, eine gemütliche Stube. Sogar Elektrizität gab es schon in diesem kleinen Gebäude. Nur das Wasser mussten wir aus dem Brunnen im Hof schöpfen. Freundlicherweise nahm mich die Tante gleich als Stall- und Hausmagd in Dienst. Auf diese Weise konnte ich für die Miete arbeiten, und obendrein bekamen wir unseren täglichen Liter Milch. Sepp fand ganz schnell Arbeit bei einem Sägewerk. Leider lag das so weit von uns entfernt, dass er nicht täglich nach Hause fahren konnte. Daher kam er meist nur an den Wochenenden heim.

Wenn man sich liebt und zusammen eine Schlafkammer hat, bleibt es nicht aus, dass man schwanger wird. Als ich Gewissheit hatte und das dem Sepp mitteilte, freute er sich. Allerdings war ich ziemlich enttäuscht, dass er mir daraufhin nicht gleich einen Heiratsantrag machte. Abgesehen davon ging es mir während der ganzen Schwangerschaft gut, und ich konnte arbeiten wie immer. Als es auf den Geburtstermin zuging, an einem Samstag, die Tante und ich waren gerade beim Melken, gab es in meinem Bauch plötzlich einen Plumps, verbunden mit einem leichten Schmerz. In meiner Unerfahrenheit schilderte ich das besorgt der Tante, die mehrere Kinder zur Welt gebracht hatte. »Ach«, versuchte sie, mich zu beruhigen. »Das ist nur eine Senkwehe. Da wird es wohl bald losgehen.«

Weiter tat sich aber nichts. Nur fiel mir am folgenden Tag auf, dass mein Kind nicht mehr strampelte, während es die Monate zuvor recht lebhaft gewesen war. Am Montagmorgen, der Sepp war zum Glück noch zu Hause, setzten wirklich die Wehen ein. Also marschierte er mit mir, mein Köfferchen in der Hand, eine Stunde lang zur Bushaltestelle.

Bei der Anamnese im Spital erzählte ich der Hebamme von dem Plumps, den ich am Samstag verspürt hatte. Nach der Untersuchung erklärte sie mir:

»Du brauchst keine Angst zu haben. Die Wehen kommen regelmäßig. Das Kind liegt normal, es wird wohl bald da sein.«

Sie sprach nicht davon, dass sie keine Herztöne hörte, wohl um mich nicht zu beunruhigen. Es war wirklich bald da, ein Mädchen. Das arme Kind war völlig blau und tat nicht einen Schnaufer. Da es bereits tot zur Welt gekommen war, erhielt es noch nicht mal die Nottaufe und auch keinen Namen. Auf meine Frage hin erklärte mir die Geburtshelferin, bei dem Plumps, den ich verspürt hätte, sei das Köpfchen wohl ins kleine Becken gerutscht und genau auf der Nabelschnur zu liegen gekommen. Unglücklicherweise habe es diese abgedrückt. Dadurch sei die Sauerstoffversorgung des Ungeborenen unterbrochen worden.

Ich kam zwar ohne Kind nach Hause, musste aber trotzdem die Prozedur über mich ergehen lassen, wie sie damals noch von der Kirche vorgeschrieben war. Nach der Geburt eines ledigen Kindes durfte eine Mutter den Gottesdienst nicht besuchen, bevor sie ausgesegnet war. Ich musste also vor der Kirchtüre warten, bis der Herr Pfarrer herauskam und die Aussegnung vornahm. Erst dann durfte ich an der heiligen Messe teilnehmen.

Nach einem Jahr war es wieder so weit. Erneut marschierte Sepp mit mir zum Bus, weil ich Wehen hatte. Diesmal konnten wir den Heimweg mit einem gesunden Stammhalter antreten. Wieder segnete mich der Pfarrer vor der Kirchtüre aus, damit ich an der heiligen Messe und an der Taufe unseres kleinen Gottfrieds teilnehmen konnte. Sepps Tante war so fürsorglich, eigens einen Kuchen zu backen und einen guten Kaffee aufzubrühen, damit wir in ihrer Stube die Taufe unseres Sohnes gebührend feiern konnten.

Am Abend dieses Tages zog mich Sepp in die Arme und flüsterte mir zu: »Jetzt wird es aber langsam Zeit, dass wir heiraten. Ich hab nämlich keine Lust, Alimente zu zahlen.«

Niemand war seliger als ich.

Das mit dem Heiraten hatten wir uns so einfach vorgestellt. Zunächst besuchten wir den Pfarrer, um das Aufgebot zu bestellen. Es war nämlich Vorschrift, dass an drei aufeinanderfolgenden Sonntagen von der Kanzel verkündet wurde, dass man zu heiraten gedenke. Damit sollte den Gemeindemitgliedern die Möglichkeit gegeben werden, eventuelle Ehehindernisse zu melden. Anschließend marschierten wir zum Standesamt, um einen Termin für die Ziviltrauung auszumachen.

»Ja, so einfach, wie ihr euch das vorstellt, geht das nicht«, belehrte uns der Standesbeamte. »Die Braut ist italienische Staatsbürgerin. Deshalb müsst ihr erst aus ihrer Geburtsgemeinde die notwendigen Papiere anfordern.«

Freundlich erklärte er uns, wie wir das Schreiben formulieren und an wen wir es adressieren sollten. Nun hieß es abwarten. Es verging Woche um Woche. Dreimal waren wir schon von der *Kanzel geflogen*, doch die Papiere waren immer noch nicht eingetroffen. Also verkündete der Pfarrer weiterhin Sonntag für Sonntag, dass wir in den Stand der Ehe zu treten gedächten. Das Gebot lautete nämlich, dass unmittelbar nach der letzten Verkündigung geheiratet werden müsse. Endlich, nachdem der Pfarrer unsere Heiratsabsicht das achte Mal von der Kanzel verkündet hatte, waren die begehrten Papiere da, und wir konnten nach der standesamtlichen Trauung, die nur einige Minuten in Anspruch genommen hatte, zum Altar schreiten.

Wenn ich bisher geglaubt hatte, eine Hochzeit sei das *Happy End*, so merkte ich sehr bald, dass ich mich getäuscht hatte. Noch immer saßen wir sehr beengt in unserem Zuhäusl, und mein Mann verdiente so wenig, dass nicht die geringste Aussicht bestand, unsere Lage zu verbessern. Drei Jahre nach Gottfried kam Josef zur Welt. Er hatte es aber so eilig, dass ich den Weg zum Bus nicht mehr schaffte. Die schnell herbeigerufene Hebamme brauchte das kleine Kerlchen nur noch abzunabeln, alles andere hatte ich allein erledigt. Mit Josefs Geburt wurde es bei uns noch enger.

Einige Tage später klopfte es an unserer Tür. Davor stand eine Schwester meines Mannes. An ihrer sehr ernsten Miene erkannten wir gleich, dass etwas passiert sein musste. Mit wenigen Worten schilderte sie uns, was geschehen war: Vater und Mutter waren im Stall beim Melken gewesen. Urplötzlich war der Vater mitsamt dem Melkschemel umgekippt und die Milch hatte sich ins Stroh ergossen. Sofort hatte die Mutter erkannt, dass sie allein nichts ausrichten konnte, und hatte ihren Zweitältesten zu Hilfe gerufen. Gemeinsam hatten sie den Bewusstlosen in die Stube aufs Kanapee geschafft. Der herbeigerufene Arzt diagnostizierte einen Schlaganfall und meinte, da ließe sich nichts mehr machen.

Ohne das Bewusstsein wiedererlangt zu haben, war mein Schwiegervater noch in derselben Nacht gestorben, erst zweiundsiebzig Jahre alt.

Tief bedrückt nahmen wir an der Beisetzung teil. Bedrückt waren wir deshalb, weil es nicht mehr zu einer Versöhnung zwischen Vater und Sohn gekommen war.

Zu unserer Verwunderung stattete uns einige Tage später meine Schwiegermutter einen Besuch ab. Das sahen wir zunächst als gutes Zeichen, mussten aber bald erkennen, dass es ein böses Omen war.

»In den nächsten Tagen gehen wir zu Gericht«, offenbarte sie uns mit triumphierender Miene. »Du aber wirst keine Einladung erhalten.« Schon war sie wieder verschwunden, ohne auch nur einen Blick an ihre Enkelkinder zu verschwenden.

»Der Sache muss ich nachgehen«, erklärte mein Mann nach dem Blitzbesuch seiner Mutter. Bereits am nächsten Tag war er bei Gericht und erfuhr etwas höchst Interessantes. Wäre sein Vater nicht so überraschend gestorben, wäre dieser drei Tage später beim Notar gewesen zum Unterschreiben, um seinen Erstgeborenen tatsächlich zu enterben. Das Schicksal hatte es jedoch anders vorgesehen. Da der Vater nicht mehr dazu gekommen war, das Testament zu unterzeichnen, würde die gesetzliche Erbfolge eintreten.

Im Beisein meines Mannes stellte der Rechtspfleger aber fest, dass auf der Liste der Erbberechtigten Sepps Name fehlte. Diesen setzte er umgehend dazu.

Nun muss ich noch erwähnen, dass Sepps Vater drei Anwesen besessen hatte, erstens den Bauernhof, auf dem mein Mann aufgewachsen war, zweitens einen Bauernhof in einem anderen Ort, der verpachtet war, und drittens eine Alm. Das Nachlassgericht entschied nun so: Hans, der Zweitgeborene, sollte den Stammsitz bekommen, Sepp den verpachteten Hof und Michael, der Jüngste, die Alm. Bei dieser Erbgeschichte zählten die Töchter nicht mit. Jede von ihnen hatte vor Jahren schon als Heiratsgut eine Kuh, ein Schlafzimmer und die Aussteuerwäsche mitbekommen, wie es der Brauch war.

Mit dieser Entwicklung der Dinge wären wir ganz zufrieden gewesen. Doch Bruder Hans gefiel die Aufteilung nicht. Er fragte bei Sepp an, ob er nicht den verpachteten Hof gegen den Stammsitz tauschen möchte. Begeistert sagte dieser zu. Und so wurde der erstgeborene Bauernsohn doch noch der rechtmäßige Herr auf dem traditionsreichen Hof, und ich, seine Frau, die arme Dienstmagd, wurde Bäuerin.

Eine Künstlertochter

Ursel, Jahrgang 1923, aus Wamel am Möhnesee in Nordrhein-Westfalen

Ehe ich aus meinem Leben berichte, muss ich ein wenig über meine Großeltern mütterlicherseits erzählen, sie spielten nämlich eine wichtige Rolle in meinem Leben.

Großvater Anton P. war Chirurg und besaß in Dresden eine eigene Klinik. Von seinen acht Kindern war meine Mutter die Älteste. Da sich der Herr Doktor als erstes Kind einen Sohn eingebildet hatte, der seinen Namen tragen sollte, bekam die arme Tochter den Namen Antonie und wurde nur »Toni« gerufen. Zur Freude des Herrn Sanitätsrats war das zweite Kind der erwünschte Sohn. Diesem folgte nach einem Jahr ein weiterer Sohn. Danach brachte Frau Sanitätsrätin ziemlich dicht nacheinander noch fünf Töchter zur Welt.

Man mag vielleicht die Vorstellung haben, dass der Besitzer einer Privatklinik reich mit irdischen Gütern gesegnet sei. Dass dem nicht so war, weiß ich durch eine kleine Begebenheit, die meine Mutter gerne zum Besten gab. Diese hatte sich zugetragen, als meine Mutter etwa fünfzehn Lenze zählte und noch Schülerin eines Lyzeums war. Wie alle bessergestellten Ehefrauen verfügte meine Oma über Personal: eine

Köchin, ein Hausmädchen und ein Kindermädchen. Wie immer bereitete die Köchin unter Assistenz des Hausmädchens das Essen zu. Dann deckte das Mädchen im Esszimmer den Tisch. Sobald die ganze Familie hereingestürmt war, trug das Mädchen die Speisen auf. Kartoffeln, Gemüse und Soße gab es reichlich. Sie befanden sich in zugedeckten Schüsseln, beziehungsweise in der Sauciere. Die Bratenscheiben dagegen lagen abgezählt auf einer Platte. Vorher hatte die Hausherrin in der Küche überwacht, dass diese dünn genug geschnitten wurden. Auch wusste sie genau, wie viele Scheiben noch in der Küche verblieben waren. Während die Familie im Esszimmer speiste, aß das Personal in der Küche. Auf Großmamas Läuten hin erschien das Mädchen mit der zweiten Fleischplatte. Von dieser angelte sich der Hausherr ein Stück, wobei er forschend in die Runde schaute mit der Frage: »Wer möchte auch noch ein Stück Fleisch?«

Da gab die Großmutter der Angestellten diskret einen Wink, sich mitsamt der Platte zu entfernen. Dabei sagte sie ganz kleinlaut: »Morgen schmeckt es auch gut.«

Mit Sicherheit war es nicht Geiz, der sie so handeln ließ. Sie musste wirklich mit jedem Pfennig rechnen. Zwar bekam sie täglich von ihrem Gemahl zwanzig Goldmark für den Haushalt, was sich heutzutage nach ganz schön viel anhört. Davon hatte sie aber dreizehn Personen satt zu kriegen, die acht Kinder, die beiden Eltern und die drei Hausangestellten. Sie musste also haushalten, wenn sie über die Runden kommen wollte. Dass sie froh war, wenn mal Essen übrig blieb, ist doch klar.

Wenn zusätzlich Besuch zu verköstigen war, wurde ihr Haushaltsgeld allerdings entsprechend aufgestockt.

Zumindest reichte aber das Einkommen meines Großvaters aus, alle acht Kinder studieren zu lassen. Toni, seine Älteste, hatte es sich in ihren hübschen Kopf gesetzt, Malerin zu werden. Deshalb durfte sie nach dem Abitur in Weimar Kunst studieren. Eines Tages herrschte große Aufregung unter den Studenten. Der Kaiser hatte seinen Besuch angesagt. Wie sollte man den hohen Herrn würdig genug begrüßen? Schließlich hatte jemand einen gloriosen Einfall. Eine Studentin sollte dem berittenen Kaiser auf einem Schimmel entgegenreiten. Die Wahl fiel auf Toni, sie war nämlich die einzige Kunststudentin, die reiten konnte. Man setzte sie also auf ein weißes Ross und drückte ihr ein Blumensträußchen in die Hand. So ritt sie seiner Majestät entgegen und rettete damit die Ehre der Weimarer Studenten.

Gegen Ende ihrer Studien schickte ihr Kunstprofessor sie über den Sommer in das Künstlerdorf Willingshausen/Schwalm. Ihren Erzählungen zufolge muss dort ein unheimlich lustiges Künstlervolk beisammen gewesen sein, das viel Spaß miteinander hatte. Dort lernte meine Mutter Hermann Kätelhön kennen und verliebte sich in ihn. Als sie diesen zu Hause als ihren Auserwählten vorstellte, war der Herr Sanitätsrat darüber gar nicht erbaut. Nicht nur dass der junge Mann verwachsen war, vor allem befürchtete Tonis Vater, dass der Künstler nicht in der Lage sein würde, seine Tochter zu ernähren, geschweige denn eine ganze Familie.

Für seine Älteste hatte sich der Herr Doktor mindestens einen Oberarzt vorgestellt. Letztlich konnte er ihr aber nichts abschlagen und gab seinen Segen zu der Verbindung.

Nur wenige Jahre später, als aus dem armen »Hungerkünstler« ein erfolgreicher Mann geworden war, zeigte sich mein Großvater mächtig stolz auf seinen Schwiegersohn.

Dieser, 1884 in Hofgeismar geboren, hatte seine Kindheit und Jugend in Marburg verbracht, weil seine Eltern schon kurz nach seiner Geburt dorthin übersiedelt waren. Von seiner Konstitution her wäre Hermann nicht in der Lage gewesen, schwere körperliche Arbeit zu leisten. Er hatte nämlich einen Buckel, und dieser war nicht nur ein ästhetischer Makel, er beeinträchtigte auch seine Lungenfunktion. In der Familie wurde erzählt, dieses Gebrechen sei auf ein Verschulden der Hebamme zurückzuführen. Sie habe den Neugeborenen vom Wickeltisch fallen lassen.

Glücklicherweise hatten Hermanns Eltern sehr bald seine künstlerische Begabung erkannt und ihm eine entsprechende Ausbildung ermöglicht, obwohl sie nicht sehr begütert waren. Nach seinem Studium in Marburg konnte er durch ein Stipendium seine Studien in Karlsruhe und München fortsetzen, wo er sich in den Künsten Zeichnen, Radierung, Lithografie, Holzschneiden und Keramik vervollkommnete.

Seit 1908 gehörte er der Willingshäuser Malerkolonie an als realistischer Maler, Holzschneider und Töpfer. In dieser Zeit begegnete ihm, wie bereits erwähnt, die Malerin Toni P. aus Dresden, die Tochter des Sanitätsrats.

Nachdem das junge Paar 1917 geheiratet hatte, zog es nach Essen, auf Empfehlung des damaligen Direktors des Kunstmuseums dieser Stadt. Der junge Künstler hatte nämlich den Auftrag bekommen, eine Radierung anzufertigen als Gedenkblatt für das DRK (Deutsche Rote Kreuz). Dessen Vorsitzende war Margarethe Krupp (1854–1931), die Witwe des Unternehmers Friedrich Alfred Krupp (1854–1902). Dieser war der Enkel von Friedrich Krupp (1787–1826), der 1811 in Essen die weltbekannte Krupp-Gussstahlfabrik gegründet hatte.

Margarethe Krupp führte Hermann in die honorige Gesellschaft Essens ein, wodurch ein Auftrag nach dem anderen auf ihn zukam. Diese Leute waren Mäzene, sie waren keine Sponsoren, wie man heute sagt. Sie waren selbst kunstverständig und kauften das eine oder andere Werk, um die Künstler zu unterstützen. Da mein Vater in der Folgezeit mit Margarethe auf Gesellschaften immer wieder ins Gespräch kam, lud sie ihn eines Tages in die Villa Hügel ein, den Stammsitz der Familie Krupp, damit er sie zeichne. »Bringen Sie Ihre junge Frau einfach mit, sonst langweilt sie sich daheim nur.«

Das tat er dann auch. Während der Künstler die Herrin von Villa Hügel porträtierte, saß Toni auf einem Hocker stumm dabei und schaute zu. Unvermittelt richtete Margarethe das Wort an sie: »Frau Kätelhön, haben Sie schon Bettwäsche für ein Mädchenzimmer?«

Meine Mutter verneinte.

»Statt hier untätig herumzuhocken, sollten Sie Ihre Zeit nutzbringender verwenden. Kommen Sie mal mit.«

Dem jungen Künstler rief sie über die Schulter zu: »Sie gedulden sich bitte einen Moment.«

Dann führte sie meine verwunderte Mutter in einen Raum, in dem sich auf mehreren Regalen viele Ballen Stoff befanden. Frau Krupp, die sehr sozial eingestellt war, versorgte die Frauen ihrer Arbeiter nämlich immer wieder mit Stoffen. Jetzt nahm sie Messstab und Schere zur Hand und hatte im Nu von einem Leinenballen Stoff für zwei Bettlaken abgeschnitten. Dann schnitt sie von einem Ballen weißen Damasts einige Stücke ab. Das alles drückte sie der verdutzt dreinschauenden Toni in die Hand. Einer Schublade entnahm Margarethe Nadel, Faden und Fingerhut und fragte: »Können Sie nähen?«

»Nein«, gab meine Mutter verschämt zu.

»Dann müssen Sie es lernen.« Ohne sich zu zieren, zeigte ihr die feine Dame, die aus einem adligen Hause stammte, mit welchen Stichen man ein Betttuch säumte und wie man aus Damast Bett- und Kopfkissenbezüge nähte. Danach saß Frau Krupp meinem Vater weiterhin Modell, während seine junge Frau eifrig an ihrer »Aussteuer« stichelte. Wenig später fragte Margarethe meinen Vater: »Wo wohnen Sie?«

Er nannte die Straße, in der das junge Paar in einer bescheidenen Mietwohnung lebte.

»Das müssen wir ändern«, sagte Frau Krupp in einem Ton, der keinen Widerspruch zuließ. »Sie sind ein bedeutender Künstler und werden in dieser Stadt noch viele Aufträge bekommen. Deshalb brauchen

Sie einen repräsentativen Wohnsitz mit einem anständigen Atelier.« Dann erzählte sie dem interessiert lauschenden Ehepaar, dass sie seit 1910 auf einem fünfzig Hektar großen Gelände Wohnhäuser für ihre Arbeiter errichten lasse. Das würden keine solchen Kaninchenställe, wie man sie bisher den Arbeitern zugemutet hätte. Sie ließe ansprechende zweigeschossige Häuschen mit jeweils einem kleinen Garten bauen. Ihren Architekten, der aus Hessen stamme und ein sehr fähiger Mann sei, werde sie beauftragen, für den Künstler Kätelhön in dieser Siedlung ein Haus nach seinen Wünschen zu bauen, inklusive Atelier. Er müsse ihm nur umgehend die gewünschten Maße angeben.

Überglücklich taten meine Eltern das in den nächsten Tagen. Etwas Besseres hätte ihnen gar nicht passieren können. Als meine Mutter ihre letzten Stiche an der Bettwäsche vollendet hatte, war auch das Porträt der Herrin von Villa Hügel fertig. Und im Jahr darauf bezogen meine Eltern bereits das schmucke Haus auf der Margarethenhöhe, wie diese Siedlung nach ihrer Gründerin benannt wurde. Später spendete Frau Krupp noch einmal fünfzig Hektar Land, damit man um die Siedlung herum einen Waldpark anlegen konnte.

Unser Haus war, ebenso wie die Arbeiterhäuser, sehr komfortabel. Es war ausgestattet mit Zentralheizung sowie Bad und Toilette, damals eine ausgesprochene Seltenheit. Natürlich war unser Domizil um Einiges größer als die anderen Häuser, da es ein repräsentatives Wohnzimmer hatte und unterm Dach ein großes Atelier.

In diesem Haus erblickte mein Bruder Wolfgang 1920 das Licht der Welt. Drei Jahre später folgte ich, nämlich am 26. März 1923. Und zwei Jahre nach mir erschien noch ein Knabe, der Henner. Damit war das Kleeblatt komplett.

Wenn man als Mädchen zwischen zwei lebhaften Brüdern aufwächst, hat man so einiges auszuhalten. Man lernt aber auch, sich durchzusetzen, und wird gestählt fürs Leben.

An die Zeit in Essen erinnere ich mich noch gut. In der Siedlung fuhren ja keine Autos, also konnten wir uns unbesorgt auf der Straße tummeln. Da es in unserer Nähe keine gleichaltrigen Kinder gab, waren wir drei aufeinander angewiesen. Meist spielten wir einträchtig miteinander, ob im Haus, im Garten oder auf der Straße.

Als ich fünf war, bekam ich zu Weihnachten einen wunderschönen Puppenwagen, den ich in der Stube herumschob. Sobald aber die Frühlingssonne ihre ersten warmen Strahlen auf die Erde sandte, durfte ich mit meinem Wagen nach draußen. Mittlerweile war ich sechs Jahre alt und schob meine Puppen voller Stolz gesittet auf den Gartenwegen. Meine Brüder aber hatten nichts Besseres zu tun, als mich zu ärgern. Statt mit ihren eigenen Fahrzeugen – sie besaßen einen ganzen Fuhrpark mit Dreirad, Roller, Schubkarre und Holländer – herumzudüsen, rissen sie mir meinen Puppenwagen mitsamt dem Inhalt weg und rasten damit auf der geschotterten Straße herum. Bei ihrem Affentempo blieb es nicht aus, dass das zierliche Gefährt umkippte und einige Schrammen davontrug, während meine Puppen im Straßendreck landeten. Ich heulte herzzerreißend und rannte zur Mutter. Diese tröstete mich zunächst und hielt den beiden Übeltätern anschließend eine gehörige Strafpredigt. Nach einigen Tagen aber war diese vergessen, und die beiden Lausbuben bemächtigten sich erneut meines Puppenwagens.

Erst nachdem das dritte mütterliche Donnerwetter über sie ergangen war, ließen sie mich in Ruhe. Vermutlich hatten sie etwas Interessanteres entdeckt, dem sie sich zuwenden konnten.

Normalerweise verließen wir das Haus nur im Dreierpack, um im Freien zu spielen. Eines Tages aber, wir beiden Großen spielten im Kinderzimmer, war Henner verschwunden. Meine Eltern suchten zunächst alle Räume ab, dann den Garten. Sie guckten in die Laube und hinter jeden Busch. Vergebens. Bei ihrer Suche entdeckten sie allerdings, dass das Gartentörchen eine Handbreit offen stand. Das legte den Verdacht nahe, dass Klein-Henner aus dem Haus geschlüpft war, das Törchen aufgemacht und sich auf Wanderschaft begeben hatte. Deshalb zogen wir alle los, durchkämmten sämtliche Straßen der Siedlung und fragten in jedem Haus nach. Nichts. Von meinem kleinen Bruder keine Spur. In ihrer Verzweiflung riefen meine Eltern schließlich die Polizei an und gaben eine Beschreibung des Ausreißers durch. Die Beamten starteten sogleich eine große Suchaktion, indem sie die Vermisstenmeldung an alle Stationen durchgaben und Streifenwagen losschickten. Aber noch ehe man den kleinen Kerl fand, hatte dieser selbst etwas zu seiner »Rettung« unternommen. Er hatte sich in einen anderen Stadtteil verirrt und wusste nicht mehr, wie er nach Hause finden sollte. Doch statt sich weinend an den Straßenrand zu stellen, wie das manch anderes Kind in seiner Situation getan hätte, steuerte er entschlossen auf den nächsten Schutzmann an der Ecke zu und fragte: »Weißt du, wo deine Mutter wohnt?«

Lachend antwortete dieser: »Ja, das weiß ich. Aber du weißt anscheinend nicht, wo deine Mutter wohnt. Komm mal mit.« Widerstandslos ließ sich der Streuner mit auf die Wache nehmen. Dort wusste man bereits, dass ein Vierjähriger namens Henner gesucht wurde. Daher waren seine Eltern schnell ermittelt. Vor Glück strahlend, schlossen sie ihn auf dem Revier in die Arme. Zu Hause erzählte er uns dann mit einer gewissen Wichtigkeit von seinen Erlebnissen. Demnach war er einer Straßenwalze nachgelaufen. Damals waren die Wege in der Siedlung noch nicht asphaltiert gewesen, sondern nur geschottert. Der Schotter musste von Zeit zu Zeit plattgewalzt werden, damit die Straßen für Mensch und Pferdewagen wieder leichter passierbar waren. Dieses Ungetüm von Walze hatte den kleinen Strolch dermaßen fasziniert, dass er ihm immer weiter nachgelaufen war, auch als es mal nach rechts oder links abbog. Plötzlich war das große Fahrzeug auf einen Hof gefahren, wo mehrere solcher Ungetüme standen. Da wollte der Kleine wieder nach Hause, fand aber den Heimweg nicht.

Unsere Dresdner Großmutter war eine ganz liebe Person, deshalb waren wir gerne bei ihr. Als ich sechs Jahre alt war, kündigte meine Mutter an, wir würden wieder Besuch bei den Großeltern machen, weil Opa einen runden Geburtstag feiere. Deshalb gerieten wir ganz aus dem Häuschen. Nach einer abenteuerlichen Bahnfahrt fiel meine Mutter mit uns dreien im Haus des Sanitätsrats ein. Doch selbst wenn Besuch im Haus war, ließ es sich Großvater nicht nehmen, wenigstens für einige Stunden in seine Klinik zu entschwinden. Damit er aber die freie Zeit mit seiner Ältesten genießen konnte, veranlasste er seine Frau, eigens für unseren Besuch ein Kindermädchen einzustellen. Das tat diese bereitwillig, denn ihr war ebenfalls daran gelegen, mit Tochter Toni einige Stunden ungestört verbringen zu können, ohne dass diese dauernd von ihrer Rasselbande auf Trab gehalten wurde.

Leider besaß die junge Person, die Oma engagiert hatte, nicht viel Fantasie. Die einzige Unterhaltung, die sie uns bot, war, dass sie Tag für Tag mit uns im Park spazieren ging. Dabei mussten wir stets unsere besten Sachen tragen. Das haben wir gehasst wie die Pest, denn in der guten Kleidung durften wir nicht spielen, damit wir uns nicht schmutzig machten. Daher fanden wir es in dem Park stinklangweilig. Wir sannen also auf Abhilfe. Am vierten Tag unseres Aufenthaltes verhielten wir uns dem armen Kindermädchen gegenüber so garstig, dass wir sie noch am selben Abend rausgeekelt hatten.

Nun konnten wir unbeaufsichtigt in Opas großem Garten spielen. Dort gab es einen Sandkasten, eine Schaukel und eine Wippe, die noch aus den Kindertagen meiner Mutter stammten. Endlich durften wir uns nach Herzenslust schmutzig machen, weil wir ja unsere Spielanzüge trugen. Das Grundstück war von einer großen Mauer umgeben. Natürlich promenierten an dieser von außen Leute vorbei. Unser Jüngster, dem immer etwas einfiel, wie man seine lieben Mitmenschen ärgern konnte, belud sein Eimerchen mit Sand und legte sich auf die Lauer. Sobald ein Damenhut an der Mauer vorbeispazierte, warf er blitzschnell eine Hand voll Sand auf die andere Seite. Verärgert schimpften die feinen Damen vor sich hin, weil für sie der Übertäter unsichtbar blieb. Der hatte sich immer blitzschnell in den Büschen versteckt. Einmal aber hat eine Dame empört in den Garten geguckt und festgestellt: »Das kann nur ein Kind von Toni gewesen sein.« Demnach war unsere Mama als Kind auch kein Engel gewesen.

Im Jahre 1930, mittlerweile war ich sieben, verlegten wir unseren Wohnsitz nach Wamel am Möhnesee. Mein Vater hatte dort die Hälfte eines abseits gelegenen Hauses von einem Bauunternehmer gekauft. Nach einiger Zeit konnte er die zweite Hälfte dazuerwerben. Überhaupt war mein Vater ein sehr kauffreudiger Mensch. Sein Haus stand bereits auf einem 3000 Quadratmeter großen Grundstück, doch sobald sich die Gelegenheit bot, kaufte er angrenzende Grundstücke dazu. Als erfolgreicher Künstler hatte er das nötige Kleingeld. Ein befreundeter Gutsbesitzer hielt ihm einmal vor: »Hermann, du kannst so viel Grund kaufen, wie du willst, du behältst immer einen Nachbarn.« Das sah mein Vater ein, er kaufte aber trotzdem weiterhin Grundstücke, wenn sich die Gelegenheit bot.

Mit seinem Umzug nach Wamel benötigte Papa natürlich auch ein Auto, weil er viele Aufträge in weitem Umkreis hatte. Da er aber weder einen Führerschein besaß noch einen machen wollte, benötigte er einen Chauffeur. Zudem brauchte er einen Fotografen, weil immer wieder Menschen, Landschaften und Dinge abzulichten waren, die er später in ein Kunstwerk umsetzen wollte. Dazu reichten laienhafte Fotografien nicht aus. Noch ehe er dazu kam, eine entsprechende Annonce aufzugeben, traf er in Berlin auf einen Mann, der alles in sich verkörperte, was mein Vater brauchte. Er war nicht nur ein ausgezeichneter Fotograf und erfahrener Chauffeur, sondern auch dazu in der Lage, meinen körperlich behinderten Vater auf dessen Reisen entsprechend zu betreuen.

Für das große Haus und den riesigen Garten war natürlich ebenfalls Personal vonnöten. Der Vater stellte ein älteres Ehepaar ein, das in einem kleinen Nebenhaus wohnen durfte.

Hilde Schauer, die Frau, war in erster Linie als Köchin angestellt. Sie half aber auch dem Hausmädchen beim Waschen und Bügeln, denn bei uns fielen große Wäschemengen an, da wir oft Logierbesuch hatten, lauter Künstler. Mein Vater war nämlich ausgesprochen gastfreundlich. Wo immer er zu arbeiten hatte und wo immer er andere Künstler traf, lud er sie zu uns ein. Eines Tages sagte sein Chauffeur zu meiner Mutter: »Frau Kätelhön, wenn die alle kommen, die Ihr Mann eingeladen hat, dann …«

Sie kamen tatsächlich alle. Daher passierte es, dass meiner Mutter eines Tages die Betttücher ausgingen.

Sich entschuldigend, erklärte sie der soeben eingetroffenen Künstlerin: »Leider muss ich das alte Laken auf dem Bett lassen. Aber der Vorgänger hat nur eine Nacht drauf gelegen.« Dazu gab mein Vater den Kommentar: »Da können Sie ruhig drauf schlafen. Davon kriegen Sie kein Kind.«

Köchin Hildes Mann, den wir liebevoll »Papa Schauer« nannten, hatte im Ersten Weltkrieg ein Bein verloren, war aber trotzdem in der Lage, alle Arbeiten als Hausmeister und Gärtner zu übernehmen, kurzum – er war unser Faktotum.

Anfang Juni, als die Erdbeeren noch nicht richtig reif waren, stibitzten wir Kinder schon gerne welche. Wenn das Papa Schauer sah, wurde er wütend. Wir liefen natürlich sofort weg, und er versuchte, uns zu folgen. Mit seinem Holzbein schaffte er das aber nicht. Dann schimpfte er hinter uns her wie ein Rohrspatz. Darüber wunderte ich mich, denn die Erdbeeren gehörten ja nicht ihm, sondern unseren Eltern. Aber so loyal waren die Bediensteten damals. Sie verteidigten den Besitz ihrer Herrschaft als wäre er ihr eigener. Mein Vater ist auch mal hinter uns hergerannt, konnte uns aber ebenfalls nicht erwischen. Jahre später, ich war längst erwachsen, träumte ich eines Nachts, er hätte mich eingeholt. Das empfand ich als schlimm.

Als wir nach Wamel zogen, besuchte ich bereits die zweite Klasse, Wolfgang war schon Gymnasiast und fuhr täglich mit dem Zug nach Soest. Henner, unser Kleiner, war noch nicht schulpflichtig.

Allein die Tatsache, dass ich von einer voll ausgebauten Schule in einer einklassigen landete, bedeutete schon eine große Umstellung. Was für mich aber einen noch gravierenderen Unterschied darstellte: Ich war das einzige evangelische Kind in einer rein katholischen Schule. Am Religionsunterricht hätte ich nicht teilnehmen müssen, aber was sollte ich in diesen Stunden anfangen? Heimgehen lohnte sich nicht, und mich auf der Straße herumtreiben war langweilig, weil ja alle anderen Kinder in der Schule saßen. Also blieb ich in der Religionsstunde sitzen, schon aus purer Neugier. Es war ja auch nichts Unrechtes, was ich da erfuhr. Eines bereitete mir allerdings Sorgen: Im Mai besuchten alle Kinder die abendlichen Maiandachten. Um zu erfahren, was es damit auf sich habe, fragte ich Hedwig, meine Banknachbarin, danach. Sie meinte, wenn man recht fromm wäre und fleißig bete, käme man in den Himmel. Ja, in den Himmel wollte ich auch. Um dieses Ziel zu erreichen, würde mir wohl nichts anderes übrig bleiben, als ebenfalls diese Andachten zu besuchen. Doch ehe ich das in die Tat umsetzte, machte ich mir Gedanken darüber, welche Alternative man habe. Also fragte ich Hedwig erneut: »Wo landet man, wenn man nicht in den Himmel kommt?«

»Dann kommt man in die Hölle, ist doch ganz klar«, antwortete sie im Brustton der Überzeugung. Das wollte ich natürlich nicht riskieren. Und da ich es meinem kleinen Bruder, mittlerweile fünf Jahre alt, gut meinte, klärte ich ihn entsprechend auf. Nein, in die Hölle wollte auch er nicht. Dann sinnierte ich laut weiter: »Vielleicht gilt das ja nur für katholische Kinder?«

»Sind wir nicht katholisch?«, wollte Henner wissen.

»Nein, wir sind evangelisch.«

»Aha.«

Nun kamen wir überein, dass wir auf jeden Fall die Maiandachten besuchen sollten. Das könne ja nicht schaden, auch wenn wir evangelisch waren. Denn in die Hölle wollten wir auf keinen Fall. Also trotteten wir Abend für Abend brav mit den katholischen Kindern in die Maiandacht. Zurückblickend muss ich sagen, um das Seelenheil meines älteren Bruders hatte ich mir damals keine Sorgen gemacht. Aber der war ja schon groß, der sollte sich wohl selbst darum kümmern.

Auch später sind wir immer wieder mal in die katholische Kirche zum Gottesdienst gegangen, weil wir das toll fanden, besonders an Feiertagen. Uns beeindruckten die mächtige Orgelmusik und die prächtigen Priestergewänder. Vor allem die Fronleichnamsprozession hatte es uns angetan.

Es gab zwar eine evangelische Kirche, die war aber in Völlinghausen, und dort fand nur alle vier Wochen ein Gottesdienst statt. Der war uns zu langweilig, weil er kein bisschen prächtig war. Außerdem war uns der Weg zu weit. Wir hatten eine Zeit lang ein Hausmädchen, die Paula. Sie war sehr fromm und wollte jedes Mal den evangelischen Gottesdienst besuchen. Das war aber nur möglich, wenn Mama zu Hause war, um uns zu beaufsichtigen. Einmal aber waren meine Eltern am Sonntag nicht zu Hause, und Paula wollte unbedingt in die Kirche. Deshalb bestach sie uns Kinder. Sie versprach uns, wenn wir mit ihr in die Kirche gingen, würde sie uns mittags als Nachtisch Götterspeise machen. Auf die waren wir ganz wild.

Wir sind dann tatsächlich mit ihr in die Kirche gegangen, nur um Götterspeise zu kriegen. Immerhin mussten wir fast eine Stunde hin- und eine Stunde zurückmarschieren. So anspruchslos war man damals. Ich glaube, heute könnte man mit einer Götterspeise kein Kind mehr hinter dem Ofen hervorlocken.

Im Übrigen fand ich es in Wamel wunderbar. Es war noch schöner als auf der Margarethenhöhe. Vor uns lag der wunderbare Möhnesee, ein Stausee, der das Ruhrgebiet mit Trinkwasser versorgte. Hier habe ich meine Jugend verbracht, ständig am, im oder auf dem Wasser. Das war meine schönste Zeit.

Dazu trug auch bei, dass ich eine ganz tolle Mutter hatte. Zumindest empfanden wir beiden Jüngeren das so. Vater konnte sich an unserer Erziehung kaum beteiligen, da er meist auswärts arbeitete, in Essen und Umgebung oder sogar viel weiter weg. Trotz seiner schwachen Gesundheit fuhr er oft ins Bergwerk ein, um Bilder von den Bergleuten bei der Arbeit zu machen.

Im April 1932 wurde mein kleiner Bruder ebenfalls eingeschult. Damit wir zumindest am Nachmittag unsere goldene Freiheit hatten, schmiedeten wir einen Plan. Wenn wir nach dem Mittagessen abhauen wollten, rief unsere Mutter: »Halt, hiergeblieben! Ihr müsst erst eure Schulaufgaben machen.« Dann behaupteten wir mit dem treuherzigsten Gesichtsausdruck: »Wir haben keine Schularbeiten.« Und das hat sie uns immer geglaubt. Das kann ich heute noch nicht verstehen. Wir sind anschließend sofort losgezogen und wurden vor dem Abendessen nicht mehr gesichtet. Im Sommer ging es *ins* Wasser und im Winter *aufs* Wasser, zum Schlittschuhlaufen. Natürlich betraten wir den See nur, wenn die Eisschicht dick genug war.

Unser Freiheitsdrang wurde erst gestoppt, nachdem der Lehrer ein ernstes Wort mit unserer Mutter gesprochen hatte. Da sie selbst zu gutmütig war und es nicht fertigbrachte, streng zu uns zu sein, engagierte sie ein Kindermädchen, die Tante Martha. Tante Martha griff durch. Anfangs beschwerten wir uns darüber bei unserer Mutter. Doch diese erklärte: »Tante Martha hat freie Hand. Was sie verfügt, habt ihr zu tun. Das ist gut für euch.«

Nun ja, vermutlich war das wirklich gut für uns, zumindest für mich. Denn nach der vierten Volksschulklasse schaffte ich tatsächlich den Sprung aufs Lyzeum. Dieses befand sich in Soest. Es gab zwei Lyzeen in der Stadt. Das eine wurde von katholischen Nonnen geführt, das andere stand unter weltlicher Leitung. Natürlich schickte man mich auf dieses. Fortan musste ich also auch täglich am frühen Morgen zum Zug hasten, der auf einer eingleisigen Strecke verkehrte. Er trug den netten Namen Pingel-Anton, warum, weiß ich nicht. Wie gerne wäre ich mit meinem großen Bruder in einem Abteil gefahren. Leider war das unmöglich. Es gab eigens ein Abteil für Jungen und eines für Mädchen.

Das war keine Vorschrift, die von außerhalb erlassen worden wäre, das hatten die Schüler unter sich so geregelt. Und wehe, ein Mädchen verirrte sich in das Jungenabteil! Dem ging es aber schlecht.

In meinem Abteil fuhren natürlich auch befreundete Mädchen aus meiner Wameler Schule mit. In Soest am Bahnhof trennten sich aber unsere Wege, denn sie besuchten selbstverständlich das katholische Lyzeum.

Meist waren Wolfgang und ich am Morgen so spät dran, dass wir den pfeifenden Zug schon hörten. Dann hieß es aber rennen. Es kam oft genug vor, dass der Lokführer auf uns wartete, wenn er uns heransprinten sah. Einmal aber war der Wolfgang wirklich zu spät dran. Von meinem Abteil aus sah ich ihn, wie er mit der Jacke über dem Arm und einem Schuh in der Hand auf den Zug zu hechtete, als dieser sich schon in Bewegung gesetzt hatte. Anderntags entschuldigte sich der Lokführer bei meinem Vater: »Herr Kätelhön, es tut mir leid, aber ich konnte wirklich nicht länger warten.«

Meinem Bruder war nichts anderes übrig geblieben, als sich per Fahrrad zur Schule zu begeben. Mit dem Rad, das war so eine Sache, das weiß ich aus eigener Erfahrung. Denn auch mir blieb es manchmal nicht erspart, den Schulweg mit dem Rad zurückzulegen. Auf dem Hinweg ging das prima. Wir mussten es nur bis auf die Höhe schieben, die man schnell erreicht hatte, dann konnten wir es abwärts laufen lassen. Meist kam man sogar gleichzeitig mit der Bahn in Soest an.

Das Dumme war nur, nach Schulschluss mussten wir das Rad wieder mit nach Hause nehmen. Wir hatten es über eine weite Strecke bergauf zu schieben. Dann kam nur ein sehr kurzes Stück, wo wir es laufen lassen konnten.

Zwei Jahre nach mir wurde auch mein kleiner Bruder Fahrschüler. Unser großer Bruder, der fast schon ein Herr war, hatte inzwischen gelernt, pünktlich zu sein. Nun waren es Henner und ich, die allmorgendlich um die Wette zum Zug rannten.

Bei der Heimfahrt kam es manchmal vor, dass der Zug kurz vor dem Bahnhof stehen bleiben musste, weil das Signal auf »Halt« stand. Er konnte erst weiterfahren, wenn die Einfahrt zum Bahnhof freigegeben war. Der Zug stand dann für kurze Zeit direkt oberhalb unserer Grundstücksgrenze. Dann stürmten Henner und ich aus dem Wagen, sprangen über den Zaun und rannten nach Hause. Wegen der paar Hundert Meter, die wir an Weg einsparten, hätte sich das eigentlich nicht gelohnt. Aber wir machten uns einen Sport daraus, am Signal auszusteigen. Unbedarft, wie wir damals waren, kam uns gar kein Gedanke, welche Gefahr darin steckte. Der Zug hätte ja im Moment unseres Aussteigens losfahren können.

Als ich sechzehn Jahre alt war, machte mir der Besuch des Lyzeums keinen Spaß mehr, deshalb verließ ich es mit der Mittleren Reife. Nun erhob sich die Frage, welchen Beruf ich ergreifen sollte. Künstlerische Ambitionen hatte ich keine, weder in Richtung bildender Kunst noch in Richtung Musik. Sicher, wie alle bessergestellten Töchter hatte ich den obligatorischen Klavierunterricht über mich ergehen lassen. Da ich aber zu faul war zum Üben, hatte ich es nie zu Virtuosität gebracht.

Auch sonst hatte ich zu dieser Zeit keinerlei Vorstellung davon, was ich werden sollte. Deshalb schickten meine Eltern mich für ein Jahr zur »Maidenschule« nach Birkelbach in der Nähe von Berleburg. Diese Schule war von Lehrerinnen gegründet worden, die nach dem Ersten Weltkrieg aus Ostpreußen gekommen waren, damit sie eine Aufgabe und eine Verdienstmöglichkeit hatten. Ursprünglich war diese Schule zur Ausbildung von landwirtschaftlichen Lehrerinnen gedacht. Mittlerweile tummelten sich hier aber überwiegend höhere Töchter mit Abitur oder Mittlerer Reife, die ebenso wie ich noch nicht wussten, was sie werden sollten.

Dort lernte ich lauter nützliche Dinge: Kochen, Waschen, Bügeln und was sonst so im Haushalt anfiel. Außerdem Melken, Tiere füttern, den Stall ausmisten und einstreuen und allerlei Feldarbeiten. Zu dieser Schule gehörten nämlich Ställe mit Kühen, Schweinen und Hühnern und entsprechendem Ackerland.

Nach diesem lehrreichen Jahr machte ich mich eine Weile zu Hause nützlich und half vor allem im Garten mit. Unseren guten alten Papa Schauer hatten wir längst zu Grabe getragen, und seine Frau war zu einem ihrer Kinder gezogen. In unserem Gärtnerhaus lebte also ein neues Ehepaar, das für Haus und Garten zuständig war. Wie in jedem Sommer hatte unser Faktotum den Garten in ein Blumenmeer verwandelt. Das brachte mich auf die Idee, für meine Eltern zum Hochzeitstag eine Blumenschale zu arrangieren. Mein Vater war davon so angetan, dass er vorschlug: »Die Ursel sollte Gärtnerin werden.«

Diese Idee gefiel mir. Deshalb war es mir recht, dass er mich umgehend bei der Gartenbauschule in Bad Godesberg anmeldete.

»Mutti, wenn es mir da nicht gefällt, kann ich dann nach vier Wochen wieder nach Hause kommen?«, versuchte ich, mir ein Hintertürchen offen zu halten.

»Ja, sicher«, war ihre Antwort.

Im Mai 1940 ging ich also nach Bad Godesberg und fühlte mich nach wenigen Tagen schon so zu Hause, dass ich gar nicht mehr ans Heimgehen dachte. Es war genau der richtige Beruf für mich. Leichtsinnig, wie ich war, arbeitete ich im Garten allerdings ohne Handschuhe. Ich besaß ja noch nicht mal welche. Da war es kein Wunder, dass ich nach drei Wochen kaputte Hände hatte. Deshalb musste ich ein bisschen pausieren und sie mit Creme pflegen. Nach einigen Tagen war alles wieder heil. Dann besorgte ich mir aber doch Handschuhe und arbeitete damit weiter.

Im November 1940 übermittelte mir die Direktorin die traurige Nachricht, dass mein Vater gestorben war. Dankbar dachte ich daran, dass es eine seiner letzten guten Taten gewesen war, mich nach Bad Godesberg zu schicken. Sein Tod hatte nichts mit dem Krieg zu tun, er war eine Folge seiner schwachen Gesundheit. Es war ein Wunder, dass er überhaupt so lange gelebt hatte und wie ein Besessener hatte arbeiten können.

Wenige Monate später, Anfang 1941, ließ mich die Direktorin der Gartenbauschule erneut zu sich rufen. Diesmal eröffnete sie mir, dass mein Bruder Wolfgang in Russland für Volk und Vaterland gefallen war. Obwohl man täglich mit einer solchen Mitteilung hatte rechnen müssen, war es ein Schock für mich.

Ich sackte auf meinem Stuhl zusammen und weinte bitterlich. Vor allem dachte ich an meine arme Mutter, wie sie das verkraften sollte. Nach einer Weile schloss mich die sonst so strenge Direktorin in die Arme und sprach begütigend auf mich ein. Diese menschliche Anteilnahme tat mir sehr gut.

Am Wochenende durfte ich zu meiner Mutter, damit wir uns gegenseitig Halt geben konnten. Wir waren froh, dass meinem Vater dieser Schmerz erspart geblieben war.

Das Leben musste aber weitergehen, also kehrte ich in die Gartenbauschule zurück.

Im zweiten Ausbildungsjahr war ein Praktikum vorgeschrieben. Dieses praktische Jahr leistete ich in einer Werksgärtnerei in Soest ab. Das war eine harte Zeit. Morgens um sieben musste ich anfangen, und abends um sieben sollte Schluss sein. Oft wurde es aber halb acht oder gar acht, bis ich Feierabend machen durfte.

In dieser Gärtnerei gab es zwei Lehrlinge, die waren die reinste Pest. Sie setzten alles daran, mich fertigzumachen. »Mobben« würde man das heute nennen. Wenn ich nicht zwischen zwei Brüdern aufgewachsen wäre, hätte ich schon bald das Handtuch geworfen. So aber wusste ich auf die Attacken meiner »Mitarbeiter« richtig zu reagieren. Der eine Lehrling erzählte zudem immer Witze unter der Gürtellinie. Als wohlbehütet aufgewachsene Tochter verstand ich diese zwar nicht, ich lachte aber anstandshalber, damit er das nicht merkte. Das war sicher besser so. Nach einiger Zeit wurde ich von den Jungen anerkannt und konnte unbehelligt arbeiten.

In diesem Familienbetrieb gab es eigentlich drei Generationen von Männern. Der Junior aber war im Krieg. Daher blieb die ganze Verantwortung an seinem Vater hängen, und sein Großvater arbeitete auch noch fleißig mit. Der Vater war ein sehr freundlicher und zuvorkommender Mann. Wenn er sah, dass ich mich mit einem Zentnersack abplagte, nahm er ihn mir ab. Von den beiden Lehrlingen war in dieser Hinsicht keine Hilfe zu erwarten.

Mit dem Senior musste ich immer wieder gemeinsam arbeiten. Dabei meckerte er von Anfang bis Ende. Im Frühsommer legte ich mal mit ihm ein Beet an. Da es ein heißer Tag war und mich mein Rock störte, weil er mir ständig um die Beine flatterte – Hosen gab es damals für Mädchen nicht und kurze erst recht nicht –, steckte ich den Rocksaum kurzerhand von unten her in die Beinabschlüsse meines Schlüpfers, die mit Gummizug versehen waren. Ja, was hat er sich darüber aufgeregt! Und was hat er mich beschimpft, weil man ein Stück nackte Beine sah! Als ich genug hatte von seinem Gezeter ging ich zum Gegenangriff über: »Also, Opa, wenn du jetzt nicht still bist, dann haue ich ab.«

Von dem Moment an war er friedlich, und ich konnte gut mit ihm zusammenarbeiten.

Während meiner Zeit in der Gärtnerei zu Soest konnte ich jeden Samstagabend nach Hause fahren und musste erst am späten Sonntagabend wieder zurück sein.

An einem dieser Sonntage fragte mich meine Mutter, ob ich sie nach Hamm zu einer Kunstausstellung begleiten wolle. Dort seien Werke meines Vaters zu sehen. Dazu hatte ich absolut keine Lust, weil doch der Sonntag mein Heiligtum war. Es war der einzige Tag, an dem ich ausschlafen konnte. Außerdem kannte ich alle Werke meines Vaters. Schließlich gelang es Mutti aber doch, mich zu überreden. Ich fuhr mit, wenn auch widerwillig. Der Museumsdirektor, der mit meinem Vater befreundet gewesen war, führte uns persönlich herum. Plötzlich stand ein hübscher junger Mann vor uns. Diesen stellte er uns als Robert, seinen Sohn, vor. Er war Leutnant und sah in seiner weißen Marine-Uniform wirklich umwerfend aus. Nach der Führung lud uns der alte Herr zum Nachmittagskaffee ein. Vom Museum zu seinem Wohnhaus war es nicht weit. Deshalb legten wir den Weg zu viert zu Fuß zurück. Dabei kamen wir an einem Kirmesplatz vorbei. In Erinnerung daran, wie toll es immer auf der Kirmes in Soest gewesen war, fragte ich: »Mutti, darf ich nachher auf die Kirmes gehen?«

Großzügig erlaubte sie es. Spontan schaltete sich der Sohn unseres Gastgebers ein: »Da komme ich mit.«

Was soll ich denn mit dem?, dachte ich. Zudem wusste ich, dass er sich als Offizier in seiner Uniform nicht auf dem Kirmesplatz blicken lassen durfte. Inzwischen hatten wir die Wohnung erreicht, und noch ehe wir uns an der Kaffeetafel niederließen, erklärte der junge Mann: »Ich zieh mal eben Zivil an.«

Auch in Zivilkleidung machte er eine gute Figur. Deshalb war es mir gar nicht unangenehm, dass er mich zum Rummelplatz begleitete. Dort verbrachten wir wirklich ein paar schöne Stunden. Vermutlich, um mir zu imponieren oder um mir etwas schenken zu können, versuchte er sich an der Schießbude. Doch er traf immer daneben, auch als er sich ein anderes Gewehr geben ließ. »Ach«, entschuldigte er sich gewissermaßen, »das muss an den Gewehren liegen«.

Darauf reagierte die Frau von der Schießbude leicht säuerlich, sie wollte sich ja ihr Geschäft nicht vermiesen lassen: »Das liegt nicht an den Gewehren, Sie sind nur verliebt.« Verlegen lachten wir beide.

Als meine Mutter und ich mit dem letzten Zug nach Hause fuhren, war ich etwas aufgekratzt, aber verliebt war ich noch nicht. Einige Tage später erhielt ich einen Brief von dem jungen Offizier, in welchem er mich um die Adresse eines gemeinsamen Bekannten bat, über den wir gesprochen hatten. Das war der Beginn einer lebhaften Korrespondenz zwischen uns. Robert hatte eine sehr schöne Handschrift, die mir mächtig imponierte. Spätestens ab diesem Zeitpunkt bereute ich es nicht mehr, meine Mutter zu der Kunstausstellung begleitet zu haben.

Nach dem Praktikum ging es wieder zurück auf die Gartenbauschule. Von dort wurde die Korrespondenz fortgesetzt. Nun besuchte ich die Oberklasse, in der wir nur sieben Mädchen waren. Das war natürlich toll. In der Unterklasse waren wir nämlich sechzig Auszubildende gewesen. Die meisten davon waren wohl durch das anstrengende Praktikum auf der Strecke geblieben.

Im Mai 1943 erreichte mich in Bad Godesberg eine neue Schreckensnachricht. Aus dem Rundfunk erfuhren wir, dass die Eder-, die Sorpe- sowie die Möhnetalsperre von englischen Flugzeugen bombardiert worden waren. In größter Sorge versuchten wir Mädchen, die aus diesen Regionen stammten, zu Hause anzurufen, um zu erfahren, ob unseren Angehörigen etwas passiert sei. Im Radio hatte man nämlich nur sehr spärlich darüber berichtet. Vielleicht war der Bericht so zurückhaltend, weil man die Bevölkerung nicht beunruhigen wollte. Wahrscheinlicher aber war es, dass man die Erfolge des Feindes nicht an die große Glocke hängte, das hatten wir schon herausgefunden. Waren dagegen militärische Erfolge der Deutschen Wehrmacht zu verzeichnen, dann wurde darüber groß und breit berichtet.

Doch die Telefonleitungen waren alle unterbrochen. Der Telefonistin gelang es, mich einigermaßen zu beruhigen, indem sie fragte: »Wo haben Sie denn gewohnt?«

Ich beschrieb ihr, dass unser Haus am Anfang des Sees stehe. Da erklärte sie mir, dort sei nichts passiert, das Unglück habe sich unterhalb des Staudammes ereignet. Als ich am Wochenende endlich nach Hause durfte, fand ich Mutter, Bruder, unsere Gäste und Hausangestellten wohlauf. Aber alle standen noch irgendwie unter Schock und berichteten mir über das Ausmaß der Katastrophe. Schon tagelang vorher hatten englische Flugzeuge über dem Gebiet gekreist, um auszukundschaften, wie sie die Industrieanlagen, die unterhalb der Staumauer angesiedelt waren, vernichtend treffen könnten. Dass dabei auch Menschenleben auf dem Spiel standen, nahm man in

Kauf. In der Nacht vom 16. auf den 17. Mai schien der ideale Zeitpunkt gekommen. Die betroffenen Talsperren führten Frühjahrshochwasser, was eine besonders verheerende Wirkung versprach. Die wolkenlose Vollmondnacht bot eine gute Sicht auf die Ziele. Also führten die Bomber ihr tödliches Werk aus. Das Gebiet unterhalb der Möhnetalsperre traf es am schlimmsten. Zwar heulten in den unterhalb liegenden Ortschaften die Sirenen noch rechtzeitig, doch die Menschen reagierten völlig falsch. Weil sie das so gewohnt waren, suchten sie Zuflucht in den Luftschutzkellern, doch gerade diese wurden für die meisten von ihnen zur Todesfalle.

Über den Ablauf der Katastrophe konnte mir ein Freund unserer Familie, der Maler und Bildhauer Fritz Viegener (1888–1976), einen ziemlich genauen Bericht geben. Er war ein direkter Augenzeuge dieses schrecklichen Schauspiels gewesen. Er, der aus Soest stammte, wohnte zur betreffenden Zeit in Möhnesee-Delecke. Man behauptete von ihm, er habe das Zweite Gesicht. Ob man das bereits vor diesem Ereignis gesagt hatte oder erst danach, ist mir nicht bekannt. Jedenfalls stand er in der bewussten Nacht von innerer Unruhe getrieben auf, verließ sein Haus und stieg auf den Hügel. In der mondhellen Nacht sah er die englischen Bomber heranfliegen, er sah, dass einige der Flugzeuge abstürzten, wohl von der deutschen Flak getroffen. Dennoch hörte er kurz nach Mitternacht einen Bombenhagel und konnte erkennen, dass in der Staumauer eine breite Bresche entstanden war. Aus dieser wälzte sich eine gewaltige Flutwelle zu Tal. Die Möhne riss alles mit, was sich ihr in den Weg stellte, Häuser, Bäume, Fabrikhallen, Menschen und Tiere. Ihre tödlichen Wassermassen mündeten in die Ruhr und setzten dort das beabsichtigte Zerstörungswerk fort. Selbst in Essen forderte die Flut noch Todesopfer. Wie später bekannt wurde, hatte es über 1500 Tote gegeben. Tief erschüttert kehrte ich wieder in meine Schule zurück.

Am Ende des Oberklassenjahres erschien eine Abordnung aus Berlin, die uns die Prüfung abnahm. Danach hatte ich den Gesellenbrief in der Tasche. Damit hätte ich gerne eine Gartenarchitektenschule besucht. Die war jedoch nach Posen ausgelagert worden. Mittlerweile schrieben wir das Jahr 1944, und der Krieg tobte unentwegt weiter. Deshalb ließ mich meine Mutter nicht gehen. Das war mein Glück. Wer weiß, was sonst aus mir geworden wäre. Eine Freundin von mir aus der Gartenbauschule hatte nämlich den Weg nach Posen angetreten. Aber auf welch abenteuerliche Weise ist die wieder nach Hause gekommen! Bei allem hatte sie noch Glück, dass sie die Flucht überlebt hat. Den Normalbürgern aus den Ostgebieten war es ja lange Zeit verboten, zu flüchten. Wer diesem Verbot zuwiderhandelte, wurde erschossen. Erst als die Rote Armee vor der Tür stand, durften sich die Menschen auf den Weg nach Westen begeben. Das überlebten viele nicht, denn es gab kaum mehr ein Durchkommen, dazu die eisige Kälte. Solche Gefahren sind mir dank der Vorsicht meiner Mutter erspart geblieben. Die Bonzen hatten sich natürlich rechtzeitig abgesetzt.

Nicht nur für mich war es ein Segen, dass meine Mutter mich nicht nach Posen gelassen hat, sondern auch für sie. Denn in ihrem Haus gab es bald viel zu tun, da wurde jede Hand gebraucht.

Vorher aber durfte ich zur Belohnung für mein gutes Examen mal richtig Urlaub machen. Zufällig hatten zu diesem Zeitpunkt zwei Cousinen von mir, die in Hamburg lebten, bei uns angefragt, ob ich mit ihnen Urlaub in Garmisch-Partenkirchen machen wolle. Und ob ich das wollte! In Dortmund stieg ich zu ihnen in den D-Zug, der uns in den Süden brachte.

Nach drei wunderschönen Wochen, fern vom Kriegsgetriebe, sollte es wieder heimwärts gehen. Am Tag der Abreise sagte ich zu meinen Cousinen: »Wisst ihr was? Ihr könnt alleine nach Hause fahren, ich fahre nach Dresden zu unserer Großmutter.« Großvater lebte zu dieser Zeit leider nicht mehr.

Die alte Dame war sehr erfreut über meinen überraschenden Besuch. Als ich ihr dann verriet, aus welchem Grund ich so plötzlich aufgetaucht war, unterstützte sie mich bei meinem Vorhaben. Im Urlaub hatte ich nämlich eine Nachricht erhalten, dass Robert schwer verwundet in einem Lazarett bei Dresden liege.

Er freute sich riesig über meinen Besuch. Nun erfuhr ich die volle Wahrheit. Inzwischen hatte man ihn von der Marine zum Heer beordert und als Panzerfahrer eingesetzt. Als solcher hatte er einen Volltreffer vor den Sehschlitz bekommen. Dabei hatte es seine Augen schwer erwischt. Gott sei Dank konnte er beide Augen behalten. In einem Auge war allerdings die Linse durchschlagen worden, sodass er nur noch Hell und Dunkel unterscheiden konnte. Das andere Auge behielt zum Glück die volle Sehkraft.

Allerdings war ihm mit nur einem Auge das räumliche Sehen nicht mehr möglich. Deshalb konnte er später sein eingeschlagenes Medizin-Studium nicht fortsetzen.

Von Großmutters Haus aus besuchte ich ihn täglich. Nach einigen Tagen durfte er schon mit mir spazieren gehen. Das kosteten wir natürlich voll aus. Erst zum Zapfenstreich musste er wieder im Lazarett sein. Daher konnte ich gerade noch den letzten Bus nach Dresden erwischen. So kam ich erst gegen dreiundzwanzig Uhr bei Oma an. Außer sich vor Sorge, hatte sie nicht schlafen können und machte mir massive Vorwürfe, die in dem Seufzer endeten: »Nein, Kind, was da alles hätte passieren können!«

»Was sollte schon groß passieren?«, fragte ich treuherzig.

»Ja, was schon?«, wiederholte sie. »Du kommst nachher mit einem unehelichen Kind daher, und deine Mutter macht mich dafür verantwortlich.«

»Aber Großmama, was du nur denkst! Wir haben uns noch nicht mal einen Kuss gegeben.«

Verrückt, nicht wahr? Aber so brav waren wir damals.

Nun ja, ich konnte meiner Großmutter nicht ewig zur Last fallen und kehrte nach Hause zurück. Da Robert aufgrund seiner schlimmen Verletzungen nicht mehr kriegstauglich war, wurde er einige Wochen später nach Hamm in sein Elternhaus entlassen.

Von meiner Mutter war ich daheim sehnsüchtig erwartet worden. Das Haus war voller Leute, und sie brauchte dringend Hilfe. Sie hatte nämlich nach und nach achtundzwanzig Personen aufgenommen, alles Künstler. Diese waren entweder in ihrem Wohnort ausgebombt worden, oder sie waren geflüchtet, weil es ihnen zu Hause zu brenzlig geworden war. Jedes Ehepaar hatte bei uns ein Schlafzimmer, mehr aber auch nicht. Bei schlechtem Wetter hielten sie sich tagsüber im Atelier auf. Bei uns herrschte also schon große Enge, da stand plötzlich auch noch ein angesehener Fotograf mit Frau und Kind vor der Tür. Diese befreundete Familie war vor den Bomben in Essen geflüchtet. Eigentlich wollten sie nur Station bei uns machen, Mama nötigte sie jedoch, dazubleiben. Aber wohin mit ihnen? Alle zwölf Gästezimmer und selbst mein Zimmer waren mit Flüchtlingen belegt. Ja, sogar das Wohnzimmer hatte man bereits in einen Schlafraum umfunktioniert. Doch meine praktisch denkende Mutter wusste Rat. Sie räumte ihr eigenes Zimmer, in dem sie schon mich aufgenommen hatte, und überließ es der Fotografenfamilie. Mama und ich zogen dann ins Atelier, wo wir auf Matratzen nächtigten. Tagsüber räumten wir diese weg, damit sich unsere Gäste dort aufhalten konnten.

Als der Krieg endlich vorbei war, hofften wir auf eine Besserung unserer Wohnsituation. Stattdessen wurde es noch schlimmer. Nun besetzten die Amerikaner unser Haus. Binnen weniger Stunden mussten wir es alle verlassen und konnten nur das Nötigste mitnehmen. Selbst das Hausmeisterehepaar wurde obdachlos, denn ihr Häuschen wurde ebenfalls besetzt. Was tat unser Faktotum? Er warf kurzerhand die Hühner aus ihrem Stall, schrubbte ihn sauber und wohnte mit seiner Frau dort.

Die meisten unserer Gäste kamen auf den umliegenden Bauernhöfen unter, und einige bezogen die Hütte am anderen Ende unseres Grundstücks, die normalerweise zur Lagerung der Holzvorräte diente. Da der Winter aber vorbei war, befand sich kaum noch Holz darin.

Wir selbst, meine Mutter und ich, zogen in unser Bienenhaus. Sie war nämlich eine begeisterte Imkerin gewesen. Nun hausten wir im hinteren Teil des Bienenhauses, und im vorderen Teil trugen unsere Immen fleißig Honig ein. Die haben uns nicht gestört.

Wo sich mein Bruder Henner befand, wussten wir zu der Zeit nicht. Noch kurz vor Kriegsende war er eingezogen worden. Zum Glück war er nicht mehr an die Front gekommen, doch gleich nach Kriegsende geriet er in französische Gefangenschaft. Aber nicht für lange. Nach seiner Entlassung schlug er sich auf abenteuerliche Weise zu uns durch. Mittlerweile lebten wir wieder im Haupthaus. Dorthin hatten wir nach einem halben Jahr im Bienenhaus zurückkehren können, gerade noch rechtzeitig, bevor der Winter hereinbrach.

Dass wir wieder in unserem Haus wohnen durften, war einzig und allein das Verdienst meiner Mutter gewesen. Sie hatte nämlich etwas unternommen, das ihr niemand zugetraut hätte, ihr, der verwöhnten Arzttochter und verhätschelten Künstlergattin. Ohne jemandem etwas davon zu sagen, war sie, sobald der Bahnverkehr wieder lief, nach Münster gefahren, um den englischen Kunstschutzoffizier aufzusuchen. Diesem hatte sie die missliche Lage von uns allen geschildert. Daraufhin durften wir wieder in unser Haus einziehen, mitsamt den Künstlern, deren eigene Wohnungen zerstört waren. Die anderen, denen ein einigermaßen intaktes Zuhause geblieben war, waren mittlerweile dorthin zurückgekehrt. Aber auch diejenigen, die noch bei uns wohnten, bemühten sich um eigene Wohnungen und verließen uns nach und nach. Unser Hausmeisterehepaar war glücklich, wieder in das kleine Wohnhaus einziehen zu dürfen, und von dort aus ihres Amtes walten zu können.

Während unserer Zeit im Bienenhaus hatte ich einige Male »Krankenbesuch« in Hamm gemacht. Bei einer dieser Gelegenheiten gab Robert mir vor der Haustür zum Abschied einen Kuss. Danach stellte er schlicht und ergreifend fest: »Nun sind wir verlobt.« Um das zu untermauern, entnahm er seiner Rocktasche ein Tütchen, in dem sich zwei goldene Ringe befanden, und steckte sie uns feierlich an. Anschließend erklärte er mir, das seien die Trauringe seiner Großeltern, denn in dieser Zeit gab es ja nichts zu kaufen.

Im Jahr darauf schritten wir zum Traualtar. Und da mittlerweile in meinem Elternhaus Platz genug war, nahmen wir dort vorübergehend Wohnung, bis wir uns ein eigenes Nest leisten konnten.

Der richtige Händedruck

Johanna, Jahrgang 1930, aus Memmingen im Allgäu

Obwohl meine Eltern beide vom Land stammten, lebten wir in der Stadt Memmingen im Allgäu. Mein Vater war dort nämlich als Finanzbeamter tätig. Mit Theresia, meiner Schwester, nur ein Jahr älter als ich, besuchte ich eifrig den Kindergarten. Diese Stadt war so fortschrittlich, dass sie bereits einen Kindergarten unterhielt, um die Mütter zu entlasten. Eines Sonntagvormittags tauchte bei uns zu Hause Besuch auf. Ein Bruder meines Vaters und seine Frau, also Onkel und Tante, standen überraschend vor unserer Tür. Wir Kinder freuten uns riesig, und nicht nur, weil sie uns eine Kleinigkeit mitgebracht hatten. Wir liebten Besuch, denn Besuch war bei uns eine Rarität. Während wir Mädchen in einer Ecke unseres Wohnzimmers einträchtig spielten, glaubten unsere Eltern wohl, wir bekämen von ihrer Unterhaltung nichts mit. Ich aber hatte meine Öhrchen voll bei den Gesprächen der Erwachsenen. So erfuhr ich, dass meine Verwandten auf einem Bauernhof wohnten. Ihrer Schilderung nach musste das Leben dort so interessant sein, dass ich spontan einen Entschluss fasste. Mit meinen noch nicht ganz fünf Jahren stellte ich mich vor Onkel und Tante hin und verkündete: »Ich will mit auf den Bauernhof.«

»Jaaa«, antwortete mein Onkel. »Dich nehmen wir mit.« Ich war überrascht, zu hören, dass meine Mutter, die sonst sehr ängstlich um uns besorgt war, in das gleiche Horn stieß: »Ja, du darfst mit.«

Überglücklich zog ich mich ins Schlafzimmer zurück, um zu packen. Zu meiner Freude fand ich in unserer Abstellkammer ein passendes Schächtele und stopfte meine wichtigsten Habseligkeiten hinein. Ich musste es nur noch sorgfältig verschnüren. Deshalb bat ich wenig später meine Mutter um einen Bindfaden. Sie wurde stutzig: »Einen Bindfaden?« Ich nickte. Ohne weitere Nachfrage suchte sie das Gewünschte aus ihrer Kordelsammlung heraus.

Am Spätnachmittag brach unser Besuch auf. Ich, mit Hütchen und Mantel bekleidet, gesellte mich zu ihnen. »Guck mal«, machte ich meine Tante auf mein Gepäckstück aufmerksam, indem ich es hochhielt. »Hier habe ich meine Sachen drin.«

»Ja, natürlich«, sie lächelte nachsichtig, und auch meine Mutter, die unseren Besuch zum Bahnhof begleiten wollte, erhob keinen Einspruch. Stolz wie Oskar spazierte ich mit meinem Schächtele in der Hand neben den Erwachsenen zum Bahnhof. Der Zug stand schon da, und unsere Gäste stiegen ein. In der Erwartung, sie würden nun ihre Hände ausstrecken und mich hinaufziehen, reckte ich ihnen meine Händchen entgegen. Der Onkel aber knallte eiskalt die Türe zu und ließ mich stehen. Vom Fenster aus winkten sie uns noch freundlich zu. Dann setzte sich der Zug dampfend und pfeifend in Bewegung. Vor lauter Enttäuschung brüllte ich so laut, dass andere Reisende auf dem Bahnsteig meine Mutter umringten und sie fragten, warum meine Eltern mich nicht mitgenommen hätten. Um ihnen nicht eine lange Erklärung geben zu müssen, zerrte meine Mutter mich schnell aus der »Gefahrenzone« und zum Ausgang des Bahnhofs.

Für mich war das Ganze ein so einschneidendes Erlebnis – einem Kind so etwas vorzumachen und es nicht zu halten –, dass ich das Vertrauen in die Aussagen von Erwachsenen verlor. Traurig zog ich mit meinem Schächtele wieder heim, während meine Mutter den ganzen Weg über versuchte, ihr weinendes Kind zu trösten: »Schau, Johanna, das geht doch nicht. Du kannst nicht einfach mitfahren. Die könnten sich gar nicht um dich kümmern. Die haben doch so viel Arbeit auf ihrem Hof.«

Bei dem Wort »Hof« schluchzte ich erneut haltlos auf. Deshalb bemühte sich die Mutter um andere Argumente: »Daheim hast du es doch viel besser. Du kannst mit Theresia spielen, du kannst mit ihr in den Kindergarten gehen. Der Papa und ich wären sehr traurig, wenn du so lang fort bist.« Allmählich beruhigte ich mich.

Eigentlich hätte es mich schon stutzig machen müssen, dass meine Mutter keinen Einspruch erhob, als ich den Reisewunsch geäußert hatte. Denn trotz meines zarten Alters hatte ich schon die Erfahrung gemacht, dass meine Mutter um ihre Kinder äußerst besorgt war, mehr als andere Mütter. Sie hatte uns beide per Kaiserschnitt zur Welt gebracht – was ich damals allerdings noch nicht wusste. Ein Kaiserschnitt war zu jener Zeit noch ein sehr riskanter Eingriff. Deshalb hatte ihr der Arzt von weiteren

Schwangerschaften dringend abgeraten. Kein Wunder also, dass sie die beiden Kinder, die sie unter großer Mühe und Gefahr geboren hatte, bewachte wie eine Glucke. Wir durften »nichts«. Wir hatten eine kleine Freundin, die im selben Haus wohnte, die durfte »alles«. Im Sommer durfte sie auf der Straße spielen. Sie durfte Roller fahren, sie durfte Rollschuh fahren. Zu Weihnachten bekam sie sogar Schlittschuhe. Ganz in unserer Nähe befand sich nämlich eine Wiese, die im Winter überschwemmt wurde, sodass eine glatte Eisfläche entstand. Auf der konnte man Schlittschuh laufen, ohne dass die Gefahr bestand, einzubrechen. Selbst dort durften wir nicht hin. »Nein, Kinder«, hieß es von meiner Mutter. »Da dürft ihr nicht hin, da brecht ihr euch den Fuß.«

Alle anderen Kinder lernten Fahrradfahren, nur wir nicht. Mit dem Argument: »Nein, Kinder, da fallt ihr runter« hinderte sie uns daran.

Da wir aber nicht ständig zurückstehen wollten, probierten wir einige Dinge heimlich aus. Wir wohnten in einem großen zweistöckigen Haus, das einen geräumigen Dachboden hatte. Durch diesen ragten zwei Kamine bis durchs Dach ins Freie, sonst war er völlig leer. Unsere kleine Freundin hatte von ihrem älteren Bruder ein Fahrrad geerbt, an dem nur noch eine halbe Lenkstange war. Eigentlich ist es unmöglich, mit einer halben Lenkstange richtig Rad zu fahren. Dennoch übten wir mit diesem Vehikel fleißig auf dem Dachboden, während meine Mutter glaubte, wir spielten bei der Freundin in der Wohnung harmlos mit Puppen. Ich kriegte das Fahren noch einigermaßen hin, meine Schwester aber fuhr immer wieder gegen die Kamine und zog sich dabei so einige Schrammen zu. Zum Glück hat sie nie eine ernsthafte Verletzung davongetragen, daher ist meiner Mutter nichts aufgefallen.

Beim Sonntagnachmittagsspaziergang, wie er damals in bürgerlichen Familien üblich war, mussten wir beide vor den Eltern herwandeln, uns an den Händen haltend, damit sie uns auch immer im Blick hatten.

Als ich fünf und Theresia sechs war, erfuhren wir im Kindergarten, dass Kirmes in der Stadt war. Dort wollten wir unbedingt hin. Natürlich durften wir das nur in elterlicher Begleitung. Tatsächlich marschierten die Eltern mit uns, jeweils ein Kind an der Hand, zum Kirmesplatz. Großzügig steckte der Papa jedem von uns zehn Pfennige zu. Das reichte gerade für einmal Karussell fahren. Es gab ein Karussell mit Holzpferden. Stolz wie eine Königin nahm ich auf einem Schimmel Platz und meine Schwester daneben auf einem Rappen. Sie war begeistert von der Fahrt. Aber ich – nach der zweiten Runde wusste ich schon nicht mehr, was oben und unten war. Da ich ganz fürchterlich schrie, wurde das Fahrgeschäft angehalten, damit man mich hinaustragen konnte. Ich war fix und fertig und habe nie wieder ein Karussell bestiegen.

Im Nachbarhaus hatte ich auch eine kleine Freundin, die Rosemarie. Ihr Vater war Schneider, und von ihm bekam sie immer wieder Stoffreste. Davon gab sie mir großzügig welche ab. Es waren wirklich nur kleine Läpple, für uns bedeuteten sie aber wahre Schätze. Stundenlang saßen wir zusammen und schnitten daraus für unsere Puppen Kleidungsteile zurecht. Dann nähten wir eifrig Röcke, Blusen und Schürzen daraus, alles von Hand. Schick sahen die Puppen darin aus, und wir waren richtig stolz auf unsere Werke. In dieser Zeit reifte in mir der Berufswunsch, Schneiderin zu werden, obwohl ich erst fünf war.

Doch wie das Leben so spielt: Als ich aus der Schule entlassen wurde, war gerade der Krieg zu Ende. Meine Mutter lief sich die Hacken ab, um für mich eine entsprechende Lehrstelle zu finden. Es war aussichtslos. Alle Schneiderinnen äußerten mit Bedauern: »Wir würden Ihre Tochter ja gerne nehmen, aber wir haben weder Stoffe noch Nadeln. Es gibt nichts. Wie sollen wir dem Mädle da was beibringen?«

Da meine Mutter Abend für Abend mit neuen negativen Bescheiden heimkam, war ich verständlicherweise sehr enttäuscht. Zum Glück aber hatte ich im Laufe der Jahre eine zweite Leidenschaft entwickelt, und zwar den Hang zur Medizin. Meine Eltern kannten damals einen praktischen Arzt, der bereit war, mich zur Sprechstundenhilfe auszubilden. Das fand ich toll. Aber die Näherei habe ich nie aus den Augen verloren. Später, als es Stoff genug zu kaufen gab, abonnierte ich ein Schnittmusterheft und brachte mir mit dessen Hilfe Schritt für Schritt das Nähen bei. Wenn ich die Anleitung nicht ganz verstand, nahm ich den Stoff in die Hand, dann klappte es. Ich musste den Stoff fühlen, sozusagen »begreifen«.

Es gab noch eine dritte Leidenschaft, die in meiner frühen Kindheit in mir aufkeimte. Das war die für Männer in Uniform. Als ich in der zweiten oder dritten Klasse war, hatte ich eine Schulfreundin mit Namen Annemarie. Deren Bruder Walter war bei der Marine. Seine Uniform fand ich todschick. Bald hatte ich herausgefunden, dass er an jedem Wochenende nach Hause kam. Deshalb saß ich schon immer eine Stunde vorher bei seiner Mutter und wartete auf ihn. Wenn Walter endlich erschien, strahlte ich ihn bewundernd an. Ich konnte mich kaum sattsehen an seiner blauen Uniform mit der Mütze, an der munter zwei Bänder flatterten. In stiller Bewunderung saß ich neben ihm. Das fand er bestimmt ganz schrecklich. Mit seinen neunzehn oder zwanzig Jahren war es ihm vermutlich lästig, von einem sieben- oder achtjährigen Kind angehimmelt zu werden. Eine Verehrerin in seinem Alter wäre ihm sicher lieber gewesen. Nach einiger Zeit hat mir seine Schwester sogar eine Postkarte zugesteckt, auf der Walter in Uniform abgelichtet war. Dieses Foto habe ich heute noch.

Meine Liebe zur Uniform beschränkte sich nicht nur auf die Marine. In Memmingen gab es damals schon einen Flugplatz, und ein Bruder meiner Mutter war bei der Luftwaffe. Dieser landete immer wieder mal mit einer JU 52 in Memmingen und besuchte uns, zu meiner großen Freude in Uniform. Sehr schneidig sah er aus, mit seiner schicken Mütze und dem kurzen Säbel an der Seite.

Einmal ereignete sich etwas ganz Besonderes. Er lud uns zwei Schwestern ins Café ein. Für Theresia war das sicher nicht sehr bedeutsam, für mich aber war es das Größte. Schon allein an der Seite dieses schicken Onkels durch die Stadt zu promenieren!

Und dann die Einkehr in das Café! Bei meinen Eltern gab es so etwas nicht, weil einfach das Geld nicht da war.

Bald sollte das Geld bei uns aber noch knapper werden, denn mein Vater musste im Alter von fünfundvierzig Jahren seinen Beruf aufgeben. Vom Ersten Weltkrieg her hatte er eine sehr schmerzhafte Knieverletzung, die man damals noch nicht auskurieren konnte. Dass der Vater nun ständig zu Hause war, bedeutete für uns Kinder eine große Einschränkung. »Kinder, seid leise, der Vater schläft gerade«, empfing uns die Mutter, wenn wir von der Schule nach Hause kamen. Wenn wir am Spätnachmittag vom Besuch bei einer Freundin zurückkehrten, hieß es oft: »Pst, Kinder, jetzt kann er gerade mal schlafen.«

Durch die ungewöhnlichen Schlafenszeiten meines Vaters lernte ich es, lautlos durch die Wohnung zu schleichen und geräuschlos Türen zuzumachen. Diese Kunst beherrsche ich heute noch, sodass man nichts von mir hört, wenn ich mich durchs Haus bewege.

Da Vater nicht mehr ins Amt musste, wurde unser Leben auch sonst bald umgekrempelt. Wir zogen nach Nördlingen, weil beide Eltern aus dieser Region stammten und dort alle unsere Verwandten lebten. In Nördlingen starb Vater 1946, drei Jahre nach seiner Pensionierung. Das war ein schwerer Schlag für uns, vor allem für meine Mutter. Unmittelbar nach dem Krieg ging es ja fast allen schlecht, meine Mutter aber traf es besonders hart. Weil mein Vater schon so früh pensioniert worden war, fiel seine Pension ziemlich klein aus, und nach seinem frühen Tod wurde sie noch mal gekürzt. So bekam Mutter nur eine winzige Rente.

Nun erwies es sich als Glück, dass wir in Nördlingen lebten. Denn wir Kinder konnten in den Sommerferien unsere Verwandten, die Bauern, besuchen. Mit der Bahn waren das nur zehn Minuten zu fahren und dann noch ein Stückle zu laufen. So kam ich doch endlich auf den Bauernhof, dessen Besuch mir in meiner frühen Kindheit verwehrt worden war. Dort halfen wir bei der Ernte und im Kuhstall. In dieser Zeit waren wir daheim aus der Kost und bekamen sogar noch Naturalien für die Mutter mit. Aber auch diese war nicht untätig. Um die Familie über Wasser zu halten, nahm sie Heimarbeit an. In unserem Städtchen gab es eine Firma, die per Maschine Stricksachen herstellte. Damit sie etwas ansprechender aussahen, benötigten sie noch eine Verzierung, die nur per Hand zu machen war. Man lieferte also Pullover und Westen und vor allem Zipfelmützen, nebst verschiedenfarbiger Wolle an Hausfrauen, darunter auch an meine Mutter. Mit der Wolle fertigte sie kleine Blümchen an und nähte sie auf die Stricksachen. Das sah sehr nett aus, so ganz bunt. Es waren nur Pfennigbeträge, die sie damit verdiente, obwohl sie stundenlang daran saß. Aber diese Einnahmen ergänzten unser schmales Budget, sodass wir gerade über die Runden kamen.

Als Normalverbraucher lebte man zu der Zeit von dem, was einem auf Lebensmittelkarten zugeteilt wurde. Da erfuhr meine Mutter von einem einzigartigen Angebot. Einige Dörfer weiter dürfe man sich von Straßenbäumen kostenlos Äpfel holen. Mit einem

Kartoffelsack ausgerüstet, wanderte Mama zum Bahnhof und fuhr mit dem Zug in das besagte Dorf. Leider war sie nicht die Einzige, die von diesem markenfreien Angebot erfahren hatte. Scharen von Menschen waren erschienen, die sich förmlich um die Beute rissen. Trotzdem gelang es unserer Mutter, einiges davon in ihren Sack zu stecken. Es mögen zwei bis drei Kilo gewesen sein, die sie nach Hause brachte. Wir waren ganz glücklich, denn jede von uns durfte sogleich einen knackigen Apfel essen. Von dem Rest kochte Mutter Apfelmus. In den folgenden Tagen gab es jeden Morgen auf die Scheibe Brot – ohne Butter oder Margarine darunter – Apfelmus. Nach ein paar Tagen habe ich diese Art Brotaufstrich gehasst wie die Pest, und ich war froh, als es alle war. Das Zeug hat ja nicht geschmeckt, weil kein Zucker drin war.

Kurz vor Weihnachten hatte es offensichtlich eine Zuteilung an Apfelsinen gegeben. Ganz stolz brachte Mutter zwei Exemplare nach Hause. Diese presste sie aus, damit wir Kinder mal ein vitaminreiches Getränk hatten.

Durch unseren Umzug nach Nördlingen hatte ich meine Freundin Annemarie und ihren Bruder Walter aus den Augen verloren. Gewiss, eine Zeit lang schrieben wir Freundinnen uns noch, aber immer spärlicher, bis der Kontakt vollends erlosch.

Eines Tages aber, mittlerweile war ich ein flotter Teenager, wollte ich die Freundschaft wieder aufleben lassen. Brieflich fragte ich bei Annemarie an, ob ich sie mal in Memmingen besuchen dürfe. Begeistert schrieb sie zurück und machte auch gleich einen

Terminvorschlag. Diesen bestätigte ich, nicht ohne die Bitte anzufügen: »Kannst du es organisieren, dass ich Walter wiedersehe?«

Das Wiedersehen von uns Freundinnen war dann so herzlich, als seien wir nie getrennt gewesen. Nach dem Kaffeetrinken wartete Annemarie mit dem Vorschlag auf: »Mein Bruder ist jetzt daheim, wollen wir ihn besuchen?«

Voller Vorfreude machte ich mich mit ihr auf den Weg. Nach einem Spaziergang von etwa zehn Minuten erreichten wir sein Haus. Meine Freundin öffnete die Tür zum Wohnzimmer – da erblickte ich ihn! Jäh verwandelte sich meine Begeisterung in Enttäuschung. Vor mir auf der Couch saß ein behäbiger Mann, in dem ich Walter nicht wiedererkannt hätte. Zwar trug er eine Uniform, aber nicht die schicke Matrosenuniform, für die ich einstmals so geschwärmt hatte, sondern eine Polizeiuniform. In diese wirkte er wie hineingezwängt, denn er hatte ganz schön zugenommen. Ziemlich ernüchtert fuhr ich nach Hause.

Zwei Jahre später hatte ich wieder Sehnsucht nach Memmingen. Deshalb machte ich erneut Besuch bei meiner Freundin. Trotz meiner Enttäuschung vom letzten Mal bat ich Annemarie: »Lass uns doch noch mal zu Walter gehen.«

»Ja«, antwortete sie mit trauriger Miene. »Komm mit. Jetzt gehen wir auf den Friedhof.«

Kurz darauf stand ich an seinem Grab, erschüttert darüber, weil er so jung hatte sterben müssen. Ein Herzinfarkt hatte seinem Leben ein Ende gemacht, er war keine dreißig Jahre alt geworden.

Mit siebzehn besuchte ich das Tanzkränzle. Mein Tanzpartner Erich, ein nichtssagender Jüngling, sollte später mal ein berühmter Schriftsteller werden. Doch in der Tanzstunde nützte mir das nichts. Zum Abschlussball holte er mich artig von zu Hause ab. In der linken Hand hielt er ein Blumensträußchen, und die rechte reichte er mir zur Begrüßung. Das war aber kein Händedruck, das war etwas Lasches und Schwammiges. Es fühlte sich so schrecklich an, dass es mir regelrecht grauste. Nun ja, er tanzte ganz manierlich. Zu meiner Freude wurde ich aber auch von anderen Tänzern geholt. Irgendwann war der Ball zu Ende, und ich ging davon aus, Erich nie wieder zu sehen. Doch dieser erwies sich als außerordentlich anhänglich. Ich hatte keine Ahnung, warum. Immer wieder fand ich Briefchen von ihm im Briefkasten, oder er promenierte vor unserem Haus auf und ab, um mich abzufangen. So sehr ich mich auch bemühte, ich wusste nicht, wie ich ihn loswerden sollte.

Ein Jahr nach unserem Abschlussball lud die Tanzschule ihre ehemaligen Schüler zu einer Veranstaltung ein, mit Live-Musik und Tanz bis in den Morgen. Wer wich mir nicht von der Seite? Natürlich mein treuer Tanzstundenjüngling. Er wollte mich unbedingt nach Hause begleiten, solange die Nacht noch tiefschwarz war. Darauf legte ich nicht den geringsten Wert. Eingedenk seines laschen Händedrucks versprach ich mir auch sonst nicht viel von ihm. Meine Rettung an diesem Abend sah ich darin, ihm etwas vorzuschwindeln: »Du, Erich, ich möchte noch nicht heim. Ich finde es so *toll* hier.« Dabei stimmte das gar nicht, ich langweilte mich geradezu. Mit einigen Mädels drückte ich mich dann in allen Ecken herum und dachte immer wieder: *Wann wird's denn endlich hell?*

Als die ersten Sonnenstrahlen den neuen Tag ankündigten, sagte ich scheinheilig zu meinem Verehrer: »Jetzt wäre es mir recht, wenn wir heimgehen.« Widerwillig begleitete er mich durch die sich belebenden Straßen nach Hause, wo er mich in Gnaden entließ. Danach hatte ich Ruhe vor ihm.

Einige Wochen später besuchte ich mit meiner Schwester einen Ball in einem Hotel, das einen ganz großen Tanzsaal besaß. So etwas gibt es heute gar nicht mehr. An unserem Nachbartisch saß ein junger Mann, der mich gleich zum ersten Tanz holte. Er stellte sich als Henner vor und erzählte mir, dass er hier für acht Tage zu Besuch weile. Bei jedem weiteren Tanz war er so schnell an meiner Seite, dass kein anderer Jüngling eine Chance hatte. Zum Abschied fragte er, ob er mich wiedersehen dürfe, und reichte mir die Hand. Ja, das war ein Händedruck! Dieser imponierte mir. Er war fest und kräftig, wie ein männlicher Händedruck sein soll. Da hat es bei mir gefunkt, und ich sagte mit Begeisterung: »Ja«.

Wir sahen uns nun täglich, bis er nach Hause musste. Nach einer Woche war er schon wieder da, um ein ganzes Jahr in Nördlingen zu bleiben. Dort absolvierte er eine Zusatzausbildung in einer Druckerei. Dieses eine Jahr war wunderbar. Jedes Wochenende fuhren wir mit den Rädern los, um gemeinsam meine Heimat zu erkunden. Als seine Zeit um war, bestieg er für die Heimreise nicht den Zug, sondern wir radelten gemeinsam von Nördlingen bis Wamel am Möhnesee, wo er zu Hause war.

Von Henners Mutter wurde ich sehr herzlich aufgenommen. Aber nicht nur von ihr, auch von allen anderen, die sich zu diesem Zeitpunkt im Haus aufhielten. Toni, Henners Mutter, führte nämlich ein sehr gastliches Haus. Es stand für alle Freunde und Kollegen ihres verstorbenen Mannes, des bekannten Künstlers Hermann Kätelhön (1884–1940), offen. Im Erdgeschoss des großzügig gebauten Hauses befand sich das Atelier, in dem ihr Mann bis zu seinem frühen Tod unermüdlich gearbeitet hatte. Nun war es von verschiedenartigen Künstlern belagert. Zunächst dachte ich: *Wo bin ich denn da hingeraten?* Aber irgendwie hat's mir gefallen. Für mich war es hochinteressant, aus meiner behüteten Zelle zu Hause in die »große weite Welt« einzutreten. Die Umgebung gefiel mir ebenfalls. Außer dem Möhnesee hatte sie genügend Hügel und Wald zu bieten. So verlebte ich drei wunderschöne Wochen, in denen ich mit Henner durch seine Heimat radelte. Dann ging es für mich wieder gen Süden. Ich musste ja zurück zu meinem Arbeitgeber, dem Mediziner. Für die Rückreise wählte ich aber die Bahn, und mein Fahrrad reiste im Gepäckwaggon mit. Alleine mit dem Rad nach Hause zu fahren hätte mir keinen Spaß gemacht. Außerdem schien es mir für ein junges Mädchen zu gefährlich, allein durch die Lande zu radeln.

In der Folgezeit gingen zahlreiche Briefe hin und her. Nach einem Jahr schrieb mein Liebster voller Sehnsucht: »Johanna, komm doch her. Hier findest du auch eine Arbeit.«

Frohen Herzens packte ich meinen Koffer, kein so kleines Schächtele wie damals, und bestieg den Zug, der mich in meine neue Heimat bringen sollte. Eigentlich wundere ich mich noch heute über meine Mutter, dass sie mich hat ziehen lassen, sie, die immer so ängstlich besorgt gewesen war. Allerdings lebte meine Schwester noch zu Hause, die sehr an der Mutter hing, auf jeden Fall mehr als ich. Die beiden verstanden sich ausgezeichnet, haben später sogar zusammen ein Haus gebaut, und Theresia hat sehr spät geheiratet. Ich aber wollte weg. Der Reisedrang, den ich bereits als Fünfjährige verspürt hatte, war mit der Zeit noch stärker geworden. Das wusste meine Mutter und respektierte das. Also hat sie für mich den Käfig geöffnet, wenn auch mit wehem Herzen.

Das habe ich ihr ganz hoch angerechnet. Vielleicht fiel es ihr deshalb leichter, mich aus ihren Fittichen zu entlassen, weil sie meinen Auserwählten gerne mochte und ihn sehr schätzte. Während des einen Jahres, das er in Nördlingen verbrachte, hat sie ihn öfter zum Essen eingeladen und ihre berühmte Ente gebraten. Das gefiel dem jungen Mann, der in Nördlingen nur eine enge Bude unterm Dach bewohnte und sich selbst verköstigen musste.

Als ich mit Sack und Pack am Möhnesee ankam, bezog ich zunächst ein möbliertes Zimmer in Soest, das Henner für mich gefunden hatte. Dann studierte ich die Stellenanzeigen in der Zeitung. Darin fand ich nur eine einzige Annonce von einem Arzt: *Sprechstundenhilfe gesucht.* Umgehend bewarb ich mich um diese Stelle.

Es erfüllte mich mit Stolz – was ich mir aber nicht anmerken ließ –, dass der Arzt von den fünfunddreißig Bewerberinnen ausgerechnet mich wählte. Das Erstaunliche daran war, ich hatte noch nicht mal ein Zeugnis, das ich vorweisen konnte. In Nördlingen hatte ich nämlich meine Stelle gekündigt, bevor ich meine Ausbildung abgeschlossen hatte. Der Doktor in Soest nahm mich also allein aufgrund des Vorstellungsgespräches. Vielleicht war es meine Ausstrahlung, die ihn beeindruckt hat.

Als Gehalt bekam ich von ihm nur vierzig D-Mark im Monat, deshalb schoss meine Mutter monatlich fünfzig D-Mark zu. Damit kam ich aus. Ich hatte von einem Metzger gehört, bei dem man für eine Mark ein Mittagessen bekam, gute Hausmannskost. Meine knapp bemessene Mittagspause reichte genau aus, dass ich quer durch die Stadt dorthin marschierte und wieder zurück. Als ich das beiläufig bei meiner Zimmerwirtin erwähnte, die übrigens sehr nett war, bot sie mir an: »Also, für eine Mark können Sie auch bei mir essen.« Von da an hat sie immer für mich mitgekocht, was mir den weiten Weg durch die Stadt ersparte.

Zwei Jahre wohnte und arbeitete ich in Soest, da zog ich auf Henners Wunsch um nach Wamel in sein Elternhaus, wo ich ein eigenes Zimmer bekam. Fortan fuhr ich also jeden Tag mit dem Zug zu meiner Arbeitsstelle. Nachdem ich ein Jahr gependelt war, erklärte mir mein praktisch denkender Verehrer: »Es lohnt sich doch gar nicht, dass du in Soest arbeitest. Das bisschen, das du dort verdienst, geht weitgehend für die Fahrt drauf. Kündige also deinen Job, und lass uns heiraten. Dann kannst du meiner Mutter im Haus zur Hand gehen, bei uns gibt es genug zu tun.«

Wenn das auch kein klassischer Heiratsantrag war, wie man ihn als junges Mädle erwartet, so sagte ich doch überglücklich Ja.

Einige Wochen später war ich eine strahlende Braut im langen weißen Kleid mit kurzem Schleier, als wir uns in der Kirche im Nachbardorf das Ja-Wort gaben. Anschließend feierten wir in einem Gasthaus mit Henners Verwandtschaft, die ziemlich vollzählig erschienen war, und mit einigen von meinen Verwandten, die eigens die weite Reise zurückgelegt hatten – vor allem aber mit etlichen Künstlern, die zu der Zeit ständig im Hause Kätelhön ein- und ausgingen: Bildhauer, Maler, Grafiker. Es war keine sehr große Hochzeitsgesellschaft, aber eine sehr illustre und vor allem lustige.

Flucht im Schweinekahn

Brunhilde, Jahrgang 1939, aus Rossitten auf der Kurischen Nehrung im ehemaligen Ostpreußen

In Rossitten auf der Kurischen Nehrung, einem kleinen verschlafenen Ort mit nur 700 Einwohnern, erblickte ich im Januar 1939 das Licht der Welt. Wir lebten dort in einem kleinen Paradies, und ich verbrachte eine unbeschwerte Kindheit, obwohl acht Monate nach meiner Geburt der Zweite Weltkrieg ausbrach, und noch dazu ganz in unserer Nähe. Doch von dem eigentlichen Kriegsgeschehen bekamen wir bis Ende 1944 nichts mit, und der sommerliche Kurbetrieb lief ungebrochen weiter.

Schon vor dem Ersten Weltkrieg waren Erholung suchende Menschen auf die Nehrung gekommen. In den Zwanzigerjahren und erst recht in den Dreißigerjahren nahm die Zahl der Sommerfrischler erheblich zu. Dadurch verdoppelte sich jeden Sommer schlagartig die Einwohnerzahl, und es herrschte Leben in den Orten und am Strand, denn in fast jedem Haus wurden Zimmer vermietet. Das bescherte den Menschen, die bisher vom Fischfang und einer kleinen Landwirtschaft gelebt hatten, einen bescheidenen Wohlstand. Auch meine Familie hatte davon profitiert. Mein Urgroßvater Hermann war selbst Seemann gewesen, und seine Frau hatte die Landwirtschaft betrieben.

Sie hatten sechs Söhne großgezogen, die alle zur See gefahren sind. Als ich geboren wurde, waren sie längst im Ruhestand, lebten mit ihren Nachkommen jedoch weiterhin an der Küste. Einer wohnte in Hamburg, einer in Bremen und zwei in Lübeck. Nur die beiden Ältesten, mein Großvater Karl und mein Großonkel Hermann, hatten sich in Rossitten auf dem Familiensitz niedergelassen. Ihr Vater hatte ihnen das Hausgrundstück, das sich in einer traumhaften Lage befand, zu gleichen Teilen vererbt. Hermann, der Ältere, hatte mit seiner Frau Lore das Elternhaus übernommen, während Karl sich auf seiner Hälfte 1926 ein stattliches Haus errichten ließ. Die Felder hatte Großvater Hermann seinen beiden Ältesten ebenfalls zu gleichen Teilen vermacht, sodass sie eine bescheidene Nebenerwerbslandwirtschaft betreiben konnten.

Großvaters Haus unterschied sich nicht nur in der Größe von den üblichen Fischerhäusern, sondern auch vom Material her. Während die Fischerkaten überwiegend aus Holz konstruiert und mit Reet gedeckt waren, bestand Opas Haus aus soliden Backsteinen und das Dach aus roten gebrannten Ziegeln.

Vom Dorf lag es ziemlich weit entfernt, und wir hatten nur fünfzig Meter bis zum Haff. Bis zur Ostsee waren es zwei Kilometer. Dieser Weg führte durch einen herrlichen Kiefernwald. Um das Haus herum hatten meine Großeltern einen wunderbaren Garten angelegt. Darin zogen sie nicht nur das ganze benötigte Gemüse, es wuchsen auch mehrere Sorten Beeren und prachtvolle Blumen darin.

Für sich und seine Frau Mina hätte Opa nicht so aufwendig bauen müssen, denn zu dem Zeitpunkt waren ihre drei Kinder längst aus dem Haus. Rosa, die Älteste, 1901 geboren, hatte in einem Hotel zu Königsberg kochen gelernt und war nach der Lehrzeit übernommen worden. Elisabeth, meine Mutter, Jahrgang 1903, hatte ebenfalls in Königsberg eine Lehre gemacht, und zwar im Schneiderhandwerk. Nachdem sie einige Jahre als Schneiderin gearbeitet hatte, war ihr mein Vater begegnet, der Friseurmeister Hermann P. Nach der Heirat im Jahre 1938 hängte meine Mutter ihren Beruf an den Nagel und zog mit ihrem Mann in ihr Elternhaus. Dort richtete ihr Vater für seinen Schwiegersohn im vorderen Teil des Hauses einen Friseursalon ein, und Elisabeth unterstützte ihre Mutter fortan bei der Zimmervermietung, bis sie diese Aufgabe ganz übernahm.

Seinem Sohn Karl, 1904 geboren, zahlte Großvater Karl frühzeitig sein Erbteil aus. Damit eröffnete der strebsame Jungmann bereits 1922 in Hamburg einen Laden für Obst und Südfrüchte, gerade noch rechtzeitig, bevor die Inflation sein Geld aufgefressen hätte.

Nachdem Großvater Karl sesshaft geworden war, legte er keineswegs die Hände in den Schoß. Bis die Rote Armee 1945 einmarschierte, blieb er der Fischerei treu. Er fuhr nicht mehr auf das weite Meer hinaus, sondern kreuzte mit seinem Segelboot auf der Ostsee herum, wobei ich ihn einmal begleiten durfte. Am frühen Morgen kehrte er stets mit ansehnlicher Beute zurück. Flundern, Lachse, Aale und Kaulbarsche zappelten in seinem Netz. Letztere wurden gekocht und an die Schweine verfüttert. Sie waren nämlich nicht besonders wohlschmeckend und zudem zäh.

Von den anderen Fischen dagegen fanden sich gelegentlich welche auf unserem Esstisch. Die meisten wurden allerdings verkauft, weil sie gutes Geld brachten. Der Verkauf ging schon los, wenn Opa morgens in den Hafen einlief. Da strömten die Leute, die nicht Fischer waren, sowie Angestellte der Restaurants herbei und kauften die Ware frisch von den Fischerbooten. Was übrig blieb, wurde weiterverarbeitet. Die Aale, die ja noch lebendig waren, legten die Fischer in den Sand. Indem sie sich schlängelnd vorwärtsbewegten, rieb sich das Glitschige, das ihnen anhaftete, ab. Danach wurden sie sorgfältig gewaschen, abgetrocknet und aufgespießt. Dabei wurde ein Spieß von einer Seite zur anderen durch die Augen geschoben. Zwischen den Aalen ließ man einen Abstand von zwei Zentimetern. Diese Spieße hängte Großvater an einer selbst konstruierten Stellage auf.

Später wurden sie, wie die Flundern und die Lachse, geräuchert. Dazu legte mein Großvater Kiefernzapfen, die man bei uns »Zuschke« nannte, in eine Tonne und zündete sie an. Die Zapfen schwelten so vor sich hin. Es gab keine lodernde Flamme, sondern nur Rauch, der den Fischen, die auf einem Rost über der Tonne hingen, einen wunderbaren Geschmack verlieh. Die geräucherten Aale und Flundern lieferte Opa per Handwagen an die einheimischen Restaurants. Die Lachse aber brachte mein Vater mit dem Motorrad, an dem sich ein Beiwagen befand, nach Königsberg und verkaufte sie als Delikatesse an feine Hotels.

Gelegentlich fischte mein Großvater auch im Haff. Dazu benutzte er ein kleines Ruderboot, und ich durfte öfter mitfahren. Dort war die Beute aber nicht besonders ergiebig. Im Haff hatte das Wasser weniger Salzgehalt als in der Ostsee. Von der Ostsee wurde zwar ständig Salzwasser ins Haff gespült, doch die Memel, die ins Haff mündete, verdünnte es, indem sie unaufhörlich Süßwasser nachlieferte.

Es gab noch eine weitere Delikatesse, die sich in Königsberg gut zu Geld machen ließ. Das waren Möweneier. Der »Möwenbruch« war der einzige größere Süßwassersee der Nehrung. Für viele Wasservögel war er ein Eldorado, vor allem für die Möwen. Sie bevorzugten das morastige Gelände als Brutgebiet. Mit Gummistiefeln an den Füßen watete Opa zwischen den Wasserpflanzen einher und nahm aus den Möwennestern, in denen er zwei Eier entdeckte, eines heraus. Das zurückgekehrte Möwenweibchen legte dann ein neues dazu und brütete die beiden aus. Opa gab die gefundenen Eier für einige Tage in Sole, bevor mein Vater sie nach Königsberg zu Delikatessengeschäften brachte, die begeisterte Abnehmer waren.

Ebenso wie bei allen anderen Fischerhäusern war unser Grundstück rundum durch einen Staketenzaun eingefriedet. Selten sah man einen Zaun, an dem keine Fischernetze zum Trocknen hingen.

Mein Großvater bereicherte unsere Mittagstafel zusätzlich noch auf eine andere Weise. Auf der Nehrung schwirrten schrecklich viele Krähen herum. Um diese einzufangen, bediente sich Opa Karl einer hinterhältigen Methode. Da wir noch kein fließendes Wasser im Haus hatten, existierte natürlich auch kein Rohr, durch welches das Spülwasser hätte ablaufen können. Man schüttete es stattdessen in den sogenannten Batscheimer. War dieser voll, kippte Opa den Inhalt auf den sandigen Hof. Da sich im Spülwasser kleine Brocken befanden, wie Fleisch- und Fischstückchen, Kartoffel- und Gemüsereste, flogen die Krähen herbei und pickten eifrig. Nachdem Karl sie auf diese Weise über mehrere Tage hinweg »angefüttert« hatte, breitete er ein Netz auf dem Boden aus und bedeckte es leicht mit Sand. Das Netz hatte er so vorbereitet, dass etwa die Hälfte davon auf dem Boden zu liegen kam und die andere Hälfte durch einen Stab und einen Bügel in senkrechter Position gehalten wurde. Dadurch ließ sich das Netz mit der eingezogenen Schnur blitzschnell zusammenziehen. Das tat der Opa immer dann, wenn genug Vögel am Picken waren. Sie hatten keine Chance, zu entkommen. Anschließend drehte er ihnen den Hals um, rupfte sie, nahm sie aus und übergab sie seiner Frau. Diese legte die Krähen in siedendes Wasser und kochte sie vier bis fünf Stunden lang, weil ihr Fleisch doch recht zäh war. Sie tat auch immer eine geräucherte Speckschwarte ins Kochwasser, was dem Krähenfleisch einen herzhaften Geschmack verlieh. Gegen Ende der Kochzeit gab sie in Würfel geschnittene kleine Runkelrüben und Kartoffeln in die Brühe. Wenn das Fleisch gar war, pulte Oma es von den Knochen, legte es mit den Beilagen auf eine Platte und schmeckte das Ganze mit Majoran ab. Das war ein köstliches Essen, welches wir besonders in den letzten Kriegsjahren, als die Ernährungslage immer schwieriger wurde, zu schätzen wussten.

In Opa Karls Haus lebten wir gewissermaßen als Großfamilie zusammen, obwohl es im Erdgeschoss zwei getrennte Wohnungen gab. Wir wirtschafteten und aßen meist gemeinsam. In der einen Parterrewohnung lebten meine Großeltern mit Nadja, ihrem Dienstmädchen, und Martin, ihrem Enkel, dem ledigen Sohn von Tante Rosa, der Köchin in Königsberg. Sie war 1926 von einem Matrosen geschwängert worden, und als sie ihm die »freudige Mitteilung« machte, verschwand er auf Nimmerwiedersehen. Rosa, weiterhin gezwungen, sich ihren Lebensunterhalt zu verdienen, konnte ihren Sohn nicht selbst aufziehen. Das übernahm ihre Mutter Mina. Trotz ihres unehelichen Kindes fand Rosa einige Jahre später einen soliden Ehemann, den Erwin. Mit ihm bekam sie vier gemeinsame Kinder. Elisabeth wurde 1933 geboren und Werner 1936. Im Jahre 1944 gesellten sich noch die Zwillinge Horst und Elfriede dazu.

In der anderen Parterrewohnung lebten meine Eltern mit mir und Inge, die seit 1939 im Salon meines Vaters eine Friseurlehre machte. Sie war genau vierzehn Jahre älter als ich und kam mir immer vor wie eine große Schwester. Selbst nachdem sie die Gesellenprüfung bestanden hatte, blieb sie bei uns.

Der Zugang zu den beiden Wohnungen befand sich auf der Rückseite des Hauses. Von dort führte zwischen den beiden Wohnungen eine breite Treppe zur ersten Etage, die in einer geräumigen Diele mündete. Darin stand ein großer ovaler Tisch mit zwölf Stühlen, an dem alle Mahlzeiten gemeinsam eingenommen wurden. Im Sommer wurde daran sogar in zwei Partien gefrühstückt. Im ersten Stock befanden sich nämlich sechs Fremdenzimmer, die das ganze Sommerhalbjahr über belegt waren. Es gab ja einige Sommerfrischler, die bereits im April zu kuren begannen, und andere blieben bis weit in den Oktober hinein.

An dem ovalen Tisch servierten Mama und Nadja von halb acht bis halb neun das Frühstück für die Gäste. Erst danach kamen wir an die Reihe, nämlich alle Familienmitglieder nebst Personal. Gegen neun Uhr ging jeder an seine Arbeit. Mein Vater entschwand in seinen Friseursalon, der sich ebenerdig im vorderen Teil des Hauses befand und seinen Eingang von der Straße her hatte. Dem Vater standen seine beiden Angestellten zur Seite, nämlich besagte Inge und sein Neffe Martin, der Sohn von Rosa.

Meine Großeltern, die ihre Stallarbeiten bereits vor dem Frühstück erledigt hatten, begaben sich nun auf die Felder. Sie besaßen zwei Kühe und zwei Schweine. Für diese mussten sie schließlich in den Sommermonaten das Futter beschaffen. Meine Großeltern hielten außerdem viele Hühner; die Gäste wollten ja täglich ihr Frühstücksei haben, und wir anderen wollten auch nicht zu kurz kommen.

Ein Pferd besaß Opa nur im Sommer. Jedes Frühjahr kaufte er eines auf dem Pferdemarkt in Wehlau, wobei ich ihn einmal begleiten durfte. Waren alle Feldarbeiten erledigt, was meist im Oktober der Fall war, verkaufte er es wieder. Das war sehr klug von ihm. So brauchte er es nicht im Winter durchzufüttern. Einmal hatte der Großvater ein Pferd mit einem eigenwilligen Charakter. Die Großeltern hatten stundenlang Heu auf den Wagen geladen, wobei das

Pferd ihn immer wieder ein Stück vorwärtsziehen musste. Als sie mit ihrer Arbeit fertig waren, setzten sie sich vorne auf den Wagen und wollten sich bequem nach Hause ziehen lassen. Doch der eigensinnige Gaul bewegte sich keinen Schritt. Es half weder gutes Zureden noch die Peitsche.

Da sagte Oma zu ihrem Mann: »Du siehst doch, dass es dem Pferd zu schwer ist.«

Darauf er: »Dann steig' doch ab.«

Das tat sie tatsächlich und packte das Pferd am Zaumzeug. Und siehe da, es gab einen Ruck, und das Pferd zog den voll beladenen Wagen bis nach Hause. Dazu muss ich erklären, dass die Großmutter eine kleine, schmächtige Person war, die ihrem Mann, dem Seebär, nur bis zur Achselhöhle reichte. Es kann also nicht an ihrem Gewicht gelegen haben. Wahrscheinlich zog das Tier aus lauter Freude an, weil die Herrin nun an seiner Seite marschierte.

Kaum hatte Großvater den Gaul zu Hause ausgeschirrt, sprang er über den Zaun, galoppierte zum Haff und schwamm darin einige Runden. Danach kehrte er gemächlich zurück, Oma machte das Gartentor auf, er spazierte herein und begab sich brav in den Stall.

Auch unsere Kühe liebten das Haff. An heißen Tagen blieben sie immer wieder für längere Zeit bis zum Hals im Wasser stehen.

Manchmal behielt mein Großvater ein Pferd auch bis Anfang Dezember, dann nämlich, wenn er in seinem Wald Bäume gefällt hatte. Diese musste das Pferd dann, sobald genug Schnee lag, nach Hause ziehen. Im November pflegte der Opa auch schon einen

Weihnachtsbaum für uns auszusuchen und mit einem roten Band zu markieren. Waren alle Stämme daheim, durfte ich mich auf Opas Schlitten setzen. Der Gaul wurde davorgespannt und stiefelte mit ihm los. Andere Kinder, die mit ihrem Schlitten unterwegs waren, durften sich hinter meinem Schlitten anhängen. So hatte Opa schließlich sechs oder sieben Schlitten im Schlepptau, und unser Weihnachtsbaum wurde unter großem Jubel nach Hause gebracht.

Während Papa mit seinen Angestellten im Salon die feinen Damen frisierte und den eleganten Herren die Haare schnitt und die Großeltern auf ihren Feldern arbeiteten, hatten Mama und Nadja im Haus alle Hände voll zu tun. Jedes Gästezimmer und auch beide Privatwohnungen mussten in Ordnung gebracht werden. Das war sehr mühsam und zeitaufwendig, weil es im ganzen Haus, obwohl es von außen ein Prachtbau war, noch keine Wasserleitung gab. Zu Beginn der 1940er-Jahre war das normal. Jeder Eimer Wasser musste vom Ziehbrunnen, der sich hinter dem Gebäude befand, ins Haus getragen werden, ob zum Putzen, zum Geschirrspülen, zum Wäschewaschen oder zur Körperreinigung, sowohl für uns als auch für die Sommerfrischler. In jedem Fremdenzimmer befand sich, ebenso wie in den privaten Schlafräumen, eine Kommode, auf der eine irdene Waschschüssel nebst passendem Krug stand. Jeden Tag mussten das gebrauchte Wasser ausgeleert, die Schüssel sauber ausgewaschen und der Krug mit frischem Wasser gefüllt werden.

Ja, selbst für den Friseursalon musste das Wasser Eimer für Eimer vom Brunnen herbeigeschafft werden. Toiletten gab es im Haus natürlich auch nicht. Stattdessen stand neben dem Stall ein kleines Häuschen mit Herz in der Tür. Feriengäste waren damals wirklich nicht anspruchsvoll. Sie waren glücklich, hier auf unserer lang gestreckten Halbinsel wohnen und die frische Seebrise genießen zu dürfen. Sie kamen alle Jahre wieder. Daher beherbergte Mutter nur Stammgäste. Wenn nach dem Frühstück die Urlauber das Haus verlassen hatten und alle Erwachsenen ihrer Arbeit nachgingen, tollte ich bei schönem Wetter mit unserer Mischlingshündin Cora – sie bestand überwiegend aus Schäferhund – in Hof und Garten oder auf der Straße herum. Das war damals für ein kleines Mädchen völlig ungefährlich, denn die ganze Nehrung war automobilfreies Gebiet. Nicht aus Rücksicht auf die Menschen, sondern aus Rücksicht auf die vielen und vielartigen Vögel, die sich diese Region als Brutgebiet ausgesucht hatten. Aus diesem Grund hatte man auch bereits 1901 eigens eine Vogelwarte eingerichtet. Sie war ein beliebter Anziehungspunkt für alle Feriengäste aus weitem Umkreis. In meiner Kindheit gab es nur ein einziges Auto auf der Nehrung. Das gehörte dem Arzt, damit er schnell seine Patienten erreichen und notfalls auch mal jemanden nach Königsberg in die Klinik bringen konnte. Und es gab noch ein weiteres motorisiertes Fahrzeug. Das war das bereits erwähnte Motorrad mit Beiwagen, dessen stolzer Besitzer mein Vater war. Er hatte deshalb die Erlaubnis, damit zu fahren, weil er häufig dringend benötigte

Medikamente aus der Apotheke holen und zu den Patienten oder zum Arzt bringen musste.

Unsere Sommergäste reisten entweder per Bus oder per Schiff an. Der Bus durfte aber nur bis Cranz fahren. Dort holte Opa die Busreisenden mit dem Fuhrwerk von der Haltestelle ab, die an der alten Poststraße von Cranz nach Memel lag.

Die Gäste, die mit dem Schiff von Cranzbeek anreisten, empfing Großvater mit dem Handwagen an der Anlegestelle. Dabei durfte ich ihn oft begleiten. Auf dem Hinweg thronte ich auf dem Wägelchen, und auf dem Rückweg trippelte ich mit den Urlaubern hinter diesem her, weil es dann mit deren Gepäck beladen war. Es waren wohlhabende Leute aus der Stadt, die auf der Nehrung Urlaub machten; ärmere Menschen konnten sich in jener Zeit keinen Urlaub leisten.

Unsere Gäste waren durchweg ältere Ehepaare, deren Kinder längst erwachsen waren. Diesen Leuten machte es offenbar Spaß, einem kleinen plappernden Kind etwas von der Welt zu zeigen. Als ich schon nicht mehr ganz so klein war, nahmen sie mich häufig auf ihre Unternehmungen mit. Mal machten wir einen Besuch bei der Vogelwarte, mal ging es zur Segelfliegerschule, die man nach 1920 in den Dünen errichtet hatte, weil es dort günstige Aufwinde gab. Manchmal nahm man mich sogar zu einem Ausflug jenseits des Haffs mit oder zu einem Badeaufenthalt an der Ostsee. Vielleicht wollten sie mir ein wenig Abwechslung bieten, weil sie dachten, ich könne mich langweilen, denn es gab in weitem Umkreis keine Kinder in meinem Alter. Vielleicht glaubten sie aber auch, meine Mutter ein wenig entlasten zu müssen, weil sie fürchteten, ich würde ihr sonst bei der Hausarbeit ständig zwischen den Füßen herumlaufen.

Ein Stranderlebnis besonderer Art hat sich mir fest eingeprägt. Es war an einem heißen Augusttag, ein nettes älteres Ehepaar nahm mich mit zur Ostsee. Sie legten sich aber nicht in den Sand, obwohl es genügend freie Plätze gab, sondern wateten immer weiter am Strand entlang, bis sie einen Zaun erreichten, in dem sich ein Törchen befand. Nichts Böses ahnend, spazierte ich mit ihnen hindurch. Plötzlich sah ich mich von lauter hüllenlosen Menschen umgeben. Bis dahin hatte ich noch nie einen nackten Mann gesehen. Angewidert drehte ich mich um und rannte auf das kleine Tor zu. Der Frau gelang es gerade noch, mich einzufangen, bevor ich entwischen konnte. »Kind, was ist los?«, fragte sie verwundert.

»Die … die … s-sind ja alle nackt«, stotterte ich.

»Aber Brunhilde, darüber brauchst du doch nicht zu erschrecken. Das ist ein FKK-Strand. Hier wollen die Leute doch nur Sonne und Luft an alle Körperstellen lassen.«

»Das ist mir egal, wie der Strand heißt und was die Leute wollen. Da geh ich nie wieder hin. Ich will nach Hause.«

Sie brachten mich tatsächlich sofort heim. Und ich ließ mich nie wieder von diesem Ehepaar zum Strand mitnehmen. Doch mit anderen Urlaubsgästen besuchte ich weiterhin den »normalen« Badestrand. Dort fand ich stets einige Kinder, mit denen ich herumtollen und Sandburgen bauen konnte.

Wenn mich mal niemand mitnahm, wusste ich mich auch ums Haus herum gut zu beschäftigen. Dass ich gerne mit Cora herumtobte, habe ich bereits erwähnt. Damals besaß ich einen feudalen Puppenwagen, das neueste Modell. Darin fuhr ich meine Puppe Susanne im Garten spazieren. Sie war ein bildschönes Geschöpf mit braunem Echthaar, das ich immer wieder ausgiebig kämmte und zu Zöpfen flocht. Sie hatte Schlafaugen mit langen schwarzen Wimpern und besaß mehrere schöne Kleider, die ich ihr abwechselnd anzog. Wurde mir das zu langweilig, legte ich die arme Susanne auf die Gartenbank und begab mich an den Zaun von Großtante Lore. Dort schob ich eine Latte zur Seite, die ich einige Zeit vorher mit viel Mühe losgemacht hatte. Sogleich schlüpfte Tantes Hund Teddy – eine süße kleine Promenadenmischung – zu mir hindurch. Teddy ließ alles mit sich machen. Mama hatte mir ein Jäckchen und eine Strampelhose aus meiner Babyzeit überlassen. Diese Sachen zog ich dem kleinen Hund an, legte ihn in meinen Puppenwagen und schob ihn mit Begeisterung in unserem Hof hin und her. Cora hätte sich das nicht gefallen lassen. Sie wäre auch für die Babysachen und den Puppenwagen viel zu groß gewesen.

Vermisste die Tante ihren Hund, kam sie an den Gartenzaun, dessen Lücke ich sorgfältig geschlossen hatte, und jammerte: »Dat olle Biest is schon wieder weg!« Gleichzeitig zog sie den Rohrstock unter ihrer Schürze hervor. Sobald Teddy diesen erblickte, sprang er mitsamt seiner Verkleidung aus dem Puppenwagen und sauste wie der Blitz davon.

Gänse hielt mein Opa, so lange ich zurückdenken kann. Im Frühjahr 1944 kaufte er fünf Gänseküken dazu, süße gelbe Wollknäuel. Zu meinem Bedauern wechselten sie ihr gelbes Federkleid aber bald in ein weißes, wobei sie auch ihre niedliche rundliche Form verloren. Großvater hielt die Gänse in erster Linie der Federn wegen. Man brauchte ja immer wieder neue Kissenfüllungen für die Gästebetten, aber auch für jene der Familie. Noch ehe die weißen Vögel aber alt und zäh wurden, landeten sie goldbraun gebraten auf dem Esstisch.

Ich weiß nicht, welcher Teufel mich geritten hatte, aber einige Tage vor Weihnachten – es war schon ziemlich kalt – spazierte ich in meinem roten Sonntagskleidchen im Hof herum. Das sollte ich bald bitter bereuen. Denn plötzlich hörte ich hinter mir ein aufgeregtes Geschnatter. Ehe ich mich versah, attackierten mich die Gänse von allen Seiten. Sie bissen mich in die Waden und in die Oberschenkel und zerrten an meinem Röckchen. In Todesangst schrie ich um Hilfe. Mein Vater stürzte aus dem Laden und verscheuchte die Angreifer. Dann versetzte er mir, er, der sonst ein herzensguter Mann war, einige Klapse auf den Po. Entsetzt darüber beschwerte ich mich: »Warum schlägst du mich? Ich habe gar nichts getan. Die Gänse haben doch *mich* überfallen.«

»Die Schläge hast du verdient. Du kriegst sie deshalb, damit du dir einprägst, dass man nicht im roten Kleid über den Hof stolziert, und schon gar nicht bei der Kälte.«

Das habe ich mir dann wirklich gemerkt.

An Weihnachten prangte eine von unseren älteren Gänsen als Festtagsbraten auf der Tafel. Doch davon rührte ich kein Stück an. Überhaupt, wenn eines von unseren Tieren, sei es ein Huhn oder ein Schwein, als Braten auf unserem Tisch landete, brachte ich es nicht übers Herz, davon zu essen. Rindfleisch und Fische verspeiste ich allerdings gerne, denn diese Tiere hatte ich ja nicht persönlich gekannt. Mit den Rindern verhielt es sich so: Wollte ein Bauer Rindfleisch essen, brachte er eine Kuh oder einen Ochsen ins Schlachthaus. Da er aber die Fleischmenge mit seiner Familie nicht in absehbarer Zeit hätte bewältigen können – man hatte ja noch keinerlei Kühlmöglichkeiten –, erzählte er allen Nachbarn, Freunden und Bekannten, dass er geschlachtet habe. Diese eilten dann, wenn das Fleisch abgehangen war, mit Schüsseln und Töpfen zum Schlachthaus. Dort kaufte sich jeder die Stücke, die er für seine Familie benötigte.

Ich wuchs zwar als Einzelkind auf, hatte aber zwei Halbgeschwister. Sie stammten aus der ersten Ehe meines Vaters. Eduard, geboren 1925, und Erika, Jahrgang 1927, lebten bei ihrer Mutter in Königsberg. Eduard nahm es seinem Vater sehr übel, dass er sich von seiner Mutter hatte scheiden lassen, und besuchte ihn deshalb nie. Seine Schwester dagegen verbrachte alle ihre Ferien bei uns in Rossitten, weil sie gerne mit ihrem Vater beisammen war. Wenn sie mit dem Schiff ankam, holten Opa und ich sie mit dem Handwagen von der Mole ab. Als Erika siebzehn Jahre alt war, wurde sie als Flakhelferin am Fliegerhorst in Königsberg eingesetzt. Es dauerte nicht lange, da war sie von einem Piloten schwanger. Wie das Männer gerne tun, um zu ihrem Ziel zu gelangen, hatte er ihr vorher die Ehe versprochen. Doch als das schwangere Mädchen ihn an sein Versprechen erinnerte, stellte sich heraus, dass er bereits eine Ehefrau in Schleswig-Holstein besaß. Nun durfte sich meine Halbschwester bei ihrer Mutter nicht mehr blicken lassen. In ihrer Verzweiflung kam sie zu meiner Mutter, also ihrer Stiefmutter. Diese nahm sie nicht nur spontan bei uns auf, sie fuhr auch mit ihr nach Königsberg, um mit ihr die wenige Babyausstattung zu kaufen, die man auf Bezugschein bekam. Außerdem gab sie ihr Babywäsche mit, die noch aus meiner Säuglingszeit vorhanden war. Wenig später wurde Erika als Flakhelferin nach Danzig versetzt. Meine Mutter begleitete sie dorthin, um ihr bei der Einrichtung des kleinen schäbigen Zimmers, das man ihr in einem Hinterhaus zur Verfügung gestellt hatte, zu helfen.

Ende Oktober 1944 erhielt unser Martin, gerade mal siebzehn Jahre alt, als der Krieg schon fast verloren war, seine Einberufung zum Militär. Kaum war er nach der Grundausbildung an die Front geschickt worden, landete er wegen einer Verwundung in Ilmenau im Lazarett. Dort freundete er sich mit Sabine, einer jungen Schwesternhelferin aus Bermburg/Saale an. Er schrieb uns: »Wenn der Krieg aus ist, und die Familie in alle Winde verstreut sein sollte, treffen wir uns alle in Bermburg bei Sabine.«

Die genaue Adresse hängte er an. Diesen Vorschlag fand mein Vater ausgezeichnet und gab an die ganze Familie die Parole aus, dass wir es so machen sollten. Nur kurz darauf wachte ich mitten in der Nacht auf, weil eine große Unruhe in der Wohnung herrschte. Ich schlief aber bald wieder ein. Am nächsten Morgen glaubte ich, das hätte ich nur geträumt. Als aber mein Vater am Frühstückstisch fehlte, fragte ich: »Wo ist der Papa?«

Da brach die Mama in Tränen aus, und ich blieb ohne Antwort. Diese bekam ich erst Jahre später, als ich alt genug war, um alles zu verstehen: Am Morgen des Vortages hatte sich mein Vater im Salon mit einer Kundin unterhalten, neben der eine andere Kundin unter der Haube saß. Dabei ließ er verlauten, dass für Deutschland der Krieg nicht mehr zu gewinnen sei. Er hatte sich deshalb so ungeniert geäußert, weil der Geräuschpegel unter einer Haube normalerweise so laut ist, dass die darunter sitzende Person nichts von dem mitbekommt, was neben ihr gesprochen wird. Was mein Vater nicht wusste und was ihm zum Verhängnis werden sollte: Die Haube war ausgefallen. Die Kundin, eine ganz linientreue, hatte ihn spontan angezeigt. Deshalb wurde er noch in derselben Nacht abgeholt und beim Volkssturm eingesetzt, obwohl er die einundfünfzig schon überschritten hatte.

Bald nachdem man meinen Vater abgeholt hatte, wurde es für uns in Rossitten brenzlig. Vor mir versuchte man das zwar geheim zu halten, aber feine Kinderöhrchen schnappen so manches auf: Flüchten, Rote Armee, die Russen rücken näher. Ich machte mir so meine Gedanken, auch darüber, dass meine Mama Rucksäcke und Reisetaschen packte, wagte aber nicht zu fragen, wohin die Reise gehe. Denn die Antwort kannte ich schon: »Kinder brauchen nicht alles zu wissen.«

Meine Oma Mina, erst vierundsechzig Jahre alt und schon seit Längerem herzkrank, regte sich über die Fluchtvorbereitungen dermaßen auf, dass sie in der zweiten Januarwoche ihrem Herzleiden erlag. Am Tag der Beerdigung wurde unser Haus voll und voller. Verwandte aus allen Richtungen strömten herbei, auch meine Tante Rosa, also Omas Tochter. Sie kam allein. Ihre vier kleinen Kinder hatte sie bei der Schwiegermutter gelassen, und ihren Mann hatte sie erst einige Wochen vorher durch sein leichtsinniges Verhalten verloren. Aufgrund seines Alters hatte Erwin das Glück gehabt, nicht mehr zu den Waffen gerufen zu werden. Dennoch starb er durch Kriegseinwirkung, und zwar in seinem eigenen Bett, obwohl keine Bombe das Haus getroffen hatte. In Königsberg hatte der Fliegeralarm fast jede Nacht die Menschen aus dem Schlaf gerissen. Das war Erwin schließlich leid. Als seine Frau mitten in der Nacht aufsprang und den Keller aufsuchen wollte, versuchte er, sie daran zu hindern: »Ach, Rosa, was soll der Blödsinn? Leg dich wieder hin. Bis jetzt hat uns keine Bombe getroffen, da wird auch heute Nacht nichts passieren.« Er drehte sich um und schlief weiter. Die Frau aber zerrte ihre größeren Kinder aus dem Bett und hastete mit ihnen und ihren kleinen Zwillingen auf dem Arm in den Luftschutzkeller.

Als sie nach der Entwarnung wieder ihr Bett aufsuchte, rührte er sich nicht. Sie dachte, er sei brummig, weil sie gegen seinen Willen den Keller aufgesucht habe. Doch nach kurzer Zeit vernahm sie ein sonderbares Atemgeräusch von ihm, das sie erschreckte. Wenige Minuten später war er tot. Anderntags erklärte ihr der Arzt, dass Erwin durch die Luftdruckwelle, die von der Bombe ausgegangen war, einen Lungenriss erlitten hatte.

Dass Omas Sohn Karl nicht zur Beerdigung erschienen war, verwunderte alle. Den Grund dafür sollten wir aber erst nach Kriegsende erfahren.

Mir wurde es bei der Trauergesellschaft bald zu langweilig. Da draußen Bilderbuchschnee lag, erklärte sich Mama bereit, mit mir Schlittenfahren zu gehen. Mein Schlitten war rundum mit einer Rückenlehne versehen. Diese und die Sitzfläche polsterte sie mit Decken aus, bevor sie mich warm verpackt auf das Gefährt setzte. Bis zur großen Düne, von der man problemlos hätte herunterrodeln können, war es ihr zu weit. Deshalb zog sie mich nur bis zu einer Stelle, wo sich auch andere Kinder im Schnee vergnügten. Das war an einem kleinen Hang, der aber nicht steil genug war. Ein Schlitten rutschte dort nicht von alleine hinunter, man brauchte immer jemanden, der einen von hinten schubste, damit man bis zur Straße kam. Meine Mutter gab mir also den notwendigen Stoß. Irgendwie muss ich mich aber bei der Abfahrt ungeschickt angestellt haben, denn ich fiel auf halber Strecke in den Schnee. Auch beim zweiten und dritten Mal landete ich vorzeitig auf der weißen Unterlage. Um dem abzuhelfen, nahm Mama ihren langen Wollschal ab und band mich damit am Schlitten fest. Nun funktionierte das Schlittenfahren prima. Da sie schnell wieder zur Trauergesellschaft zurückwollte, überließ sie mich der Obhut einiger älterer Kinder. Diese gaben mir nicht nur den notwendigen Schubs, sie zogen mich auch bereitwillig abwechselnd wieder den Hang hinauf. Denn wenn ich unten ankam, wollte und konnte ich mich nicht losbinden, und wie hätte ich mich oben wieder anbinden sollen? Mir machte das Schlittenfahren riesigen Spaß, und ich quiekte vor Vergnügen. Doch dann nahm das Verhängnis seinen Lauf. Ein Junge von etwa dreizehn Jahren, der mich hinaufgezogen hatte, gab meinem Gefährt wohl einen zu festen Stoß. Plötzlich schlug mein freudiges Quieken um in einen Entsetzensschrei. Diesen hatte ich ausgestoßen, als ich in eisigem Wasser landete. Mein Schlitten war nämlich über die Straße hinweggesaust, auf einen Teich zu. Dieser war zwar seit Wochen mit einer tragfähigen Eisschicht bedeckt, auf der sich Kinder mit und ohne Schlittschuhe(n) tummelten. Da aber die Straße zwei bis drei Meter höher lag als die Eisoberfläche, bildete sie für mein Schneefahrzeug geradezu eine Sprungschanze. Der Schlitten hatte die Eisdecke durchschlagen wie ein Geschoss. In dem Teich hätte ich zwar nicht ertrinken können, das Wasser reichte mir gerade mal bis zum Hals. Erfrierungsgefahr bestand allerdings durchaus, denn angebunden an meinen Schlitten hatte ich nicht die geringste Chance, mich zu befreien. Die eislaufenden Kinder erkannten die Gefahr, aber keines von ihnen sah sich in der Lage, mich aus dem Teich zu ziehen. Geistesgegenwärtig rannten einige zum nahe gelegenen Forsthaus, um den Förster zu alarmieren. Dieser zog mich mitsamt dem Schlitten aus dem eisigen Nass.

Er zerrte mich von meinem Gefährt, schlang seinen Mantel um mich und brachte mich im Laufschritt nach Hause. Dennoch hatte sich in der kurzen Zeit meine Kleidung in einen Eispanzer verwandelt. Es gelang meiner Mutter nicht, mir die Sachen vom Körper zu schälen. Kurzentschlossen setzte sie mich in eine Wanne mit warmem Wasser.

An andere Einzelheiten erinnere ich mich nicht mehr. In den folgenden Tagen saß der Onkel Doktor öfter an meinem Bett und machte ein sehr ernstes Gesicht. Einmal schnappte ich das Wort »schwere Lungenentzündung« auf und den Satz: »Ich weiß nicht, ob wir sie durchbringen.« Dann fiel ich wieder in Dämmerschlaf. Meine nächste Erinnerung betrifft einen Dialog zwischen dem Arzt und meiner Mutter. »Bleiben Sie hier!«, beschwor er sie. »Sie können doch mit dem hochfiebrigen Kind nicht die Flucht antreten. Es stirbt Ihnen unterwegs.«

Darauf die Mutter: »Wenn wir hierbleiben, sterben wir alle. Wenn wir flüchten, haben wir wenigstens eine geringe Chance.«

Am folgenden Tag, es muss kurz nach Mittag gewesen sein, zog die Mutter mir meine dicksten Wintersachen an und packte mich auf den Schlitten, obwohl ich nicht den Wunsch geäußert hatte, Schlitten zu fahren. Vor mich stellte sie zwei Reisetaschen. Sie und ihr Vater hielten je eine Tasche in der Hand und trugen jeder zusätzlich einen großen Rucksack auf dem Rücken.

Opa zog das Gefährt, und Mama stapfte schiebend hinterdrein, unser Hund Cora folgte ihr auf dem Fuß.

Meine Mutter, ihr Vater und ich traten die Flucht ganz allein an. Der Martin war ja eingezogen worden, den Papa hatte man wenige Wochen zuvor abgeholt, Nadja, unser Mädchen, hatte sich rechtzeitig aus dem Staub gemacht, und Oma hatten wir einige Tage vorher begraben. Zum Glück ist ihr die Flucht erspart geblieben, sie hätte sie bestimmt nicht überlebt. Inge war zu dem Zeitpunkt auch nicht mehr bei uns. Durch meine Krankheit hatte ich von ihrer Abreise nichts mitbekommen, doch was dieser vorausgegangen war, hatte ich bewusst erlebt. Anfang Dezember 1944 waren drei Soldaten in unseren Friseursalon gekommen, in dem ich friedlich in einer Ecke spielte, weil es mir draußen zu kalt war. Vaters fachkundiges Auge hatte sogleich erkannt, dass dies keine Kundschaft für ihn war. Der Haarschnitt der jungen Herren sah noch ziemlich frisch aus. Sie waren auf dem Weg nach Königsberg und suchten ein Quartier für eine Nacht. Damit konnte Papa dienen, denn um diese Zeit standen unsere Gästezimmer ohnehin leer. Also bezogen sie die Zimmer und frühstückten am folgenden Morgen sogar mit uns. Einer der jungen Männer, ein Funker, hatte sich bereits am Vortag in unsere Inge verliebt. Sie hatte ebenfalls Feuer gefangen. Daher besuchte er sie in der nächsten Zeit, so oft sein Dienst es zuließ.

In der dritten Januarwoche beschwor er Inge, ihre Sachen zu packen und mit ihm nach Gera zu gehen. Er sei dort hinbeordert worden. Er wollte sie nicht nur in seiner Nähe haben, er wollte sie auch in Sicherheit wissen. Denn so viel hatte er mitbekommen, dass es in und um Königsberg immer brisanter wurde. Am 21. Januar verließ Inge also unser Haus. Das war ihr Glück. Es ersparte ihr die abenteuerliche Flucht, die auf uns zukommen würde. Denn zum Zeitpunkt ihrer Abreise war noch ein gutes Durchkommen gewesen.

Diese Geschichte und die Hintergründe, warum man mich so hastig auf den Schlitten gepackt hatte, bekam ich nicht mit. Das erzählte mir Mama erst Jahre später. Bereits Monate vor unserer überstürzten Flucht hatten die Menschen in unserer Region gespürt, dass die Gefahr von Osten her immer näher rückte. Deshalb wären die meisten von ihnen am liebsten sofort gen Westen geflohen. Das war aber streng verboten. Am 24. Januar 1945 hieß es jedoch plötzlich: »Alle müssen die Häuser verlassen! Bis 15:00 Uhr müsst ihr alle am Dorfplatz sein. Dort wartet ein Militärbus auf euch.«

An diesen Bus erinnere ich mich auch noch. Als Mama im Begriff war, mit mir auf dem Arm einzusteigen, wollte Cora ihr nach. Doch der Busfahrer trat ihr so brutal gegen den Hals, dass sie sich mehrmals um die eigene Achse drehte und dann laut jaulend davonrannte. Noch heute habe ich den Schmerzenslaut des geschundenen Tieres im Ohr. Opa schaffte unsere Taschen und Rucksäcke in den Bus; den Schlitten ließ er einfach am Straßenrand stehen. Das große graue Fahrzeug war vollgestopft mit Menschen und Gepäck. Davon bekam ich aber nicht mehr viel mit, ich dämmerte wieder weg. Daher weiß ich auch nicht, wie viele Stunden wir unterwegs waren, bis wir in einer Schule auf Stroh ein Nachtlager fanden. So ging das noch einige Tage weiter. Bei Tag rumpelte der Bus durch die Gegend, nachts schliefen wir auf Stroh, entweder in einer Schule oder in einem Wirtshaus.

Am 29. Januar endlich hatten wir Gotenhafen (früher Gdingen, heute Gdynia) erreicht. Auf dem Landweg, so hieß es, sei ein Weiterkommen nicht mehr möglich. Man müsse die Flucht über die Ostsee fortsetzen. Also strömten die Menschen schon in den frühen Morgenstunden des 30. Januar Richtung Hafen. Dort ankerte das riesige Kreuzfahrtschiff *Wilhelm Gustloff*, in dem alle Flüchtlinge die letzte Chance sahen, den Russen zu entkommen. Vor uns befand sich bereits eine Riesenschlange, an der wir uns geduldig anstellten. Hinter uns wuchs die Reihe gewaltig weiter. Endlich konnten wir das Schiff sehen. Immer näher schoben wir uns an den Rettung verheißenden Koloss heran. Weil Mama und Opa alle Hände voll hatten mit ihren Taschen, konnten sie mich nicht tragen. Ja, sie konnten mich noch nicht mal an der Hand halten. In diesem Geschiebe und Gedränge gingen immer wieder Kinder verloren, erkennbar an den aufgeregten Rufen: »Wo ist mein Kind?« oder »Wem gehört dieses Kind?« Deshalb kam Mama auf eine glorreiche Idee: Damit ich ihr nicht abhandenkommen konnte, band sie mich mit dem Gürtel ihres Bademantels an sich fest.

Nach vielen Stunden geduldigen Wartens trennten uns nur noch zwanzig Meter von der schwimmenden Rettungsinsel, da erfolgte die Durchsage: »Wir nehmen keinen mehr mit. Wir sind ohnehin schon überladen.«

Ein verzweifelter Aufschrei ging durch die Menschenmenge. Viele brachen in Tränen aus oder fluchten mehr oder weniger lautstark vor sich hin. Meine Mutter war ebenfalls der Verzweiflung nah; der Opa aber behielt die Nerven. Als alter Seebär kannte er sich an der Ostseeküste überall aus. Er begab sich zum nächstgelegenen Schifffahrtsbüro und schilderte unsere Lage. Man erklärte ihm, in den nächsten Stunden werde ein Viehfrachter, von Dänemark kommend, anlegen, um Treibstoff, Wasser und Proviant aufzunehmen. Dieser Frachter habe über tausend Schweine an Bord, die für eine Großschlachterei in Stettin bestimmt seien. »Vielleicht ist der Kapitän so gnädig und nimmt euch mit«, sagte der Leitende in diesem Büro. »Ich werde gleich mal einen entsprechenden Funkspruch loslassen. Stellt euch also schon mal vorne an die Anlegestelle.«

Das befolgten wir. Andere Leute, die ebenfalls vergeblich auf die *Gustloff* gehofft hatten, sahen uns und waren so schlau, sich hinter uns anzustellen. So bildete sich auch hier bald eine unübersehbare Warteschlange. Wie lange wir dort ausgeharrt haben, weiß ich nicht. Zwischendurch muss ich immer wieder, geschwächt durch das hohe Fieber, eingeschlafen sein. Da sich vorerst nichts vor- und zurückbewegte, hatte meine Mutter die Taschen auf die Erde gestellt und sich daraufgesetzt, sodass ich auf ihrem Schoß schlafen konnte.

Vom Hafenbüro aus muss man dem Schweinetransporter gefunkt haben, dass er die letzte Hoffnung für Hunderte von verzweifelten Menschen darstelle. Nun weiß ich nicht, ob die Besatzung den direkten Befehl bekommen hat, die vielen Menschen aufzunehmen, oder ob sie aus Mitleid handelte.

Jedenfalls packten die Matrosen, bevor sie in den Hafen einliefen, die Schweine und warfen sie über Bord. Wenig später strömten und stolperten die Flüchtenden auf den riesigen Kahn. Kurz vor uns betrat eine Frau die Planken, die einen Hund an einer Leine mit sich führte – oder führte er sie?

»Der Hund kann aber nicht mit an Bord«, herrschte einer der Matrosen sie an. Sie flehte: »Bitte, lassen Sie mir den Hund! Ich bin blind. Ohne ihn bin ich völlig hilflos.« Das rührte den Seemann nicht. Er packte das Tier und warf es ins Wasser.

Bevor wir einen Platz auf dem Schweinekahn gefunden hatten, sprach Großvater mit dem Kapitän. Er erklärte ihm, er habe sein sterbenskrankes Enkelkind dabei. Das drohe bei der Kälte zu erfrieren. Da wies man uns einen Platz auf dem Motorblock zu, weil es dort warm war. Auf dem übrigen Schiff war es eiskalt. Wie man mir später berichtete, herrschten in jenen Tagen in dieser Region Temperaturen von unter zwanzig Grad minus. Opa, Mama und ich stiegen eine – mir endlos erscheinende – Stahlleiter hinauf. Oben angekommen, schlief ich gleich wieder ein. Jedes Mal, wenn ich aufwachte, schob mir die Mutter einen Teelöffel voll Honig in den Mund. Diesen hatte sie von einem dicken Honigklumpen, den der Großvater in ein Tuch eingeschlagen in seinem Rucksack mitgeführt hatte, mühsam abgekratzt. Durch die Kälte war der Honig nämlich steinhart geworden. Dieser Honig aus Großvaters Imkerei war meine Rettung. Er war die einzige Medizin, die wir hatten. Musste ich Pipi machen, reichte Mama mich hinunter, wo mich ein Matrose auffing. Dann kam sie nach. Überall auf dem Deck lagen oder saßen Menschen an Menschen. Zwischen diesen kämpften wir uns mühsam durch bis zur Treppe, die ins Unterdeck führte. Dort war es noch schrecklicher als oben. Der Boden war ursprünglich mit Stroh bedeckt gewesen, das den Schweinen als Unterlage gedient hatte. Von diesem war jedoch nicht mehr viel zu sehen; es war durch und durch mit Schweinekot bedeckt und mit Urin durchtränkt. Es stank bestialisch. In der Nähe der Treppe hatte man einen Teil des verdreckten Strohes weggeschoben, um dort die Menschen abzulegen, die während der Fahrt erfroren waren. Eine weitere Stelle war vom Schweinemist befreit worden, damit die Passagiere dort ihre Notdurft verrichten konnten. Um dahin zu gelangen, mussten wir über Leichen steigen. Täglich wurden es mehr.

Ein U-Boot gab uns Geleitschutz. Ob das im Ernstfall etwas genützt hätte, bezweifle ich. Vermutlich wurden wir deshalb nicht von feindlichen Schiffen oder U-Booten angegriffen, weil unser Kahn leicht als Viehtransporter zu erkennen war. Speziell für mich aber bedeutete unser Begleitboot die Rettung. Auf Großvaters Betreiben hin setzte unser Kapitän an den Kommandanten des U-Boots einen Hilferuf ab mit dem Inhalt, er habe ein schwerkrankes Kind an Bord, das dringend in die Wärme müsse und auch etwas Warmes zu essen brauche. Wenig später wickelte die Mutter mich in die mitgeführte Wolldecke, band den Strick darum, den ein Matrose hochgeworfen hatte, und ließ mich damit zu ihm hinab. Dieser ließ mich an dem Seil zum U-Boot hinunter. Darauf war es einigermaßen warm. Man flößte mir zunächst warme Milch ein und später warmen Grießbrei. Diese Behandlung hat mir vermutlich das Leben gerettet. Wie lange ich auf dem Boot geblieben bin, kann ich nicht sagen. Als es mir etwas besser ging, verfrachtete man mich jedenfalls zurück auf den Schweinekahn, wo ich wieder Stellung auf dem Motor bezog.

Irgendwann legte unser schwimmendes Zuhause irgendwo an, und es hieß, alle müssten von Bord. Es entstand ein großes Geschiebe und Gedränge. Meine Mutter ging mit ihren beiden Reisetaschen vorneweg, und Opa folgte ihr dicht auf den Fersen. Er trug seine beiden Taschen in einer Hand, damit er mich an der anderen Hand halten konnte. Als wir schon ziemlich nah am Ausgang waren, sah er eine Frau dort sitzen, die sich eigenartigerweise nicht von der Stelle rührte. Sie hatte ihre Wollmütze tief ins Gesicht gezogen und hielt in jedem Arm einen Säugling. Für einen Moment ließ Opa meine Hand los und schob die Kopfbedeckung der Frau etwas zurück. Dann ergriff er schnell wieder meine Hand und flüsterte mir zu: »Es ist Tante Rosa.«

Stehen zu bleiben war unmöglich, wir wurden ständig vorwärtsgeschoben. Doch ein Blick hatte dem alten Mann genügt, um seine Tochter zu erkennen und festzustellen, dass sie erfroren war. Ob ihre sieben Monate alten Zwillinge noch lebten, hatte er in der Eile nicht erkennen können.

Wir waren glücklich, endlich wieder festen Boden unter den Füßen zu haben und der Gefahr aus dem Osten entronnen zu sein. Dennoch blieben für uns genug Probleme. Uns fehlte ein Dach überm Kopf, uns plagten Kälte, Hunger und Durst.

Wie sich Großvater und Mutter weiterhin durchgeschlagen haben, bekam ich aufgrund meines erbärmlichen Zustandes nicht mit. Ich erinnere mich nur, dass es eines Tages hieß: »Wir sind in Bermburg.«

Die Familie von Martins Freundin nahm uns, wie man uns vorher zugesichert hatte, freundlich auf, obwohl es für sie nun ziemlich eng wurde, erst recht, als mein Vater auch noch zu uns stieß. Da ihn die Engländer gleich nach Kriegsende als Mitglied des Volkssturms gefasst hatten, war er zunächst eingesperrt worden. Als er aber die näheren Umstände seiner »Einberufung« schilderte, setzte man ihn in Lübeck wieder auf freien Fuß. Von dort hatte er es geschafft, nach Bermburg zu gelangen.

Das Leben normalisierte sich allmählich wieder. Daher konnten wir endlich beim DRK (Deutschen Roten Kreuz) Suchanfragen stellen. Zunächst erfuhren wir etwas über den Verbleib von Tante Rosas Zwillingen. Sie waren gerettet worden, ebenso wie ihre beiden anderen Kinder, die auch auf dem Schweinetransporter gewesen waren. Dass wir uns auf diesem nicht begegnet waren, lässt erahnen, wie groß der Kahn gewesen war. Der Einzige aus dieser Familie, der nicht zurückkehrte, war Martin, Rosas Ältester. Man hatte ihn direkt nach seiner Entlassung aus dem Lazarett Ilmenau erneut an die Front geschickt. Schon bald war er, schwer verwundet, in ein anderes Lazarett eingeliefert worden, wo er nach wenigen Tagen seinen Verletzungen erlag.

Diese Nachricht war besonders für Sabine traurig. Viele seiner Verwandten hatte sie aufgenommen, nur für ihn hatte es keine Wiederkehr mehr gegeben.

Über das Schicksal von Mamas Bruder Karl informierte uns ebenfalls das Rote Kreuz. Anfang der Zwanzigerjahre hatte er sich ja in Hamburg ein gut gehendes Geschäft für Obst und Südfrüchte eingerichtet. Plötzlich kam von oben her die Verfügung, er dürfe keine Südfrüchte mehr verkaufen. Da diese seinen Hauptumsatz ausgemacht hatten, fragte er den Überbringer der Nachricht in ungehaltenem Ton: »Was soll ich denn jetzt machen? Ohne Südfrüchte ist mein Geschäft ruiniert. Dein Führer ist wohl verrückt geworden?«

Vielleicht war das alles, was er geäußert hat, vielleicht hat er aber noch ein paar Beschimpfungen angehängt. Jedenfalls wurde er noch am selben Tag inhaftiert. Im Gefängnis muss er mit anderen zusammen gewesen sein, die wegen ähnlicher »Verbrechen« einsaßen. Angeblich hatte man dann kurz vor Kriegsende alle Gefangenen auf ein Schiff verfrachtet und es in der Nordsee versenkt.

Auch Folgendes haben wir über das Rote Kreuz erfahren: Großtante Lore und Großonkel Hermann, unsere Nachbarn in Rossitten, die sich geweigert hatten, ihr Haus zu verlassen, waren von russischen Besatzungssoldaten erschossen worden.

Andere Verwandte oder Bekannte meldeten sich von sich aus bei uns, so zum Beispiel Inge, unsere langjährige Friseuse. Sie teilte uns mit, dass sie im Oktober 1945 ein Töchterchen bekommen hatte.

Auch meine Halbschwester Erika meldete sich nach einiger Zeit. In ihrem kleinen Hinterzimmer hatte sie am 28. Januar 1945 einen Sohn zur Welt gebracht. In der Nacht wurde die ganze Straße von Bomben in Schutt und Asche gelegt. Nur das Hinterhaus blieb verschont. Gleich nach der Entwarnung schaffte die Hauswirtin die junge Mutter mit ihrem Neugeborenen ins Wöchnerinnenheim. Aber auch dort war ihres Bleibens nicht lange. Am 12. Februar hieß es plötzlich: »Alle müssen das Heim räumen und in den bereitstehenden Zug steigen.« Diesen erreichte Erika völlig außer Atem, mit ihrem Säugling auf dem Arm. Wie alle anderen Wöchnerinnen war sie nur mit Nachthemd, Bademantel und Pantoffeln bekleidet. Wenige Minuten später fuhr der Zug los, blieb aber schon nach einigen Kilometern auf freier Strecke stehen. Es hieß, die Lok sei defekt. So saßen die Frauen mit ihren Säuglingen drei Tage fest, bis eine Ersatzlok angekoppelt wurde. Es grenzt an ein Wunder, dass Erika und ihr Baby das überlebt haben, viele andere Mütter und Kinder waren erfroren.

Nach dem Krieg nahm der Vater ihres Kindes Kontakt zu Erika auf. Er war nun bereit, sie zu heiraten, denn seine Frau war mittlerweile gestorben. Nun wollte Erika nicht mehr. Die Enttäuschung über sein damaliges Verhalten saß zu tief. Wenig später lernte sie einen netten Mann kennen, der sie heiratete und ihren Sohn adoptierte.

Mein Vater wollte der hilfsbereiten Familie von Martins Freundin nicht unnötig lange zur Last fallen. Rührig, wie er war, hatte er bald einen Friseurladen gefunden, den er pachten konnte. Zu diesem gehörte eine kleine Wohnung, in die wir umgehend einzogen. Nun zeigte es sich, wie gut mein Vater daran getan hatte, neben seiner Ausbildung zum Damen- und Herrenfriseur auch noch das Perückenmachen zu lernen. In der bitterarmen Nachkriegszeit konnte es sich kaum eine deutsche Frau leisten, zum Friseur zu gehen. Auch gab es nur vereinzelte Männer, die sich die Haare schneiden ließen. Dagegen waren die Frauen der russischen Besatzungssoldaten gute Kundinnen meines Vaters. Wie es in ihrer Heimat üblich war, trugen sie Zöpfe, die hochgesteckt wurden zu einer Krone. Da bei manch einer Madka die Zöpfe aber nicht so üppig waren, wie es ihrem Schönheitsideal entsprach, ließen sie sich von meinem Vater Zusatzhaare einflechten. Dazu benutzte er importiertes Haar von Chinesinnen und Haare von deutschen Mädchen, die sich ihre Zöpfe abschneiden ließen, um dafür ein paar Mark zu bekommen.

In Bermburg erfuhren wir auch erst vom tragischen Untergang der *Wilhelm Gustloff*. Noch oft sprachen Mutter und Großvater darüber, wie verzweifelt sie zunächst gewesen waren, als das Schiff vor ihrer Nase die Tore schloss. Nun waren sie dem Himmel dankbar dafür, denn diese Tatsache hat uns vermutlich das Leben gerettet.

Arbeitsmaiden

Else, Jahrgang 1926, aus Auingen-Münsingen in Baden-Württemberg

Am 29. November 1926 wurde ich in Auingen geboren, natürlich zu Hause, wie das damals üblich war. So kam ich im Postgebäude zur Welt, das sich am Rand des Truppenübungsplatzes befand. Heute befindet sich darin ein Museum. Wir lebten deshalb in diesem Haus, weil mein Vater ziviler Angestellter bei der Wehrmacht war. Ursprünglich hatte er Hotelkaufmann gelernt, konnte aber, als er aus dem Ersten Weltkrieg zurückkehrte, in seinem angestammten Beruf nicht mehr Fuß fassen. Sein Glück bei allem war, dass er fließend Englisch und Französisch sprach. So kam er zunächst bei den Besatzungsmächten als Dolmetscher unter. Später wurde er von der deutschen Wehrmacht übernommen. Um unser Wohngebäude herum standen lauter Baracken, in denen die Soldaten untergebracht waren. Vor unserm Haus befand sich eine riesige Wiese, auf der die Truppen exerzierten, was ich öftes vom Küchenfenster aus beobachtete. Hinter dem Haus verlief direkt die Straße, die zum Dorf führte.

Bei meiner Geburt hatte ich bereits einen Halbbruder, der zweieinhalb Jahre älter war als ich. Das war Günther, dessen Mutter war im Kindbett gestorben.

Deshalb war meinem armen Vater nichts anderes übrig geblieben, als bald wieder zu heiraten. Er brauchte eine Frau, die seinen Sohn großzog und die ihm den Haushalt machte.

Nach mir gebar meine Mutter noch weitere Kinder: 1934 wurde Karl-August geboren, und 1938 erblickte Ursula das Licht der Welt. Wir merkten aber nie, dass Günther ein Halbbruder war, und er merkte nie, dass er ein Stiefkind war; meine Mutter liebte ihn wie ihre eigenen Kinder.

Da sich der Truppenübungsplatz weit außerhalb des Dorfes befand, lebten wir dort ziemlich isoliert. Für uns gab es keine Spielkameraden, deshalb spielten Günther und ich immer einträchtig miteinander. Als er eingeschult wurde, fühlte ich mich an den Vormittagen recht einsam. Deshalb freute ich mich, dass ich 1933 auch endlich in die Schule durfte. In der Volksschule zu Auingen traf ich zum ersten Mal in meinem Leben mit anderen Kindern zusammen. Zur Schule hatten wir etwa eine halbe Stunde zu tippeln. Das empfand ich als schön, weil Günther immer auf mich aufpasste. In den Pausen fand ich es allerdings anfangs gar nicht so lustig. Die Dorfkinder lachten uns aus, weil wir anders angezogen waren als sie. Da meine Mutter aus der Stadt stammte, trugen wir »städtische Sachen«, die damals in Mode waren, nämlich für mich Matrosenkleid und für meinen Bruder Matrosenanzug aus Bleyle. Die Leute im Dorf waren so arm, dass sie sich so etwas nicht leisten konnten. Der Spott der Mitschüler machte mir nicht viel aus, weil mich mein großer Bruder beschützte. Manchmal war er deswegen sogar in Prügeleien verwickelt.

In der Schule gab es drei Klassenräume, einen für das erste und zweite Schuljahr, einen für das dritte und vierte Schuljahr und einen für die Fünf- bis Siebtklässler. Schon wenige Wochen nach meiner Einschulung stellte der Lehrer fest, dass ich schlecht an die Tafel sehen konnte. Er bestellte meine Mutter zu sich und besprach das Problem mit ihr. Daraufhin besuchte sie mit mir den Augenarzt, der mir eine Brille verschrieb. Als ich damit in der Schule auftauchte, lachte oder spottete niemand. Im Gegenteil, weil ich das einzige Kind mit Brille war, umringten mich alle bewundernd, und jedes wollte die Gläser mal berühren. Doch mit der Zeit hatten wir uns alle daran gewöhnt.

Von den dreißig Schülern meines Jahrgangs machten nur zwei die Aufnahmeprüfung für das Realgymnasium in Münsingen, nämlich meine Freundin und ich. Wir bestanden sie prompt. Günther besuchte diese Bildungseinrichtung bereits seit zwei Jahren. Zu Fuß hätten wir beide einen Schulweg von über einer Stunde gehabt. Deshalb kauften die Eltern uns Fahrräder. Damit gelangten wir wesentlich schneller zur Schule und wieder heim.

Im Gymnasium waren die Lehrer sehr streng, und ich hatte großen Respekt vor ihnen. Ich war noch gar nicht lange an der neuen Schule, da ließ der Vater sich nach Tübingen versetzen. Seine Begründung: »Damit die Kinder nicht so einen weiten Schulweg haben.« Das war gut gemeint, aber es bedeutete für uns schon wieder einen Schulwechsel. In Tübingen besuchte ich das Wildermuth-Gymnasium, eine reine Mädchenschule. Günther ging auf das Keppler-Gymnasium, eine reine Jungenschule.

Der erneute Schulwechsel bedeutete eine große Umstellung für mich. Zwar wies ich in keinem der Lernfächer Defizite auf, im Sportunterricht jedoch schon. Dieser war offensichtlich an meinen bisherigen Schulen vernachlässigt worden. Schwimmen konnte ich auch nicht, wogegen alle meine Mitschüler schwammen wie die Fische. In wenigen Wochen aber hatte ich dieses Manko ausgeglichen. Den übrigen Sport betrachtete ich als unangenehme Pflicht und mogelte mich immer so durch. Deshalb brachte ich es in keiner Disziplin zu Höchstleistungen. Mein großer Bruder dagegen war sehr gut im Sport, vor allem beim Skifahren. Deshalb durfte er öfter in ein entsprechendes Freizeitlager.

Nachdem Karl-August, mein kleiner Bruder, seinen zweiten Geburtstag gefeiert hatte, musste ich immer auf ihn aufpassen, was ich als äußerst lästig empfand. Mein Schwesterchen dagegen, das 1938 bei uns ankam, hütete ich ausgesprochen gern. Vielleicht, weil ich da schon ein bisschen älter und reifer war, vielleicht war Ursula aber auch pflegeleichter.

Meine Mutter wurde zur selben Zeit von einer anderen Aufgabe in Anspruch genommen. Pauline, eine Tante meines Vaters, zog urplötzlich bei uns ein. Das kam so: Eines Tages erhielt mein Vater einen Brief des Bürgermeisters einer kleinen Weinbaugemeinde, die nicht allzu weit von uns entfernt lag. Dort lebte Pauline schon seit einigen Jahren in ihrem Elternhaus. Die Tante, so schrieb ihr Ortsoberhaupt, sei nicht mehr in der Lage, allein zu wohnen, deshalb solle sich mein Vater, als ihr nächster

Verwandter, um sie kümmern. Der brave Neffe begab sich sogleich zu seiner Tante und brachte sie mit.

Nach einem Schlaganfall war sie zum Pflegefall geworden. Sie war halbseitig gelähmt und konnte auch nicht mehr sprechen. Mein Vater war es dann, der mir alles Wissenswerte über Pauline erzählte. Demnach war sie als Siebzehnjährige von zu Hause, einem kleinen Weinbaubetrieb, weggegangen und hatte sich ganz allein bis Genua durchgeschlagen. Dort fand sie eine Anstellung in einem feinen Hotel und arbeitete sich hoch bis zur Weißzeugbeschließerin. Das war ein sehr verantwortungsvoller Beruf. Diese Person besaß in einem Hotel nämlich den Schlüssel zu den Wäscheschränken und gab die Bettwäsche an die Zimmermädchen aus. Daneben lernte das sprachbegabte Mädchen fleißig Italienisch, Englisch und Französisch. Mit diesen Kenntnissen bewarb sie sich in einem Luxushotel in Kairo, der ägyptischen Hauptstadt, wo sie die Landessprache lernte und anschließend jahrzehntelang auch dort als Weißzeugbeschließerin tätig war. Diese Karriere war für ein Mädchen Jahrgang 1868 – noch dazu vom Lande – sehr beachtlich!

Als sie bereits über sechzig war, hatte man sie infolge politischer Unruhen aus Ägypten ausgewiesen. Daraufhin zog sie sich in das verwaiste Elternhaus zurück, und von dort holte mein Vater sie zu uns. Sie war eine liebe, angenehme Person, doch ihre Pflege bedeutete für meine Mutter viel zusätzliche Arbeit. Deshalb wurde ich als älteste Tochter ganz schön herangezogen, und nicht nur als Kindermädchen. Geschadet hat mir das allerdings nicht, so lernte ich frühzeitig alle Hausarbeiten von Grund auf kennen, selbst Kochen. Nach einem Jahr wurde Großtante Pauline von ihrem Leiden erlöst, knapp einundsiebzig Jahre alt.

Wie wir alle wissen, kam 1933 Adolf Hitler an die Macht, und alle Kinder ab zehn Jahren wurden »organisiert«, die Buben mussten in die HJ (Hitlerjugend) und die Mädchen in den BDM (Bund Deutscher Mädel). Das bedeutete, einmal in der Woche hatte man einen Heimnachmittag zu besuchen. Das Wichtigste dort war, Hitlers Lebenslauf auswendig zu lernen. Wir sangen und bastelten auch, das machte mir schon Spaß. Aber diese Zeit fehlte mir für meine häuslichen Pflichten. Außerdem versah der BDM uns Kinder mit weiteren Aufgaben. Wir mussten immer wieder Heilkräuter suchen oder Altmetall sammeln, und am Sonntag wurden wir häufig mit einer Sammelbüchse auf die Straße geschickt, um Spenden zu erbitten. Diese Aufgaben wurden für uns bald selbstverständlich, denn in Hitlerreden hörten wir immer wieder, dass jeder seine Pflicht fürs Vaterland zu erfüllen habe.

Meine Eltern waren politisch nicht sehr interessiert. Da mein Vater aber Staatsbeamter war, musste er wohl oder übel in die NSDAP eintreten, war aber nie aktiv dabei. Nach Feierabend nahm er lieber ein Buch zur Hand und las. Diese Liebe zum Lesen habe ich von ihm geerbt. Von den furchtbaren Naziverbrechen bekamen wir Kinder nichts mit.

Mein Vater hat vielleicht etwas gewusst, aber er hat nie darüber geredet. Das wäre auch viel zu gefährlich gewesen.

Im Sommer 1942 ging ich mit der Mittleren Reife von der Schule ab, weil sie mir nicht mehr behagte. Ab Herbst besuchte ich dann die Frauenarbeitsschule, wo es mir richtig gut gefiel. Dass wir dort unter anderem Nähen lernten, das lag mir, und wir hatten trotz Krieg viel Spaß. Neue Stoffe gab es so gut wie keine. Aus alten Sachen stellten wir neue her. Aus Leintüchern nähten wir Sommerjacken und aus Omas karierter Bettwäsche Dirndlkleider. Daher war meine Familie auch in Notzeiten immer gut angezogen. Meiner Mutter gefiel das.

Sonntags machten wir Radtouren in den Schönbuch, das liebte ich sehr. In diesen Monaten besuchte ich auch die Tanzstunden, und wir schwärmten für unsere Tanzstundenjünglinge.

In den Kriegsjahren wurde das Essen zusehends knapper, egal ob zu Hause oder in der Schule. Die Lebensmittel waren streng rationiert, man bekam nur das, was einem auf Marken zugeteilt war. Deshalb versuchte man mit allen möglichen Tricks, satt zu werden. So mischte meine Mutter Kartoffeln unter den Brotteig, um ihn zu strecken. Man sammelte alles, was es in der Natur zu finden gab: Brennnesseln, Löwenzahn, Beeren, Pilze, nur um etwas Zusätzliches auf den Tisch zu kriegen.

In dieser Zeit erfuhr meine Mutter, dass man in der Mühle zu Bühl für die Brotmarken etwas mehr Mehl bekam als anderswo. Also schickte sie mich mit der Bahn los, damit ich in Bühl Mehl kaufe. Meine Freundin Maria war mit von der Partie, denn ihre Mutter wollte sich diese günstige Gelegenheit ebenfalls nicht entgehen lassen.

Um unser Nahrungsangebot weiterhin zu bereichern, kochten wir Obst ein, das wir markenfrei von Verwandten aus Bietigheim bekamen. So kamen wir einigermaßen über die Runden. Damals musste niemand eine aufwendige Diät machen, alle waren von Natur aus schlank.

Im Herbst 1943 schickte man mich in das BDM-Heim nach Derendingen. Dort war es meine Aufgabe, mit einem kleinen Kreis Mädchen einmal in der Woche einen Heimatabend zu gestalten. An diesen Abenden wurde viel gesungen und gebastelt, besonders im Oktober und November. Die Spielsachen, die unter unseren mehr oder weniger geschickten Händen mit Laubsäge, Hammer und Nägeln entstanden, wurden in der Adventszeit zunächst im Rathaus ausgestellt und kurz vor Weihnachten verkauft. Der Erlös kam dem Winterhilfswerk zugute. Auch mit Näh-, Strick- und Häkelnadeln fertigten wir wunderschöne Sachen an, alles aus Resten, die man zu Hause fand. Denn zu kaufen gab es ja nichts mehr.

Das Heim in Derendingen teilten wir uns mit der HJ, also der männlichen Jugend. Eines Tages tauchte Erich H. bei uns auf, der sich als Fähnleinführer vorstellte. Er organisierte Stoff, und ich nähte Vorhänge daraus für den großen Raum, in dem sich abwechselnd BDM und HJ trafen. Erich war ein Jahr älter als ich und besuchte zu der Zeit noch das Keppler-Gymnasium. Wir freundeten uns an. Während unserer Spaziergänge erzählte er mir, wie sehnsüchtig er auf seine Einberufung warte. Diese Einstellung befremdete mich sehr. Denn unser Günther, mein lieber großer Bruder, der mich so oft beschützt hatte, war, kaum dass er sein achtzehntes Lebensjahr vollendet hatte, 1942 eingezogen worden. Diesem Ruf war er nur widerwillig gefolgt. Im Juni 1943 hatten wir bereits die Schreckensnachricht erhalten, dass er in Russland gefallen sei. Das war ein Schlag für die ganze Familie. Überhaupt waren in dieser Zeit alle Zeitungen voll von Todesanzeigen gefallener Soldaten. Auch viele Klassenkameraden von Günther waren darunter, und der schreckliche Krieg wütete weiter. Deshalb war es mir unbegreiflich, dass es jemanden wie Erich gab, der sich darauf freute, an dem Gemetzel teilzunehmen. Wahrscheinlich lag es daran, dass Goebbels weiterhin seine flammenden Reden über den Endsieg hielt, den wir erringen würden dank einer Wunderwaffe, die noch in der Entwicklung sei. Die Nazipropaganda war einfach zu perfekt. Obwohl in Stalingrad und vielen anderen Orten Russlands für uns große Verluste entstanden, glaubte man schon deshalb an den Sieg, weil man nicht wahrhaben wollte, dass unsere Väter, Brüder und Söhne umsonst gefallen sein sollten.

Ein Jahr später, zum 1. Juni 1944, erhielt ich meinen Einberufungsbefehl zum RAD (Reichsarbeitsdienst). Ich wurde nach Lauffen am Neckar beordert. Diese Station war mir deshalb sympathisch, weil ich nicht allzu weit von zu Hause wegmusste. Auch war von Lauffen aus Bietigheim gut erreichbar, wo einige Verwandte von uns lebten. Bestimmt würde sich die eine oder andere Gelegenheit ergeben, diese zu besuchen. Blauäugig, wie ich war, kam mir gar nicht der Gedanke, dass ich dort ohne

Genehmigung über keine freie Zeit mehr verfügen könne. In Lauffen wurde ich nebst einigen anderen Mädchen vom Bahnhof abgeholt und zum Lager gebracht. Dieses bedeutete für mich eine angenehme Überraschung. Es bestand nicht aus einer Baracke, wie ich befürchtet hatte, sondern es war ein herrschaftliches Gebäude mit schönem Park davor, und hinter dem Haus stiegen Gärten und Weinberge auf.

Wir waren die ersten Neuen, die eintrafen, und wurden gleich der Lagerführerin und den beiden Unterführerinnen vorgestellt. Eine war fürs Haus zuständig, die andere für die Küche und die Verwaltung. Bei unserem Eintreffen war die alte Belegschaft bereits abgereist zum Kriegsdienst. Denn jedes Mädchen musste ein Jahr Dienst fürs Vaterland ableisten. Allerdings waren vier von den vorherigen Mädchen geblieben, als sogenannte KÄ (Kameradschafts-Älteste). Sie hatten die Aufgabe, für Ordnung zu sorgen und uns Neulinge einzuweisen. Sie waren nicht wirklich die Ältesten, »KÄ« war nur ein Titel. Sie waren gerne geblieben, denn dieser Dienst war wesentlich leichter als der in der Rüstung oder bei den Heilbronner Straßenbahnen.

So nach und nach trudelten auch die übrigen Neuen in der Villa ein, bis wir fünfzig beisammen waren. Zunächst teilte uns eine KÄ die Schlafräume zu. In jedem Raum standen vier Stockbetten, also war er für acht Personen gedacht. Für jedes Mädchen gab es einen Spind und einen kleinen Tisch. Spontan wählte ich eines der oberen Betten, weil ich mir einbildete, dort mehr Luft zu bekommen. Eine andere KÄ zeigte und erklärte uns alles Weitere. Sie führte uns in einen Kellerraum, wo wir unsere Ausrüstung bekamen. Das heißt, sie drückte jedem einen Packen, der eine Uniform, zwei Baumwollkleider, eine Dreivierteljacke aus Loden und eine Strickweste, alles in Blau, enthielt, in den Arm. Dazu gab es zwei Paar graue Socken und ein Paar schwarze Lederstiefel. Was nicht passte, konnte umgetauscht werden. Nach einigem Umtauschen hatte ich alles beisammen. Von da an durften wir nur noch diese blauen Sachen tragen. Die Kleider waren für die Feldarbeit gedacht, und die Lodenjacke zog man darüber, wenn es regnete, die Strickweste bei kühler Witterung.

Viele der Kleidungsstücke waren in einem desolaten Zustand. Der Krieg dauerte ja schon im fünften Jahre an, und es gab nichts Neues zu kaufen. Nun kamen mir meine Nähkenntnisse zustatten. So gut es ging, flickte ich die Sachen zusammen, auch für meine Zimmergenossinnen. Dafür wurden mir die Haare gerichtet. Wir hatten nämlich zwei Friseusen im Zimmer. Das erwies sich als sehr praktisch. Zu der Zeit trug man keine Zöpfe mehr, sondern modische Dauerwellen. Und die beiden Mädels hatten alles dabei, was man zur Verschönerung eines Frauenkopfes brauchte. Wir acht, obwohl wir ein ziemlich zusammengewürfelter Haufen waren, vertrugen uns erstaunlich gut, es gab nie Streit. Am Abend nach der ungewohnten Feldarbeit waren wir auch viel zu müde zum Streiten. Da war man froh, wenn man bald ins Bett kam.

Wenn eine von zu Hause ein Paket bekam, das etwas Essbares enthielt, wurde schwesterlich geteilt. Das war Ehrensache. Denn die Verpflegung im Lager war nicht gerade üppig.

Nur durch unseren Zusammenhalt überstanden wir diese Zeit unbeschadet. Mit unserer Lagerführerin hatten wir Glück, sie war sehr nett. Sie hielt sich nicht immer an alle Vorschriften. Bei Fliegeralarm war sie allerdings unerbittlich, da hieß es ab in den Keller, und zwar stehenden Fußes.

Lange Zeit, so erzählte man uns, sei es in Lauffen nicht gefährlich gewesen, aber ab Juni 1943 habe sich das schlagartig geändert. Um den Feind zu irritieren, hatte die Deutsche Wehrmacht eine Attrappe des Stuttgarter Hauptbahnhofes auf einem Feld bei Lauffen aufgebaut. Lange Zeit waren die feindlichen Flugzeuge darauf hereingefallen und hatten die Nachbildung eifrig bombardiert, sodas sich nur die eine oder andere Bombe nach Lauffen verirrt hatte. Als man aber die Möglichkeit hatte, Radar einzusetzen, war es mit der Täuschung vorbei. Nun hatten die Feinde eine besondere Wut auf diese Stadt, und sie musste bis Kriegsende darunter leiden. Fast jede Nacht war bei uns Bombenalarm. Dann stürzte alles, was Beine hatte, in den geräumigen Gewölbekeller, in dem wir gut geschützt waren. Nie werde ich vergessen, wie ich es nach dem Krieg genossen habe, in der Nacht wieder durchschlafen zu können.

Aber zurück zu unserem Lagerleben. Nach zwei Wochen Schulung wurden wir vereidigt. Danach wurde jeder von uns ein Zettel mit der Adresse eines Bauern in die Hand gedrückt. Unser erster Tag im Außendienst war der 17. Juni 1944. Nach dem Frühstück mussten wir zum Fahnenappell antreten und danach zu unserer ersten Arbeitsstelle aufbrechen. Zu der meinen hatte ich eine gute Stunde zu laufen.

Deshalb ließ ich mir am nächsten Tag von der KÄ ein Fahrrad geben. Die Leute, denen ich zugeteilt war, waren sehr nett. Der Bauer war natürlich im Krieg, deshalb hatte man mich ja als Ersatzkraft dorthin geschickt. Seine Frau, die zwei kleine Kinder hatte, hielt mit ihren Eltern die Landwirtschaft mühsam aufrecht. Sie konnten wirklich jede Hilfe brauchen. Deshalb gab ich mir die größte Mühe. Schließlich wurde die Feldarbeit damals noch weitgehend von Hand erledigt.

In den ersten Tagen waren meine Aufgaben Waschen, Putzen und auf die Kinder schauen. Bald musste ich aber mit aufs Feld und in den Stall. Für die Feldarbeit standen uns zwei Ochsen zur Verfügung. Die beiden Pferde waren schon zu Beginn des Krieges »eingezogen« worden, und einen Traktor besaß man noch nicht.

Beim Pflügen musste ich einen Ochsen am Halfter führen, und wenn es ihm nicht passte, bekam ich schon mal einen Tritt. Dann hieß es, die Zähne zusammenbeißen. Von Ochsen und Kühen hatte ich als Stadtmädel keine Ahnung, zudem kam ich frisch von der Schule. Doch man hatte alles zu machen, was einem aufgetragen wurde, ohne viel zu fragen. Irgendwie habe ich alles gemeistert. Sobald die Bäuerin und die Oma aber erfuhren, dass ich gut mit Nadel und Faden umgehen konnte, wurde ich nur noch zum Reparieren von Textilien eingesetzt. Es waren wirklich Berge von Zeug zu flicken, das sich im Laufe der Zeit angesammelt hatte. Von da an ging es mir gut. Ich saß gemütlich in der trockenen Stube.

Nach sechs Wochen musste ich diese nette Familie leider verlassen, um meine zweite Stelle anzutreten. Das war in einer großen Baumschule für verschiedene Beerensträucher. Dort hatte ich nichts mit Tieren zu tun. Während es auf meiner ersten Stelle eher ärmlich zugegangen war, merkte man hier etwas von Wohlstand. Die Familie bewohnte ein großes, gepflegtes Haus mit einem ansehnlichen Obstgarten. Während meiner Zeit dort wurde gerade das Obst reif. Davon durfte ich essen, so viel ich wollte. Für ein ausgehungertes Stadtkind bedeutete dies das Paradies. Langsam nahm ich an Gewicht zu. Auf dem Anwesen bestand meine Aufgabe darin, die jungen Sträucher zu veredeln. Diese »Kunst« brachte mir ein polnischer Zwangsarbeiter bei, den man dort eingesetzt hatte, weil der Junior-Chef Kriegsdienst leisten musste. Das Veredeln war eine Aufgabe, die mir Spaß machte, obwohl es sehr anstrengend war, den ganzen Tag in gebückter Haltung auf den Beinen zu sein. Ich musste von Strauch zu Strauch wandern, um mit Bast und Leim die Veredelungszweige anzubringen. Zu meiner eigenen Freude und zur Zufriedenheit meiner Arbeitgeber bekam ich bald Routine darin.

Mit dem jungen Polen zu reden war streng verboten. Aber das konnte ich wirklich nicht einhalten. Wie sonst hätte er mir die Arbeitsweise erklären sollen? Auch danach unterhielt ich mich gerne mit ihm. Er war ein gebildeter Mensch und sprach erstaunlich gut Deutsch. Über den Krieg und die Nazis unterhielten wir uns natürlich nicht. Das wäre für beide Seiten zu gefährlich gewesen. Aber es gab ja genügend belanglose Themen außerhalb der Arbeit, über die wir reden konnten. Obwohl er unter Heimweh litt, war er immer sehr freundlich zu mir. Er trat mir aber nie zu nahe.

In dieser Gärtnerei hatte ich wirklich eine gute Zeit, und ich freute mich, dass ich auf Antrag des Senior-Chefs vier Wochen Verlängerung bekam.

Danach kam ich zu Bauer Braun und machte die Weinlese mit. Dieser Bauer, ein älterer Mann, schimpfte dauernd über irgendetwas. Er war wohl von Natur aus ein unzufriedener Mensch. Hinzu kam natürlich, dass durch den Krieg sein Leben – wie das vieler anderer auch – nicht mehr im Gleis war.

Auf diesem Hof war ein französischer Kriegsgefangener beschäftigt. Sein Name war Anton, also eigentlich Antoine, aber so durfte man ihn beileibe nicht nennen. Es war nur zu verständlich, dass er das Kriegsende herbeisehnte. Während der Lese füllte er mir jeden Tag meinen Brotbeutel mit Trauben, natürlich ganz heimlich, und die Maiden im Lager freuten sich riesig über meine Mitbringsel.

Den ganzen Oktober verbrachte ich bei meinem Weinbauern. Am Abend kippte man einen Teil der Trauben in einen großen Bottich. Dann war es meine Aufgabe, sie barfüßig so lange zu stampfen, bis die Brühe herausquoll. Anschließend wanderte die Masse in eine große Presse, die von Hand betrieben wurde. Das war Männerarbeit. Die Trauben wurden gepresst, bis aller Saft herausgelaufen war. Der wurde zu Schnaps gebrannt.

Außer Weinbergen besaß der Bauer auch noch Felder mit Kartoffeln und Rüben. Als wir diese ernteten, regnete es tagelang. Da half auch unsere Lodenjacke nicht viel. Jeden Abend war ich total durchnässt. Deshalb ließ man die Sachen in der Nacht über dem Küchenofen unserer Villa hängen.

Aber nicht nur das Wetter machte uns bei der Erntearbeit zu schaffen, sondern auch die Tiefflieger. Immer wieder mussten wir Deckung suchen, in einem Graben oder unter einem Baum. In dieser Zeit sind einige Bauersleute auf Nachbarfeldern umgekommen. An einem Tag konnte ich unmöglich mit aufs Feld, weil meine Stiefel total durchnässt waren, Ersatz gab es nicht.

Egal in welchem Betrieb wir arbeiteten, um halb sechs mussten wir wieder pünktlich im Lager sein. Die Bauern hatten die Anweisung, uns rechtzeitig heimzuschicken, sonst bekamen sie Ärger. Feierabend war für uns trotzdem noch nicht. Jeden Abend gab es eine andere Pflichtübung, entweder Sport oder Volkstanz oder eine Schulung.

Nach dem Nachtessen hatten wir endlich frei, was auch immer man beim RAD unter »frei« verstand. Ausgang gab es nämlich nicht. Die Zeit vor dem Schlafengehen konnten wir lediglich dazu nutzen, um Briefe zu schreiben, die Haare zu waschen oder unsere Kleidung in Ordnung zu bringen. Am Samstagnachmittag durfte man manchmal in die Stadt, aber nur nach schriftlicher Genehmigung. Bei einem dieser Ausgänge entdeckte ich einen kleinen Schreibwarenladen. Zu meiner Freude fand ich darin etwas zum Lesen, es gab ja fast nichts mehr zu kaufen. Die nette ältere Dame hatte noch fünf Bücher im Regal. Sie enthielten zwar nur Sagen aus der Umgebung, aber das war mir egal, Hauptsache, ich konnte meinen Lesehunger stillen. Diese Bücher kaufte ich mir so nach und nach. Von meinem »Gehalt« konnte ich sie mir nicht leisten, es bestand ja nur aus fünf Mark im Monat und die gingen fast schon drauf für Schreibpapier, Bleistifte und Briefmarken. Deshalb jammerte ich meinen Eltern in einem Brief von meinem Lesetraum vor. Da halfen sie mir mit einer bescheidenen Geldsendung aus.

In dieser schlimmen Zeit war Post das Highlight des Tages. Selbst schrieb man fast jeden Tag an die Lieben daheim und an Freunde. Auch mit Erich, der glücklich war, dass man ihn endlich zum Kriegsdienst berufen hatte, gingen viele Briefe hin und her.

Im September 1944 war der erste schwere Angriff auf Heilbronn erfolgt. Zitternd hatten wir im Keller unserer Villa gesessen, wo wir die Einschläge deutlich hörten. Wir hatten große Angst gehabt.

Am nächsten Morgen hieß es, wir bräuchten bis auf Weiteres nicht zu unseren Bauern. Stattdessen wurden wir nach Heilbronn abkommandiert, zum Helfen. Da keine Züge mehr fuhren, legten wir die zehn Kilometer zu Fuß oder per Fahrrad zurück. Die zerstörte Stadt war für uns ein grauenvoller Anblick. Viele Tote wurden aus den eingestürzten Kellern geborgen und an den Straßenrand gelegt. Bis heute kann ich diese Bilder nicht vergessen. In dieser Zeit schickte ich folgende Briefe nach Hause:

Lauffen, den 13.09.1944

Liebe Eltern!
Vom Einsatz in Heilbronn-Böckingen sende ich Euch die besten Grüße. Wir schlucken Dreck und Staub und leben wie die Zigeuner. Ja, so ist es! Gestern fuhren wir mit dem Rad und heute mit dem Zug. Nun will ich euch genau erzählen, wie es in Heilbronn aussieht. In der Stadt selbst sind nur Brandbomben gefallen. Der Marktplatz ist mit den umliegenden Häusern völlig zerstört. Auch die Kilianskirche und das Rathaus sind ausgebrannt.

Auch in der Bahnhofsgegend ist viel verbrannt.

Gegen Sonntheim sind dann viele Sprengbomben gefallen, in der Nähe der Knorr-Werke. Am schlimmsten ist es in Böckingen, wo wir eingesetzt sind. Viele Häuser sind ganz eingestürzt, da ziehen wir raus, was noch brauchbar erscheint.

Oft sind die Menschen noch darunter. Wo Tote liegen, dürfen wir nicht ran. Heute Morgen waren wir in einer völlig ausgebrannten Villa. Es schwelte noch, und da mussten wir Wasser tragen. Danach schippten wir den Schutt zum Fenster hinaus. Mit Essen werden wir von der Obdachlosenhilfe versorgt.

In ganz Heilbronn ist weder Wasser noch Gas. Hoffentlich ist bei Euch noch alles heil.

Heute Morgen war wieder ganz lange Alarm, wir waren in einem Splittergraben. Es brannte wieder schlimm.

Liebe Grüße,
Eure Else

Lauffen, den 15.09.1944

Liebe Eltern!
Eben habe ich wieder etwas Zeit, die will ich dazu nutzen, Euch zu schreiben. Wir sind seit Dienstag ununterbrochen im Einsatz in Heilbronn, von morgens sieben bis abends sechs Uhr. Gestern hatten meine Freundin Martha und ich die Aufgabe, den ganzen Tag Möbel auf Lastwagen zu laden. Was wir an Möbeln rumschleppen, das hätte ich mir nie träumen lassen. Ich hätte nie gedacht, dass ich das mal tun müsste. Da sieht man erst mal, wozu man fähig ist, wenn einen Not und Elend umgeben. Sobald der Wagen beladen war, erschien ein Soldat, um die Möbel an einen sicheren Ort zu bringen. Aber was ist heutzutage noch sicher? Natürlich fuhren wir mit, wir mussten die Möbel ja wieder abladen. Für uns gab es auf dem Wagen nur eine kleine Ecke, wo wir auf Kohlesäcken saßen, mit Dreck überzogen.

Heute hatten wir statt eines Lastwagens einen Traktor mit Anhänger. Außer uns waren noch zwei Mädel von der Oberschule dabei und zwei Soldaten. Die Soldaten fuhren den Traktor. Alle Leute, zu denen wir kommen, um Möbel wegzubringen, sind sehr freundlich und dankbar. Meist bekommen wir ein tolles Vesper.

Die Menschen verstecken ihre Sorgen hinter viel Humor. Ich denke oft: Wenn unser Haus so aussehen würde! Oder wir würden vor so einem Schutthaufen stehen und würden darin unseren Hausrat suchen müssen. Es wäre schrecklich! Es ist überall ein Elend, es ist nicht zu beschreiben.

Nun muss ich Schluss machen. Wer weiß, wann ich wieder zum Schreiben komme. Ich bin auch sehr müde. Ich wünsche mir mal eine Nacht ohne Alarm. Aber dieser Wunsch geht bestimmt nicht in Erfüllung. Seit zehn Tagen habe ich keine Post mehr bekommen. Das erfüllt mich auch mit Sorge.
Seid für heute alle tausendmal gegrüßt und geküsst von
Eurer Tochter Else

Lauffen, den 1.10.1944

Liebe Eltern!
Heute ist schon der 1. Oktober, und seit gestern bin ich wieder bei meinem Bauern. Aber heute ist Sonntag, da liegen wir den ganzen Tag im Bett. Irgendwann muss man ja mal schlafen. Denn wir haben wirklich jeden Tag und jede Nacht Alarm. Man hört nur noch Sirenen. Wir stehen sogar jetzt bei Luftwarnung auf. Wie ihr vielleicht erfahren habt, sind in Heilbronn Luftminen gefallen, ohne irgendwelchen Alarm. Es krachte auch bei uns furchtbar, und alles hat gewackelt. Gestern hat es bei Voralarm auch so furchtbar gekracht, da waren wir in Nullkommanichts im Keller. Die Leute sagen, das sei in Bietigheim gewesen.

In Heilbronn kam auch unsere ganze Führungsspitze ums Leben. Die Frauen konnte man nur noch an ihren goldenen Broschen erkennen. Es kam eine Hiobsbotschaft nach der anderen.

Meine Freundin Martha ist aus Pforzheim. Nachdem es Heilbronn so schwer getroffen hatte, erfolgte

ein schwerer Angriff auf Pforzheim. Wir alle bangten mit ihr, bis die Nachricht kam, dass ihre Familie noch lebt. Hoffentlich ist bei Euch alles in Ordnung!
Für heute viele Grüße,
Eure Else

So langsam näherte sich meine Zeit im Lauffener Lager ihrem Ende. Im zweiten Halbjahr meiner Dienstverpflichtung hätte ich in der Rüstung eingesetzt werden sollen. Mein Wunsch aber war es, meine Zeit weiterhin im Arbeitsdienst abzuleisten. Es schien mir erstrebenswerter, die Aufgaben einer KÄ zu übernehmen, als am Fließband in einem geschlossenen Raum Granaten zu drehen. Außerdem hatte ich den Eindruck, in dieser Kleinstadt sei es nicht ganz so gefährlich wie in Heilbronn oder Stuttgart, obwohl jede Nacht feindliche Fliegerverbände über uns hinwegdonnerten. Meistens war Stuttgart ihr Ziel.

Aufgrund meiner Schulbildung rechnete ich mir Chancen aus, als KÄ übernommen zu werden, und stellte einen entsprechenden Antrag. Nach einer ganztägigen Schulung und Prüfung durch eine Schulungskraft aus Heilbronn durfte ich mit drei anderen als KÄ im Lager bleiben. Meine Freundin Martha war auch darunter, worüber wir uns sehr freuten. Wir hielten wie Pech und Schwefel zusammen und meisterten so manche kritische Situation. Der Abschied von den anderen Mädels fiel uns schwer, doch es blieb keine Zeit für Sentimentalitäten. Es war ja Krieg.

Bald schon kamen die Neuen an, um die wir uns kümmern mussten. Nach den üblichen Einführungsriten nahmen sie ihre Arbeit auf. Es waren sehr nette Mädchen, darunter auch einige Abiturientinnen.

Was ich als besonders angenehm empfand; Ich durfte in meinem alten Bett bleiben. Mein Monatsgehalt betrug nun zehn Reichsmark. Wir KÄ brauchten nicht mehr zu den Bauern. Dazu hätten wir auch gar keine Zeit gehabt. Wir mussten putzen, kochen, waschen und bügeln, und natürlich auch die Gartenarbeit verrichten.

Im November besuchte mich Erich, als er nach einem Heimaturlaub wieder auf dem Weg zur Front war. Ich bekam ein paar Stunden frei und ging mit ihm spazieren. Unsere Gespräche drehten sich nur um den Krieg. Es war alles so trostlos, keiner wusste, was der nächste Tag bringen würde. Dennoch war unser Glaube an den Endsieg ungebrochen. Ja, man wollte schon wegen der vielen Angehörigen und Freunde, die man verloren hatte, daran glauben. Ihr Opfer sollte doch nicht vergebens gewesen sein, abgesehen von der lautstarken Propaganda von Göbbels. Etwas anderes hörten wir ja nicht.

Am 29. November wurde ich achtzehn. Wie bei allen anderen Mädchen auch, wurde der Geburtstag äußerst bescheiden gefeiert.

Bis März 1945 lief mein Leben einigermaßen gleichmäßig dahin. Manchmal wurde ich als Kurier nach Heilbronn geschickt, denn die Post war nicht mehr zuverlässig. So hatte ich zum Beispiel mal ein Paket mit persönlichen Dingen nach Tübingen gesandt, das nie angekommen war. In dieser Zeit hatte eine Brandbombe den Bahnhof in Lauffen getroffen. Mein Paket war wohl mit verbrannt. War also etwas

Dienstliches von Wichtigkeit zu befördern, schickte man mich als Kurier, wozu ich die Bahn benutzte. Während einer meiner Kurierfahrten wurde der Zug von Tieffliegern beschossen. Deshalb zog ich es vor, mich künftig nur noch per Rad oder zu Fuß nach Heilbronn zu begeben. Aber auch da war ich meines Lebens nicht sicher. Selbst als Fußgänger wurde man von der Luft aus angegriffen. Daher musste ich auf einem Marsch mehrmals im Straßengraben Deckung suchen. Bei diesen Gängen hatte ich viel Angst, aber auch ebenso viel Glück. In der Nachricht, die ich von meinem letzten Kuriergang zurückbrachte, stand, wir sollten die Flucht vorbereiten. Diese Nachricht sollte ich zusätzlich in das benachbarte Lager Güglingen bringen. Dazu nahm ich das Fahrrad, um schneller zu sein. Um mich keiner erneuten Gefahr auszusetzen, fuhr ich bei Nacht, und zwar durch die Weinberge, die mir einigermaßen Deckung gaben. Natürlich fuhr ich ohne Licht, sonst hätte ich für die Tieflieger ein Ziel abgegeben. Daher landete ich einige Male im Graben. Wie ich den Weg letztlich gefunden habe, weiß ich nicht mehr. Ich erinnere mich nur noch, dass es eine schöne, trockene, sternklare Nacht war und der Halbmond vom Himmel leuchtete. Jedenfalls erreichte ich mein Ziel, überbrachte die Nachricht und fand in der Dunkelheit auch wieder zurück. Im Radfahren war ich mittlerweile sehr gut. Diese Fähigkeit sollte mir besonders in den folgenden Tagen von Nutzen sein.

In einer der nächsten Nächte brachen wir tatsächlich auf. Was wir an Kleidung mitnehmen konnten, wurde aufs Rad gepackt. Wir waren dreißig Mädchen, die Lagerführerin und die beiden Unterführerinnen. Die meisten der Mädchen hatten noch nie auf einem Rad gesessen. Deshalb übten wir vorher im Hof noch fleißig mit ihnen das Fahren. Dennoch gab es große Probleme in der Nacht unserer Flucht. Zum einen verursachten die vollbepackten Lenkstangen Schwierigkeiten, zum anderen blendeten uns die entgegenkommenden Militärfahrzeuge. Nachdem es einige Stürze gegeben hatte, schmissen die Mädchen auf Anraten der Lagerführerin einiges an Gepäck weg. Nun kamen wir besser vorwärts. Überflüssigerweise schrie unsere Lagerführerin dauernd: »Schneller, schneller! Ich will keinem amerikanischen Panzer begegnen.«

Inzwischen war nämlich durchgesickert, dass die Amerikaner bereits in Heilbronn standen.

Wir fuhren die ganze Nacht. Der Fluchtplan, der tatsächlich vorlag, bestimmte, dass wir am Morgen das RAD-Lager in Oberstenfeld anfahren sollten. Dort kamen wir auch tatsächlich an, es war irgendwo im Welzheimerwald. Dieses Lager war schon verlassen. Zu unserer Freude fanden wir genügend Lebensmittel vor. Erst beim Essen stellten wir fest, dass zwei unserer Mädchen fehlten. Dann fielen wir erschöpft in die Betten. Drei weitere Mädchen verschwanden, während wir schliefen. Sie versuchten wohl, auf eigene Faust nach Hause zu kommen. Wir anderen fuhren nach Einbruch der Nacht weiter. Als wir Blaubeuren erreichten, war der Rückzug in vollem Gange. Die Soldaten empfahlen uns, die Fahrt in Richtung Bayern fortzusetzen. Von der anderen Seite kämen die Franzosen. Es war der reinste Wahnsinn, aber unser Fräulein Kraus hatte den Befehl, weiter nach Zwiefaltendorf zu fahren. Woher sie diese Instruktion hatte, ist mir noch heute schleierhaft.

In Zwiefaltendorf wimmelte es in dem riesigen Barackenlager nur so von gestrandeten Arbeitsmaiden. Vom Krieg und vor allem von Tieffliegern war glücklicherweise nicht viel zu bemerken. Deshalb sollten wir vorerst hier bleiben. Nach zwei Tagen gingen meine Freundin Martha und ich freiwillig zum Außendienst, das Herumsitzen behagte uns nicht. Ich hatte eine Adresse bekommen in Reutlingendorf, in etwa fünf Kilometer Entfernung. Mit dem Fahrrad begab mich dorthin. Überrascht stellte ich fest, dass die Landschaft ganz anders aussah als in Lauffen. Es gab vorwiegend große Höfe mit vielen Kühen. Als ich mich auf dem zugewiesenen Hof meldete, zeigte sich die Bäuerin hocherfreut. Auch ihr Mann war im Krieg, und sie stand allein da mit zwei kleinen Kindern, von denen eines hohes Fieber hatte. Deshalb schickte sie mich gleich los. In der Klosterapotheke zu Obermarchtal sollte ich für das Kind die verschriebene Arznei abholen. Sie empfahl mir, Waldwege zu fahren, es gäbe Wegweiser, und ich würde das Ziel schon finden.

Inzwischen war ich einiges gewöhnt und fand auch tatsächlich ohne langes Suchen die Klosterapotheke. Die Bäuerin war glücklich, dass sie ihrem Kind endlich die Medizin geben konnte. Es ging ihm auch wirklich bald besser.

Auf diesem Hof arbeitete ich eine Woche, das war für mich sehr erholsam, denn es gab keinen Fliegeralarm, und Tiefflieger sah man auch nicht.

Über den Krieg kursierten jeden Tag neue Gerüchte. Post gab es keine mehr. Anfang April wurden Martha und ich zur Lagerführerin beordert. Sie teilte uns mit, wir beide seien nach Meersburg versetzt. In der folgenden Nacht sollten wir aufbrechen. Mit knappen Worten erklärte sie uns, welchen Weg wir nehmen sollten, und beförderte uns mit sofortiger Wirkung zur Jungführerin. Wir waren total überrumpelt.

Diese Herumschickerei wurde mir allmählich zu viel. Deshalb sagte ich am Abend, kurz nachdem wir losgefahren waren, zu Martha: »Wir fahren erst mal nach Schussenried. Dort wohnen Verwandte von mir. Bei diesen habe ich als Kind öfter die Ferien verbracht. Den Weg dahin finde ich, selbst bei Nacht.«

Am Morgen zwischen vier und fünf klopfte ich bei Onkel und Tante an die Tür. Wir wurden herzlich aufgenommen. Im Krieg half man einander. Tante Marie war eine beherzte Person. Bereits am nächsten Morgen färbte sie unsere blauen Uniformröcke schwarz. Onkel Bernhard duldete es nicht, dass wir weiterfuhren. Er erklärte mir, das sei viel zu gefährlich. »Auch deinen Eltern gegenüber ist es unverantwortlich. Die Franzosen stehen schon am Bodensee. Du würdest ihnen direkt in die Arme fahren.«

Nach langem Überlegen legte ich meinen Drang zur Pflichterfüllung ab und blieb in Schussenried.

Martha dagegen wollte unbedingt weiter zu einer Tante in Singen. Unsere Wege trennten sich also. Es war ein schmerzlicher Abschied. Sie hat den Krieg aber glücklicherweise auch überlebt, wir hatten später wieder Kontakt.

In Schussenried war ich nicht untätig. Ich half meiner Tante in Küche und Haus und flickte alles, was anfiel. Mit den einschlägigen Arbeiten war ich ja bestens vertraut. Jeden Tag rasten neue Nachrichten bezüglich des Krieges durchs Dorf. Eine lautete, dass im Wald gelbe Fallschirme liegen würden. Diese stammten wohl von abgesprungenen Soldaten, ob von deutschen oder feindlichen, war uns egal. Eine meiner Cousinen und ich schoben mit Onkels Handwagen los.

Wir ergatterten einen dieser Fallschirme, ein riesiges Teil mit weißen Schnüren. Die Schnüre wurden daheim aufgedröselt und zu Kniestrümpfen verstrickt. Die erbeutete Seide bestand leider nur aus zusammengesetzten Ecken, doch für Blusen würden sie reichen. Vorerst aber wurde alles versteckt. Jeden Tag erwarteten wir den Einmarsch des Feindes, der Krieg war ja noch nicht vorbei.

Die Nachbarin von Tante Marie besaß einen Kramladen. Sie war der Ansicht, bevor alles vom Feind beschlagnahmt werde, verkaufe sie die Sachen lieber, auch ohne Marken. Meine Tante deckte sich mit Stoff für Sommerkleider reichlich ein. Zur Sicherheit wurde dieser ebenfalls versteckt. Zu essen hatten wir genug. Die Oma, die mit im Haus wohnte, hatte Verwandte auf den umliegenden Höfen. Dort organisierte sie Lebensmittel. So litten wir keine Not.

Eines Tages marschierten dann tatsächlich die Franzosen ein. Das war für uns wie eine Erlösung. Nun würde das Blutvergießen endlich aufhören.

Die Bewohner waren so umsichtig, sofort überall aus den Häusern weiße Fahnen, eigentlich Leintücher, herauszuhängen. So fiel kein Schuss. Onkel Bernhard zog seine Rot-Kreuz-Uniform an. Wir Mädchen durften uns nicht blicken lassen, wir wurden auf dem Dachboden versteckt. Und das war vernünftig. Denn schon bald betrat ein Soldat mit bräunlicher Hautfarbe das Haus. Sogar auf dem Dachboden bekamen wir das mit. Wir hatten furchtbare Angst. Doch er sagte in gebrochenem Deutsch: »Ich brav. Ich Sanitäter. Ich suche Bett.«

Tante Marie gab ihm eines unserer Zimmer. Wir Mädchen verbrachten die Nacht ja auf dem Dachboden. Am anderen Morgen verließ er uns wieder. Die übrigen Franzosen zogen auch bald weiter. Somit war der Krieg für uns vorbei. Natürlich erfolgten bald Aufrufe, man solle Radios und Fotoapparate abgeben. Aber sonst blieb es ruhig.

Von Tübingen wusste ich nichts. Das besorgte mich sehr. Es gelang mir, mich einigermaßen abzulenken, indem ich aus dem gehorteten Stoff sechs Sommerkleider nähte, eines für die Tante, eines für mich und eines für jede ihrer Töchter. Und von der Fallschirmseide nähte ich einige gelbe Blusen.

Mittlerweile war es Anfang Mai, und mich plagte das Heimweh immer stärker, zumal ich auf meine Briefe keine Antwort bekam. Ich tröstete mich damit, dass vermutlich das Postwesen nicht funktionierte. Um mich abzulenken, besuchte ich mit meinen Cousinen die Maiandachten, obwohl ich evangelisch bin. So lernte ich auch etwas über katholische Gottesdienste.

Am 8. Mai endlich kam die erlösende Nachricht vom Ende des Kriegs. Über Hitlers Tod und den furchtbaren Kampf in Berlin hörten wir erst später. Aber auch nach dem offiziellen Kriegsende erreichte uns noch immer keine Post. Deshalb war ich äußerst beunruhigt. Ich wusste ja nicht einmal, ob meine Eltern den Krieg überlebt hatten. Deshalb wollte ich unbedingt heim. Onkel Bernhard aber hielt mich zurück. Noch sei es viel zu gefährlich, allein durch die Lande zu radeln. Es wimmele überall von Besatzungssoldaten.

Ende Mai aber hielt mich nichts mehr im Haus meiner Verwandten. Um mir ein wenig Schutz mit auf den Weg zu geben, schrieb mir der Onkel einen Passierschein, mit vielen Rot-Kreuz-Stempeln versehen. Der war eigentlich total wertlos.

Den Weg nach Tübingen musste ich einfach finden, ich radelte los. In Riedlingen wurde ich von einem französischen Posten angehalten. Schlotternd vor Angst zeigte ich meinen Passierschein. Er studierte ihn sehr aufmerksam und ließ mich dann weiterfahren. Bestimmt konnte er kein Deutsch lesen, wahrscheinlich waren es die Stempel, die ihn beeindruckt hatten. Dann ging es ohne Zwischenfälle weiter, über Zwiefalten und Reutlingen. So kam ich meiner Heimatstadt immer näher. Als ich in Tübingen die Rietlinger Steige hinunterfuhr und das Heeresnebenzeugamt passierte, sah ich nur einen Trümmerhaufen. Meine Angst, dass Papa etwas passiert sein könnte, wuchs. Der Trümmerhaufen war ja seine Dienststelle gewesen.

Endlich sah ich unser Wohnhaus. Zu meiner Erleichterung stand es noch. Ich atmete tief ein und stürmte hinein. Gottlob, alle waren noch am Leben! Von allen wurde ich freudig begrüßt wie der verlorene Sohn in dem biblischen Gleichnis. Nur dass mir zu Ehren kein Mastkalb geschlachtet wurde. Man hatte ja keines.

Überhaupt hatte man wenig zu essen, noch weniger als während des Krieges. Doch wir gingen alles mit frischem Mut an. Es galt, das zerstörte Land wieder aufzubauen, und für uns jungen Leute war es wichtig, einen Beruf zu erlernen, aber welchen?

Wenige Monate nach mir kam auch Erich wohlbehalten nach Hause, was ich erleichtert zur Kenntnis nahm. Bald darauf zog er in eine andere Stadt, wo er Arbeit fand. Das störte mich nicht, denn ich war nie in ihn verliebt gewesen, wir hatten uns immer nur als gute Freunde geschätzt.

Ich selbst ging, sobald das möglich war, in Tübingen auf die Textilfachschule, um eine Ausbildung zur Textilingenieurin zu machen. Unter anderem lernte ich, maschinell zu spinnen, zu weben und zu stricken.

Nach meiner Ausbildung fand ich eine gute Anstellung in einer Textilfabrik in Tuttlingen. Da es für mich zu umständlich gewesen wäre, täglich nach Hause zu fahren, nahm ich mir ein kleines möbliertes Zimmer mit Familienanschluss. Das bedeutete, ich nahm meine Mahlzeiten mit der Familie ein.

Eines schönen Sonntags kam ein junger Mann aus ihrer Verwandtschaft zu Besuch. Beim gemeinsamen Sonntagnachmittagskaffee sah ich Werner zum ersten Mal, und schon hatte es gefunkt, auf beiden Seiten. Von da an besuchte er seine Verwandten so oft, dass sie sich wunderten. Es dauerte eine Weile, bis sie dahinterkamen, dass seine Besuche mir galten. Irgendwann stellte er mir die Frage, die jede Frau gerne hört: »Willst du mich heiraten?«

Am 27. Juli 1956 schritt ich dann glücklich mit ihm zum Traualtar.

Früh übt sich, was ein Star werden will

Waltraut Haas, Jahrgang 1927, aus Wien, Sängerin, Theater- und Filmschauspielerin, Schriftstellerin

Interview vom 5. Mai 2007

Meine frühesten Erinnerungen haben mit meinem Vater zu tun, an dem ich sehr hing. Als kleines Kind hatte ich wunderschöne blonde Locken. Die waren aber nicht von Natur aus so schön. Es war mein Vater, der ein bisschen nachhalf. An eine Szene, ich muss damals dreieinhalb gewesen sein, erinnere ich mich noch sehr deutlich. Aus einem bestimmten Anlass, zu dem ich besonders hübsch aussehen sollte, nahm der Papa einen Kochlöffel und bürstete meine Haare über den Stiel. Dadurch kamen meine Locken voll zur Geltung.

Eine andere Erinnerung an ihn habe ich, da war ich vier Jahre alt. Meine Mutter schob meinen Bruder im Sportwagen vor sich her auf dem Weg zur Stadtbahn, die man heute U-Bahn nennt. Von Weitem kam uns ein Mann entgegen und meine Mutter rief: »Schaut mal, Kinder, da kommt euer Papa!«

Jubelnd rannte ich auf ihn zu und warf mich ihm in die Arme. Er hob mich hoch und drehte sich mit mir einmal um seine Achse.

Doch ein Jahr später hieß es plötzlich: »Der Papa ist tot.« Das konnte ich gar nicht begreifen. Unter

»tot« kann sich ein fünfjähriges Kind nichts vorstellen. Deshalb fragte ich immer wieder: »Wo ist der Papa? Warum kommt er nicht?«

»Der Papa ist jetzt im Himmel beim lieben Gott«, versuchte die Mama, mir seine Abwesenheit zu erklären. Noch jahrelang habe ich immer wieder von meinem Vater gesprochen und den lieben Gott gebeten, er möge ihn mir aufs Dach setzen. Von dort würde ich ihn dann selbst herunterholen.

Erst als ich verständig genug war, erzählte mir meine Mutter, woran mein Vater so plötzlich gestorben war. Noch vor seiner Heirat war der Junglehrer Walther Haas in Wien unverschuldet in eine Gruppe von jungen revoltierenden Männern geraten. Dabei hatte er unter anderem einen heftigen Schlag in die Nierengegend bekommen. Der Arzt, der seine sichtbaren Wunden versorgte, erklärte ihm, er habe eine so gravierende innere Verletzung davongetragen, dass er niemals Kinder bekommen werde. Diese Diagnose belastete den jungen Mann sehr. Deshalb suchte er nach etwa anderthalb Jahren einen anderen, einen sehr berühmten Arzt auf, in der Hoffnung auf einen besseren Bescheid. Nach der gewissenhaften Untersuchung teilte ihm dieser lachend mit: »Schulmeister, du bist wieder in Ordnung. Du kannst Kinder kriegen, so viele du willst.«

Da erst wagte es der junge Volksschullehrer, um die Hand seiner Angebeteten anzuhalten. Ein Jahr nach der Hochzeit, am 9. Juli 1927, lag ich in der Wiege und zwei Jahre später mein Bruder.

Das Glück meiner Eltern schien vollkommen. Doch, wie gesagt, als ich fünf war, starb mein Vater ganz überraschend. Als Todesursache stellte man Urämie, also Harnvergiftung, als späte Folge jenes Schlages in die Nieren fest.

Da mein Vater so jung verstorben war, bekam meine Mutter keine Rente. Zunächst hielten ihre Eltern Franz und Walburga sie und uns Kinder mit regelmäßigen Geldzuwendungen über Wasser. Doch schon bald kauften sie ihr ein Hotel, damit sie ihre kleine Familie selbst ernähren konnte. Das war aber nicht der alleinige Grund. Weitblickend, wie meine Großeltern waren, sagten sie sich, es ist gut, wenn die junge Witwe eine Aufgabe hat, dann kommt sie leichter über den Verlust hinweg.

So war es dann auch. Da Mama mit ihrem Hotel sehr gefordert war, blieb ihr kaum Zeit, um traurig zu sein. Allerdings hatte die Sache auch einen Nachteil: Meine Mutter hatte zu wenig Zeit für uns Kinder. Deshalb verbrachten wir unsere Tage weitgehend im Haus ihrer Eltern, zu denen wir etwa eine halbe Stunde zu gehen hatten. Für uns Kleinen war es seinerzeit völlig ungefährlich, dort hinzumarschieren, da noch so gut wie keine Autos fuhren. So wurde mein Großvater für mich der absolute Vaterersatz. Großmutter war ebenfalls eine sehr liebe Person, konnte aber nicht viel für uns tun, weil sie an sehr schmerzhaftem Rheuma litt und viel Zeit im Rollstuhl verbrachte. Sie hat uns aber immer wieder schöne Geschichten erzählt und wohl dadurch in mir die Neigung zum Schreiben erweckt. Inzwischen habe ich einige erfolgreiche Kinderbücher veröffentlicht.

Gingen wir aber mal nicht zu den Großeltern, waren wir uns selbst überlassen. Das Hotel meiner

Mutter befand sich am Eingang zum Schlosspark von Schönbrunn. Meinem Bruder und mir stand also der ganze schöne Schlosshof mitsamt der Parkanlage zum Spielen zur Verfügung. Schlossbesucher, die uns dort erblickten, fragten mich manchmal, ob ich eine Prinzessin sei. Das schmeichelte mir natürlich sehr. Deshalb ließ ich sie in diesem Glauben.

Puppen hatte ich genug, sie waren mir von beiden Omas und von Tanten geschenkt worden. Auch hatte ich für jede Puppe wunderschöne Kleider. An den Puppen lag mir aber nicht viel. Die waren mir zu langweilig, weil sie nur stocksteif herumlagen. Deshalb spielte ich viel lieber mit unseren Katzen, die bewundernswert geduldige Tiere waren. Sie ließen sich von mir immer wieder in Puppenkleider zwängen. Ich hatte meine Freude daran, wenn sie damit herumspazierten. Meine Lieblingskatze hieß Minka. Sie hatte besonders unter mir zu leiden. Einmal, ich war acht oder neun Jahre alt, steckte ich sie in ein Wickelpolster, was man in Deutschland »Steckkissen« nennt. Das arme Tier hatte ich so fest in das Polster eingezwängt, dass es sich nicht rühren konnte. Nur die Vorderpfoten schauten heraus, und der Kopf, auf den ich ein Babyhäubchen gesetzt hatte. So legte ich Minka in den Puppenwagen und schob ihn im Schlosshof auf und ab. Um mich von dem anstrengenden Spazierenfahren auszuruhen, ließ ich mich auf einer der Bänke im Hof nieder. Einmal gesellte sich eine alte Dame zu mir. »Ach, was für eine hübsche Puppe hast du in dem Wagerl«, sprach sie mich leutselig an und beugte sich nieder, um sich mein Puppenkind genauer anschauen zu können.

Das nahm ihr die Minka aber übel. »Krchch!«, fauchte sie die freundliche Dame an und haute mit einer Pfote nach der Frau. Diese erschrak furchtbar und flüchtete, ohne ein Wort zu verlieren.

Am Tag nach diesem Erlebnis war meine Lieblingskatze verschwunden. Verzweifelt suchte ich sie in allen Ecken und Winkeln, rief und lockte mit zärtlicher Stimme und so netten Kosenamen wie »Minkalein«, »Schätzchen«, »Liebling«. Aber sie tauchte nicht wieder auf. Meine Mutter meinte, die Minka sei abgehauen, weil sie mir die Sache mit dem Wickelpolster übel genommen habe. Trotzdem schrieb die Mama, um mich zu trösten, einige »Steckbriefe« und hängte diese an Bäumen in der Umgebung auf. Wenige Tage später meldete sich eine Frau, der eine Katze zugelaufen war. Die Mama ging hin und erkannte in dieser Katze tatsächlich meine Minka. Weil dies kurz vor Weihnachten war, bat sie die Frau, die Katze noch bis Heiligabend zu behalten. Unter dem Weihnachtsbaum wurde mir meine Minka als große Überraschung in einem Körbchen überreicht.

Meine Freude war unbeschreiblich. Für mich war es das schönste Weihnachtsgeschenk, das ich je bekommen hatte. Willig ließ sich das Tierchen von mir auf den Arm nehmen, und ich versprach ihm: »Ich werde dich nie wieder in das Wickelpolster zwängen und in den Puppenwagen legen.«

Dieses Versprechen hielt ich auch ein und hatte noch viele Jahre Freude an meiner verschmusten Minka.

Ab Herbst 1933 war es vorbei mit meiner goldenen Freiheit; ich wurde eingeschult. Opa Franz, Mutters

Vater, war es, der mich an meinem ersten Schultag begleitete. Unterwegs machte er mich auf allerlei Pflanzen und Getier aufmerksam. Nachdem er mich an der Klassenzimmertür abgeliefert hatte, wartete er geduldig, bis der Unterricht vorbei war.

Aber nicht nur an diesem wichtigen Tag war Opa an meiner Seite. Er brachte mich noch öfter zur Schule oder holte mich von dort ab. Auch ausgedehnte Spaziergänge unternahm er mit mir und erweckte in mir das Interesse an der Natur. Er kannte viele Tiere und Pflanzen mit Namen und brachte mir diese bei. Jahre später sollte der Großvater sogar mein Lebensretter werden.

Zunächst aber will ich von seinem Schrebergarten erzählen, in dem sich eine kleine Laube befand. Der Garten, sein ganzer Stolz, war von seinem Wohnhaus aus fußläufig in zwanzig Minuten zu erreichen. Er lag auf einer leichten Anhöhe inmitten anderer Schrebergärten mit einem herrlichen Blick auf Wien. Von einer bestimmten Stelle aus konnte man sogar das Wohnhaus der Großeltern entdecken. In den Sommerferien, schon früh am Morgen, stieg ich täglich mit dem Opa hinauf. Dabei trug er einen kleinen Rucksack, in dem sich belegte Brote und eine Thermoskanne mit heißem Tee befanden. In der Laube frühstückten wir dann erst mal in aller Ruhe. Anschließend ging es an die Arbeit. Meine Hauptaufgabe war es, Unkraut zu zupfen, was ich gar nicht gerne tat. Lieber war es mir, bei der Beerenernte zu helfen, egal ob Erdbeeren, Stachelbeeren oder Johannisbeeren. Letztere hatten allerdings die dumme »Angewohnheit«, wenn sie schon ziemlich reif waren, bei der geringsten Berührung zu Boden zu rieseln. Die einzelnen Beeren musste ich dann aufklauben. In der schlechten Zeit durfte man ja nichts verkommen lassen.

Eine Unterbrechung der verschiedenen Gartenarbeiten war nur erlaubt, wenn Großvater rief: »Waltraut, schau doch mal nach, ob Oma das Mittagessen schon fertig hat.«

Das ließ ich mir nicht zweimal sagen. Leichtfüßig hüpfte ich zu der Stelle, von der aus man das Haus der Großeltern sehen konnte. Für mich war es einfach, zu erkennen, ob das Essen fertig war. Denn dann hängte die Großmutter ein großes weißes Tuch aus dem Küchenfenster. Wie glücklich war ich jedes Mal, wenn ich dem Opa berichten konnte: »Ja, das Mittagessen ist fertig.«

Wie man weiß, brach am 1. September 1939 der Zweite Weltkrieg aus. Zunächst bekamen wir nicht viel davon mit. Mein Bruder und ich besuchten weiterhin die Schule, als ob die Welt noch in Ordnung wäre. Eines Tages, als ich dreizehn war, kam er von der Schule heim, klagte über Hals- und Kopfschmerzen und rührte sein Mittagessen nicht an. Mit dem herbeigeholten Thermometer stellte die Mutter hohes Fieber fest. Sie dachte an eine harmlose Erkältung, steckte ihn ins Bett und versorgte ihn mit Kamillentee. Noch ehe sie herausgefunden hatte, woran er wirklich erkrankt war, hatte es mich ebenfalls erwischt. Bei mir zeigten sich die gleichen Symptome, und da auch ich nichts essen wollte, flößte sie mir ebenfalls Kamillentee ein. Als die Mama an uns kleine rote Flecken entdeckte, rief sie in großer Besorgnis den Hausarzt herbei. Dieser diagnostizierte sehr schnell Scharlach und wollte uns beide sofort ins Spital einweisen. Dagegen protestierte die Mutter: »Nein, Herr Doktor, das ist nicht nötig. Ich werde die beiden in ein abgelegenes Zimmer stecken, es verdunkeln und absperren, sodass sich niemand Unbefugtes dorthin verirrt.«

So bezog ich denn mit meinem Bruder das »Quarantäne-Zimmer«. Solange wir Fieber und Schluckbeschwerden hatten, bestand die Mama darauf, dass wir wenigstens viel tranken. In dieser Zeit magerten wir ganz schön ab.

Als wir endlich wieder Appetit hatten, brachte die Mama uns immer reichlich und gut zu essen, um uns wieder aufzupäppeln. Zu Beginn des Krieges gab es ja noch alles, zumal in einem Hotel. Wir Kinder sprachen den leckeren Sachen eifrig zu, und da wir so gut wie keine Bewegung hatten, gingen wir auf wie Germknödel, einer in Österreich sehr beliebten Mehlspeise aus Hefeteig.

Kurz nachdem wir genesen waren, logierte bei uns eine Tanzlehrerin, die in Wien eine eigene Tanzschule unterhielt. Als sie mich erblickte, sagte sie zu meiner Mutter: »Was für ein hübsches Mädchen! Leider ist es viel zu dick. Schicken Sie mir die Kleine. Beim Tanzen wird sie die Pfunde schnell verlieren.«

Mit ihrer Prophezeiung sollte die gute Frau recht bekommen. Innerhalb weniger Monate tanzte ich mir den überflüssigen Speck weg, und ich beherrschte bald alle gängigen Tänze, sogar Csárdás. Die Lehrerin äußerte sich sehr begeistert über meine Begabung und ließ mich schon bald mit ihren anderen

Elevinnen bei kleinen Vorstellungen auftreten, die sie in regelmäßigen Abständen organisierte.

Ich hatte nicht nur Bühnenluft geschnuppert, sondern meine Tanzlehrerin hatte mir auch den Floh ins Ohr gesetzt, ich sei begabt. So wollte ich unbedingt eine Schauspielschule besuchen und eine Bühnenlaufbahn einschlagen, egal ob als Schauspielerin, Sängerin oder Tänzerin. Doch als ich 1941 aus der Hauptschule entlassen wurde, wütete noch immer der Krieg im Land, deshalb waren alle Schauspielschulen gesperrt. Abgesehen davon erklärte mir meine besorgte Mutter: »Du musst erst mal einen manuellen Beruf erlernen, damit du etwas hast, auf das du zurückgreifen kannst, wenn du als Schauspielerin versagst.«

So kam ich mit vierzehn auf eine Haushaltungsschule. Dort standen auf dem Programm: Kochen, Kinderpflege, Büroarbeiten, Nähen. In letzterem absolvierte ich eine regelrechte Lehre. Im ersten Jahr war Weißnähen angesagt, im zweiten Jahr durfte ich Oberbekleidung nähen, und im dritten Jahr lernte ich Zuschneiden. Danach legte ich eine reguläre Gesellenprüfung ab, die ich aber nur mit »befriedigend« bestand. Für dieses Handwerk hatte ich nur mäßiges Interesse aufgebracht, weil ich ohnehin nicht Schneiderin werden wollte.

Sonst aber machte mir die Schule viel Spaß, zumal meine Cousine Liesl mit von der Partie war. Wir zeigten uns wirklich als schlimme Bande, obwohl wir eine reine Mädchenklasse waren. Unser Sinnen und Trachten ging ständig dahin, unseren armen Lehrerinnen das Leben schwer zu machen. Als wir einmal eine bestimmte Schularbeit machen sollten bei einer Lehrerin, die wir nicht besonders mochten, dachten wir uns etwas aus, wie wir uns vor dieser Stunde drücken könnten. Bevor der Unterricht begann, schoben wir mit vereinten Kräften den Klassenschrank vor die Tür. Gespannt warteten wir auf das Erscheinen unseres Fräuleins und kicherten verhalten, als sie sich vergeblich bemühte, den Schulsaal zu betreten. »Was ist los?«, hörten wir ihre ungehaltene Stimme vom Gang her, weil ihr der Schrank den Eintritt verwehrte. »Macht sofort auf!«

»Es tut uns leid, es geht nicht«, antworteten wir in bedauerndem Tonfall. »Uns war etwas hinter den Schrank gefallen. Um daran zu kommen, mussten wir ihn beiseiteschieben. Und nun kriegen wir ihn nicht mehr zurück.«

Wutentbrannt stieß sie noch aus: »Das wird Konsequenzen haben!« Dann rauschte sie ab. Die Schularbeit aber fiel für diesen Tag aus.

Doch noch immer war Krieg. Mit der Zeit wurde die Situation auch in Wien zusehends bedrohlicher. Deshalb machte sich mein anderer Großvater, der Karl, der ebenfalls in der Stadt ein Hotel betrieb, große Sorgen um uns. Wiederholt beschwor er meine Mutter und ihre Eltern: »Kommt doch zu uns. Wir haben einen guten Luftschutzkeller. Der ist wesentlich sicherer als der eure. Jetzt wird es nämlich ernst. Die Bombardierungen nehmen zu.«

Weil dieser Großvater keine Ruhe gab, übersiedelten wir tatsächlich in sein Haus. Schon bald erkannten wir, dass es dazu höchste Zeit gewesen war.

Innerhalb weniger Wochen gab es in Wien über fünfzig Luftangriffe. Am 19. Februar 1945 wurden die Bezirke Favoriten, Meidling und Hietzing bombardiert, einschließlich Tiergarten und Schloss Schönbrunn. Was für ein Glück, dass wir nicht mehr in unserem Hotel waren! Drei Wochen später, am 12. März 1945, fand der schwerste Angriff auf das Gebiet Groß-Wien statt. Die Staatsoper und das Burgtheater brannten aus. Nahezu dreihundert Zivilisten kamen bei diesem Angriff ums Leben. Es waren Menschen, die im Luftschutzkeller Philipphof, der als besonders sicher galt, Schutz gesucht hatten. Er stürzte komplett in sich zusammen und begrub nicht nur die Hausbewohner unter sich, sondern auch viele Leute aus der Nachbarschaft, die dorthin geflüchtet waren. In Opa Karls Keller aber fühlten wir uns sicher. Weil immer wieder die Sirenen heulten, verbrachten wir in dieser Zeit mehr Stunden unter Tage als anderswo.

Es war in den letzten Kriegstagen, zusammengedrängt wie Sardinen in einer Büchse saßen wir im Keller, hörten die Bomber über uns hinwegbrausen und dachten schon, bald könnten wir aufatmen, da vernahmen wir einen fürchterlichen Schlag. Instinktiv duckten wir uns alle und befürchteten, eine Bombe habe das Haus getroffen. Doch alles blieb ruhig. Als es wenig später Entwarnung gab, krochen wir aus dem Keller und begaben uns auf die Straße, weil wir Bedürfnis nach frischer Luft hatten. Von den Nachbarn erfuhren wir dann, dass ein englisches Flugzeug abgeschossen worden und in der Nähe abgestürzt sei. Die Piloten aber hätten mit ihren Fallschirmen noch rechtzeitig herausspringen können. Ich stellte mir vor, dass sie langsam niederschweben würden, und wollte mir dieses Schauspiel nicht entgehen lassen. Dazu muss ich erklären, dass Großvater Karls Hotel sich in einem sehr hohen Haus mit Flachdach befand. Ohne lange zu fragen, stieg ich aufs Dach und entdeckte am Rauchfang kräftige Eisenklammern, die wohl dem Kaminkehrer zum Aufsteigen dienten. Neugierig, wie ich war, kletterte ich daran empor, weil ich mir erhoffte, von dort oben alles noch besser im Blick zu haben. Während ich nach allen Seiten Ausschau hielt, ohne die herabsegelnden Piloten zu entdecken, ertönte schon wieder die Sirene. Nun wollte ich so schnell wie möglich in den schützenden Keller. In der Hast blieb ich aber mit einem Absatz an einer der Eisenklammern hängen, fiel rücklings hinunter und schlug mit Kopf und Oberkörper hart auf. Da hing ich nun und kam weder vor noch zurück.

Entweder wäre ich dort oben erfroren oder elendiglich verhungert und verdurstet, wenn nicht Opa Franz mich vermisst hätte. In großer Sorge um mich hatte er das ganze Hotel abgesucht. Da er mich ziemlich genau kannte und wusste, wie vorwitzig ich war, kam er schließlich auf die Idee, ich könnte aufs Dach gestiegen sein. Dort fand er mich weinend und aus dem Mund blutend vor. Beherzt löste er meinen Schuh von der Eisenklammer und fasste mich um den Oberkörper, um mich auf die Beine zu stellen. Da schrie ich vor Schmerz auf. Dennoch schaffte er es, dass ich auf die Füße kam und mich bis in den Keller bewegen konnte. Nachdem ein neuer Sirenenton

Entwarnung anzeigte, wollte mich Großvater unbedingt zu einem Arzt bringen. Aber es fuhr nichts mehr, weder Bus noch Straßenbahn, und ein Auto besaß man natürlich nicht. Also marschierten wir über eine halbe Stunde bis zur nächsten Arztpraxis. Es war ein uralter Arzt, der die Bevölkerung notdürftig versorgte, die jungen Ärzte waren ja alle eingezogen worden. Zu Opas Beruhigung stellte der Doktor fest, dass die Verletzung im Mund nichts Ernstes war. Aber drei Rippen hatte ich mir bei dem Sturz gebrochen. Dagegen konnte man weiter nichts tun, als mir zu verordnen, mich möglichst wenig zu bewegen. Lachen durfte ich natürlich auch nicht. In dieser Zeit gab es aber ohnehin nichts zu lachen.

Franz, Mutters Vater, war zwar mit uns in das Haus ihres Schwiegervaters übersiedelt, doch je länger wir dort verweilen mussten, desto mehr grauste es ihm vor dem Luftschutzkeller. Ihn beherrschte die Angst, er könne darin lebendig begraben werden, nachdem der Philipphof für so viele Schutzsuchende zum Grab geworden war. Also zog Franz wieder in sein eigenes Haus zurück, während seine Frau, Oma Walburga, bei uns blieb. Ihr Mann kam aber hin und wieder zum Essen zu uns. Unterdessen war er nicht untätig. In seinem Schrebergarten, der ihm vor Bombardierungen ziemlich sicher schien, buddelte er ein Loch, das so tief war, dass er senkrecht darin stehen konnte und nur der Kopf herausragte. Es war gerade mal breit genug für eine Leiter, mit der er auf- und niedersteigen konnte. In der Folgezeit flüchtete er jedes Mal bei Alarm in seinen »Schützengraben«. Darin fühlte er sich sicherer als an jedem anderen Ort in Wien. Weil es zwischen den Bombenangriffen kaum lohnte, nach Hause zu gehen, blieb er immer öfter in der Laube, auch über Nacht. Da sich die Bombardements häuften, verbrachte er sehr viel Zeit in seinem feuchten Erdloch. Offensichtlich hatten Kälte und Feuchtigkeit irgendwann seine Gesundheit angegriffen. Denn er ließ sich ungewöhnlich lange nicht in Opa Karls Hotel blicken. Darüber waren seine Frau und meine Mutter sehr beunruhigt. Um zu erkunden, was los sei, begab sich meine Mutter mit einem Neffen zum Haus ihrer Eltern. Dort fand sie ihren Vater tot in seinem Bett vor. Die beiden trugen ihn hinaus, legten ihn auf eine Schubkarre und schoben diese zu seinem geliebten Schrebergarten. Dort senkten sie Großvater in das Loch, das er sich als Unterstand selbst geschaufelt hatte, und deckten es mit Erde zu.

Meine Mutter und ihr Neffe hatten kurzerhand zur Selbsthilfe gegriffen, weil zu befürchten war, dass bei den häufigen Bombenangriffen und den vielen Kriegstoten für eine private Beerdigung nicht so leicht ein Totengräber zu finden sei. Schon bald nach dem Krieg wurde der Opa exhumiert und fand auf unserem Friedhof eine würdige Ruhestätte.

Als der Krieg endlich aus war, wurde der Schulbetrieb wieder geordnet aufgenommen. Unmittelbar nach dem Krieg war die Versorgungslage jedoch noch schlechter als zuvor. Irgendwie litten wir Mädchen stets unter Hunger. So etwas wie Fleisch oder Wurst kannten wir kaum. Nun hatten wir eine Mitschülerin, die war eine Metzgerstochter.

Sie hatte als Pausenbrot immer wunderbare Wurstsemmeln dabei, auf die wir neidvoll schielten. Eines Tages fragte sie aufreizend in die Runde: »Wer traut sich, die Lehrerin mit der Waschschüssel anzuschütten? Die kriegt meine Wurstsemmel.«

Das war ein verlockendes Angebot. Und so mancher von uns, auch mir, ging durch den Kopf, dass dies ein unmögliches Unterfangen sei, weil die zu erwartende Strafe ungeheuerlich ausfallen würde. Cousine Liesl aber war pfiffiger als wir alle zusammen. Sie kam auf die Idee, das Anschütten wie ein Versehen erscheinen zu lassen. Für das Attentat suchte sich Liesl den Bügelraum aus. Dort gab es nämlich ein Waschbecken, an dem man mit einer weiß emaillierten Schüssel Wasser holte, um damit die zu bügelnde Wäsche einzusprengen. Meine Cousine ließ also am Waschbecken die Schüssel volllaufen. In dem Moment, als die Lehrerin den Raum betrat, drehte sich Liesl abrupt um, tat so, als ob sie stolpere, und der ganze Schwall ergoss sich über die arme Lehrperson. Diese war so verdattert, dass ihr das Schimpfen im Hals stecken blieb, zumal sich das Mädchen mit zerknirschter Miene scheinheilig entschuldigte: »Tut mir leid, Fräulein. Aber ich wollte frisches Wasser holen und bin unglücklicherweise gestolpert.«

Wir anderen hatten große Mühe, das Lachen zu unterdrücken. Cousinchen aber bekam die ausgelobte Wurstsemmel. Diese verspeiste sie in der Pause unter unseren neidvollen Blicken mit großem Appetit.

Nachdem ich die Haushaltungsschule abgeschlossen hatte, gab meine Mutter endlich grünes Licht, und ich durfte an meiner Bühnenkarriere arbeiten.

Dabei war mir meine Taufpatin sehr behilflich. Sie war befreundet mit einem Regisseur des Burgtheaters und wollte mich ihm vorstellen.

Der aber meinte, ich solle mich erst mal testen lassen, ob ich überhaupt die nötige Begabung für diese Laufbahn mitbringe. Für den Test empfahl er mir eine Burgschauspielerin, die Privatstunden erteilte. Nach einem Jahr Unterricht bei ihr bescheinigte sie mir, dass ich Talent habe. Anschließend nahm ich Gesangsunterricht.

Mein weiterer Werdegang ist in meiner Biografie nachzulesen, die anlässlich meines 80. Geburtstags am 9. Juni 2007 erschienen ist. So viel aber sei noch verraten: Meinen ersten Bühnenvertrag bekam ich vom Landestheater Wien. Darin stand unter anderem: *Engagiert als jugendliche, muntere, naive, sentimentale Liebhaberin, die teilweise musikalisch verwendbar ist.*

Meine erste Rolle war dann die »Hermania« in der Komödie *Ein Sommernachtstraum* von William Shakespeare.

Verliebt in den Bodensee

Ruth, Jahrgang 1950, St. Margrethen in der Schweiz

Mein Elternhaus, 550 Meter über dem Meeresspiegel auf einer Terrasse gelegen, ist der oberste von einigen Bauernhöfen, die alle in einer Entfernung von etwa 300 bis 500 Meter zueinander stehen. Die Höfe befinden sich an der Grenze zu Rheineck und zum Appenzellischen Walzenhausen, gehören aber zur Gemeinde St. Margrethen.

Unser Haus wurde nachweislich im Jahre 1434 erbaut. Mit seinen achtzig Zentimeter dicken Mauern schaut es stolz wie eine Burg auf die einzelnen Gehöfte und das Dorf hinab. In diesem alten, trutzigen Gebäude erblickte ich am 19. Dezember 1950 das Licht der Welt.

Bis wenige Stunden vor meiner Geburt hatte meine Mutter noch auf der mit einer dünnen Schneeschicht bedeckten Weide gestanden. Mit einer Gabel, die man bei uns »Fürggli« nennt, hatte sie Mist verteilt, den mein Vater kurz zuvor mitten auf die Wiese gekippt hatte. Selbst als die Wehen einsetzten, arbeitete die Mama weiter. Wie stets in ihrem Leben hatte sie den Ehrgeiz, eine einmal begonnene Sache zu Ende zu bringen. Erst dann begab sie sich ins Haus und bat ihre Mutter Hulda, sie möge die Hebamme herholen.

Obwohl ich als erstes Kind geboren wurde, zeigten meine Eltern keine allzu große Enttäuschung darüber, dass ich ein Mädchen war. »Der Sohn wird schon noch kommen«, äußerte Papa sich optimistisch jedem gegenüber, der ihn darauf ansprach.

Zwei Jahre nach meiner Geburt lag meine Mutter erneut in den Wehen. Dass sie Zwillinge unter dem Herzen trug, hatte sie bereits einige Wochen vor der Entbindung selbst festgestellt. Beim Abtasten ihres Bauches hatte sie deutlich zwei Köpflein gefühlt. Deshalb schickte sie ihren Mann los, damit er bei den Verwandten einen zweiten Stubenwagen ausleihe, denn sie besaßen nur einen. Dies war ein ovaler Weidenkorb, den meine Mutter kurz vor meiner Geburt gekauft und liebevoll ausgestattet hatte.

Zur Sicherheit besuchte sie einige Tage, bevor sie die Niederkunft erwartete, ihren Hausarzt, um ihn darüber zu informieren, dass sie Zwillinge bekomme, damit er sich auf einen Besuch bei ihr einstellen könne. Er bestätigte zwar ihre Vermutung, meinte aber, es sei nicht nötig, dass er sich auf den Berg bemühe. Wie er Rösli, die Hebamme kenne, kriege die das ganz allein hin. Am 28. November 1952 war es dann so weit. Rösli entband meine Mutter tatsächlich von Zwillingen, ohne ärztlichen Beistand. Zuerst erschien ein Mädchen. Noch ehe meine Eltern darüber enttäuscht sein konnten, kam als zweites Kind ein Knabe. Beide Säuglinge waren gesund und kräftig.

Von diesem Ereignis weiß ich natürlich nur durch die Erzählungen meiner Mutter. Martha, die Tochter, wurde in unseren Weidenkorb gelegt, und Hanspeter verbrachte seine ersten Lebensmonate in dem weißen eckigen Stubenwagen, den der Vater ausgeliehen hatte.

Diese Zwillingsgeburt stellte in unserer Familie nichts Außergewöhnliches dar. Schon Mamas Vater war mit einem Zwillingsbruder aufgewachsen, und Mamas älteste Schwester, nach ihrer Mutter Hulda genannt, hatte 1947 ein Zwillingspärchen bekommen. Leider war das Mädchen so schwächlich gewesen, dass es kurz nach der Geburt verstorben war.

An die Ankunft meines nächsten Geschwisterchens erinnere ich mich noch deutlich. Es wurde genau fünf Jahre nach den Zwillingen geboren. Wir Kinder hatten den ganzen Nachmittag – was sehr ungewöhnlich war – bei einer befreundeten Familie, einige Hundert Meter unterhalb unseres Hauses, verbringen dürfen. Am Abend, nachdem Papa uns abgeholt hatte, wollten wir ins Haus stürmen. Doch an der Türe hielt uns die Grosi, in unserer Region die Koseform für »Großmutter«, auf. Sie ermahnte uns, leise zu sein, denn die Mama sei krank. Wir dürften aber trotzdem zu ihr, sie wolle uns etwas Wunderbares zeigen. Auf Zehenspitzen schlichen wir in Mutters Kammer, wo wir eine wildfremde Frau vorfanden. Diese trat an unseren braunen Stubenwagen, hob ein weißes Bündel heraus und präsentierte es voller Stolz: »Das ist euer Schwesterchen Annelies.«

Darauf erwiderte mein Bruder, mittlerweile fünf: »Nehmen Sie das Kindlein wieder mit. Wir wollen kein so verschrumpfeltes und zerknittertes.« Die fremde Frau, anscheinend die Nachfolgerin der alten Hebamme Rösli, lachte und legte das Baby zurück in den Wagen.

Tage später, als unsere Mutter schon wieder auf den Beinen war, erklärte ihr Sohn rundheraus: »Mama, wir wollen kein neues Kind mehr, sonst wirst du wieder so dick.«

Anscheinend haben unsere Eltern diesen Rat befolgt, denn es kam kein weiteres Kind mehr. Im Nachhinein war sehr interessant für mich, dass dem Fünfjährigen die körperliche Veränderung der Mutter aufgefallen war. Ich aber, die ich zwei Jahre älter war, hatte nichts bemerkt. Damals hatte ich nur gedacht: *Wie dumm, dass die Mama ausgerechnet jetzt krank sein muss, wo ein neues Kindlein da ist. Jetzt kann sie sich gar nicht darum kümmern.* Zum Glück war ihre Mutter, die Grosi, noch da, die mit Verena, ihrer jüngsten Tochter, im Erdgeschoss wohnte. Sie kam jeden Tag herauf, versorgte das Baby, die Wöchnerin und uns.

Annelies war ein zartes Kind und brauchte im Gegensatz zu uns anderen, die wir von robuster Gesundheit waren, ziemlich häufig einen Arzt. Vielleicht hing das damit zusammen, dass unsere Mutter sie nicht so lange stillen konnte wie ihre drei anderen Kinder. Annelies wurde bereits nach einem halben Jahr entwöhnt und bekam ihre Milch im Fläschchen. Wenn ich ihr dieses geben durfte, erfüllte mich das mit Stolz. Bald aber war die Kleine so eigensinnig, dass sie jedem, der sie füttern wollte, die Milchflasche aus der Hand riss und sie selbst hielt.

Eines Tages zur Mittagszeit, der Stubenwagen stand in der Küche, und Annelies nuckelte brav an ihrem Fläschchen, hatte Mama ihr den Rücken zugewandt, weil sie für uns andere, die wir schon hungrig um den Tisch saßen, letzte Hand an die Mahlzeit anlegte. Plötzlich sahen wir die Babyflasche in hohem Bogen über den Wagenrand fliegen. Mit lautem Knall landete sie auf dem Steinfußboden. Erschrocken zuckte die Mutter zusammen, drehte sich blitzschnell um und lachte erleichtert auf. Da lachten wir alle herzhaft mit. Die Flasche war nicht zu Bruch gegangen, da sie aus Bakelit bestand. Sie war noch gar nicht leer gewesen. Anscheinend hatte unsere kleine Schwester mit ihrer Aktion demonstrieren wollen, dass sie satt sei.

Der Mann von Großmutter Hulda, also unser Großvater Hermann, war schon einige Jahre vor meiner Geburt auf tragische Weise ums Leben gekommen. Einige seiner Wiesen lagen an sehr steilen Hängen, sodass man sie nur mit der Sense mähen konnte. Um sich die Arbeit insgesamt etwas zu erleichtern, hatte sich Großvati für die Wiesen, die nicht ganz so steil waren, einen Motormäher angeschafft. Dieser war mit einer sogenannten Radschaltung ausgestattet. Das bedeutete, am Ende der Wiese musste man den Gang herausnehmen, damit man das Gefährt wenden konnte.

Als sich Hermann am Morgen des 31. Mai 1947 an der Haustüre von seiner Frau verabschiedete, hörten beide ein Käuzchen schreien. »Das Schreien gilt mir«, äußerte Hermann bedrückt.

»Ach was«, versuchte seine Frau, ihm diesen Gedanken auszureden. »Das ist doch nur ein dummer Aberglaube.«

Am Mittag, als ihr Mann, der immer auf Pünktlichkeit hielt, nicht zum Essen erschien, begab sie sich voller Sorge auf die Suche. Wenig später fand sie ihn reglos unter seiner Mähmaschine vor. Der herbeigerufene Arzt konnte nur noch seinen Tod feststellen. Die Räder hatten Hermann den Brustkorb eingedrückt. Der Arzt und der Polizist, den er vorsorglich mitgebracht hatte, hoben das Gerät weg. Gedanklich rekonstruierten sie den Fall. Sie kamen überein, der Bauer müsse beim Wenden an dem relativ steilen Hang die Kontrolle über die Maschine verloren haben. Und da kein Gang eingelegt war, habe ihn diese überrollt. Großvater war erst sechzig Jahre alt gewesen.

Nun stand seine Frau mit zwei Töchtern allein da und musste sehen, wie sie mit der Landwirtschaft zurechtkam. Es waren immerhin zehn Kühe nebst Jungvieh, zwei oder drei Schweinen und zwei Dutzend Hühnern zu versorgen, und für alle musste das Futter herbeigeschafft werden. An Grosi und meiner Mutter Margrit, damals noch ledig und dreiundzwanzig Jahre alt, blieb die ganze Arbeit hängen. Hulda, die älteste Tochter meiner Großeltern, Jahrgang 1921, hatte bereits das Elternhaus verlassen und einen Briefträger geheiratet. Verena, Grosis Jüngste, zählte erst sieben Lenze, als sich das Unglück mit ihrem Vater ereignete. Sie hatte zwar auch schon Pflichten in Haus und Hof, viel konnte man von ihr aber nicht verlangen, da sie ihre meiste Zeit in der Schule und mit den Hausaufgaben verbrachte.

Nachdem sich Mutter Hulda und Tochter Margrit den ganzen Sommer über mit der Landwirtschaft abgeplagt hatten, und obwohl sie gegen Winter den Viehbestand verringert hatten, erklärte Grosi ihrer

Tochter: »Ich weiß nicht, wie lange wir beide das durchhalten. Es muss unbedingt wieder ein Mann ins Haus.«

»Ja, Mutter, gedenkst du, wieder zu heiraten?«, fragte die Tochter verwundert.

»Nein, Margrit, ich doch nicht«, lachte die Mutter. »Du bist es, die bald heiraten sollte.«

»Aber Mutter, wie soll ich in dieser Abgeschiedenheit einen Mann finden?«

»Du musst halt öfter mal ins Dorf gehen zum Tanzen.«

»Das lohnt nicht«, erwiderte Margrit. »Die wenigen Männer, die dort herumhüpfen, suchen doch alle nach einer Frau, die bei ihnen einheiratet.«

Damit hatte die Tochter wirklich recht. Doch ihre Mutter wartete noch mit einem anderen Vorschlag auf: »Dann besuchst halt der Reihe nach Tanzveranstaltungen in den Nachbarorten.«

»Ja meinst, Mutter, da sähe es anders aus?«

»Du solltest es zumindest versuchen.«

Das tat das folgsame Mädchen auch. Mit ihrem Velo kam sie ja überall hin. Schon bald fanden sich einige Tänzer, die ihr den Hof machten. Doch bevor sie den Fehler beging, sich in einen zu verlieben, erkundigte sie sich vorsichtig nach seinen Besitzverhältnissen. In der irrigen Annahme, ihr damit imponieren zu können, beschrieben die jungen Bauern ausführlich ihren Hof und wie viel Hektar Land sie besaßen. Sie erwähnten auch noch, dass ihnen für ihr Anwesen nur eine tüchtige Bäuerin fehle. Wahrscheinlich haben sie sich gewundert, dass sich das Mädchen daraufhin kein zweites Mal mehr in ihrem Dorf blicken ließ.

So ging der zweite Sommer dahin, in welchem Mutter und Tochter sich auf dem Walnusshof abstrampelten.

»Es hilft alles nichts«, jammerte Mutter Hulda im Herbst. »Es muss unbedingt wieder ein Bauer auf den Hof.«

»Was soll ich denn machen, Mutter? Ich habe doch schon alles versucht.«

»Nicht alles«, lächelte die Bäuerin vielsagend und legte ihrer Tochter den *St. Galler Bauer* vor, der wöchentlich erschien.

»Was soll ich damit?«

»Hineinschauen.«

Hulda hatte die entsprechende Seite schon angekreuzt, nämlich die mit den Heiratsanzeigen. Kaum dass sich Margrit die Seite angeschaut hatte, fragte sie: »Was soll ich denn damit? Da suchen doch nur Bauerntöchter einen Mann oder Jungbauern eine Frau, der sie Einheirat bieten.«

»Das ist mir auch aufgefallen«, gab die Mutter zu. »Aber drei Bauernsöhne sind dabei, die suchen eine Frau, bei der sie einheiraten möchten.«

»Das ist nicht gerade eine üppige Auswahl«, stellte die Tochter resignierend fest.

»Es genügt doch, wenn einer von den dreien passt«, meinte die Mutter optimistisch.

Obwohl es sie viel Überwindung kostete, setzte sich Margrit hin und schrieb drei Briefe gleichen Inhalts, in denen sie sich und ihr Anwesen ein bisschen beschrieb.

Es dauerte Wochen, bis sie endlich Antwort bekam:

Liebes Fräulein!

Es tut mir leid, aber Ihr Hof liegt mir zu weit weg. Inzwischen habe ich einen Hof gefunden, der zu meinem Heimathof näher liegt.

Nach wieder einigen Tagen kam die nächste Absage:

Liebes Fräulein!

Da sehr viele Zuschriften bei mir eingegangen sind, habe ich mich mit einigen jungen Damen getroffen und mich in eine von ihnen spontan verliebt. Das möchte ich Ihnen anstandshalber mitteilen.

Vom Dritten hörte sie nie etwas. Der mag ähnliche Motive gehabt haben wie die beiden anderen, aber er besaß nicht den Anstand, ihr zu antworten.

Hulda sah ihrer Tochter nicht nur die Enttäuschung an, sie sah auch den Berg Arbeit vor sich liegen, der im Frühjahr wieder auf sie zukommen würde. Deshalb wagte sie einen weiteren Vorstoß: »Kind, sitz nicht so traurig rum. Tu was!«

»Was soll ich denn tun?« Enttäuscht zuckte Margrit die Schultern. »Du siehst doch, dass bei all meinen Bemühungen nichts herausgekommen ist.«

»Es ist noch nicht aller Tage Abend«, philosophierte die Bäuerin. »Du musst selbst die Initiative ergreifen und eine Anzeige bei der Bauern-Zeitung aufgeben.«

Da Margrit sich zierte, nahm ihre Mutter die Sache in die Hand. Und tatsächlich meldeten sich auf die Annonce fünf Kandidaten, die sich für Margrits Herz und Hand und Hof interessierten.

Der jungen Bäuerin fiel es äußerst schwer, sich zu einem Rendezvous durchzuringen. »Wenn ich da hingehe, komme ich mir vor wie eine Kuh, die zum Schlachten angeboten wird«, erklärte sie der Mutter.

»Egal«, drängte diese. »Du musst dir die Kandidaten anschauen. Du weißt, wie viel für uns auf dem Spiel steht. Schließlich werde ich nicht jünger. Stell dir einfach vor, du besichtigst einen Stier, den du kaufen willst.«

Die Tochter lachte süßsauer und machte ein Treffen aus. Völlig niedergeschlagen kehrte sie zurück. »Nein, Mutter! So ein hässlicher Typ! Darüber hätte ich noch hinwegsehen können. Aber er war zudem aufgeblasen und arrogant. Da bleibe ich lieber ledig und schaffe so lange auf dem Hof, bis Verena alt genug ist zum Heiraten. Vielleicht hat sie mit den Männern mehr Glück als ich.«

Doch Mutter Bäuerin ließ nicht locker. Da allerdings das erste Rendezvous so enttäuschend ausgefallen war, benötigte sie noch mehr Überredungskunst, um die Tochter zu einem neuen Treffen zu motivieren. Diesmal kam die junge Frau jedoch wesentlich optimistischer zurück. Ihr Bericht fiel geradezu begeistert aus. Demnach gefiel ihr der Bewerber, nicht nur von seinem Äußeren her, sondern auch von der Art, wie er sich gab. Er war 1919 als das vierte von sechs Kindern auf einem Bauernhof geboren worden und liebte die Landwirtschaft sehr. Als dritter Sohn hatte er jedoch keinerlei Aussicht auf den väterlichen Hof. Damit er nicht eines Tages als Knecht bei seinem ältesten Bruder würde dienen müssen, waren die Eltern so vernünftig gewesen, ihn wenigstens einen Beruf erlernen zu lassen, und zwar einen solchen, welcher der Landwirtschaft nahe stand. Er wurde Baumwärter oder Pomologe. Die Wissenschaft des Obstbaus, Pomologie genannt, kam erst im 19. Jahrhundert auf. Der Pomologe pflanzt, pflegt und veredelt Bäume und Sträucher. Durch seine Arbeit war der junge Bauernsohn viel herumgekommen und hauptsächlich in den Winter- und Frühjahrsmonaten beschäftigt gewesen. In der übrigen Zeit hatte er auf dem Hof seiner Eltern mitgeholfen. Sein Beruf gefiel ihm zwar, dennoch hätte er lieber einen eigenen Hof bewirtschaftet. Deshalb hatte er im *St. Galler Bauer* gezielt nach einer Bäuerin Ausschau gehalten, die ihm außer Hand und Herz einen Hof bot.

Ob er sich vorher schon mit anderen Frauen getroffen hatte, habe ich nie erfahren. Meine Mutter traf sich jedenfalls noch einige Male mit ihm, bevor sie ihn zu Hause vorstellte. Die Altbäuerin war sofort einverstanden mit der Wahl ihrer Tochter. Und schon im März 1950 wurde in der evangelischen Kirche zu St. Margrethen geheiratet.

Mama selbst hat mir gegenüber nie ein Wort darüber verloren, wie sie meinen Vater kennengelernt hat. Das hat mir vor einigen Jahren ein Cousin väterlicherseits verraten.

Am Haus meiner Großeltern gab es einen ausgedehnten Garten mit Gemüse und Beeren und einem alten Baumbestand: knorrige Apfel- und Birnbäume, Zwetschgen- und Kirschbäume, Holunder und einen Walnussbaum. Mein Vater hatte nun den Ehrgeiz, hinter der Scheune gleich eine ganze Apfelplantage anzulegen, die er mit viel Liebe und Aufwand pflegte. Selbst einen Pfirsich- und einen Aprikosenbaum pflanzte er. An die warme Südmauer des Hauses setzte er sogar Reben mit weißen und roten Trauben, die prächtig gediehen. Die Liebe zum Obstbau habe ich vom Papa geerbt.

Wie wir bereits wissen, entsprossen der Ehe meiner Eltern vier Kinder, von denen ich das älteste war.

Obwohl nach der Hochzeit ein Mannsbild im Haus war, musste Margrit weiterhin schwer in der Landwirtschaft mitarbeiten. Beim Heuen war fast die ganze Arbeit noch immer händisch zu leisten. Vor allem das Einbringen des getrockneten Grases war eine anstrengende Tätigkeit. Bei den steilen Wiesen ließ sich nämlich kein Fahrzeug einsetzen. Entweder trug man das Heu als Schochen auf zwei Holzstangen in die Scheune, wozu man zwei Träger brauchte, oder einer trug es auf den Schultern als Bundi. Vorher zog man ein Hirtenhemd an, das mit einer Kapuze versehen war. Die Kapuze stülpte man sich über den Kopf, damit einem das Heu während des Tragens nicht in den Halsausschnitt geriet und nicht den Rücken hinunterrutschte.

Wo aber blieben die kleinen Kinder, wenn die Mutter im Feld war? Es gab zwar schon einen Kindergarten im Dorf, aber der lag am anderen Ende, über eine Fußstunde entfernt. Dieser weite Weg lohnte nicht, deshalb behielt man die Kleinen zu Hause. Im Alter von vier Jahren wurde ich bereits als Kindermädchen für unser Zwillingspärchen eingesetzt. Da es aber schwieriger ist, auf zweijährige Zwillinge aufzupassen, als einen Sack Flöhe zu hüten, band Mama sie am Birnbaum an. Dazu benutzte sie ein Gstältli (Brustgeschirr aus Stoffbändern), damit sie nicht entwischen konnten. Die Seile waren so lang, dass die Kleinen ausreichend Bewegungsfreiheit hatten. Ihr Gstältli hinderte sie nicht nur am Ausbüchsen, es hielt sie auch im Schatten des Birnbaumes, wo sie vor den sengenden Sonnenstrahlen geschützt waren. So konnte ich wunderbar mit ihnen spielen.

Wir Kinder schliefen alle in einem Kämmerli auf dem Dachboden, zunächst nur wir drei, später kam Annelies dazu. Von dieser Kammer führte eine niedrige Tür direkt in einen Nebenraum mit Dachschräge. In diesem standen Vaters große Korbflaschen, in denen er seinen Schnaps aufbewahrte. Weil wir unser Obst gar nicht vollständig verzehren konnten, brannte der Vater Birnen-, Kirsch-, Zwetschgen- und Apfelschnaps. Seine Schnapskammer hielt er immer streng unter Verschluss. Zusätzlich verbot er uns, diesen Raum jemals zu betreten. Denn es hätte ja mal sein können, dass er versehentlich den Schlüssel stecken ließ.

An dieses Verbot hielten wir uns gewissenhaft. Er hatte es ausgesprochen, damit wir ja nicht in Versuchung kämen, von der gefährlichen Flüssigkeit zu trinken. In unserer Fantasie aber hatten wir uns ausgemalt, dass wir deshalb nicht in das Kämmerli durften, weil eine böse Hexe darin wohne. Vor dieser hatten wir fürchterliche Angst. Deshalb rückten wir eines der Betten vor die Tür, damit sie auf keinen Fall herauskommen könne.

Mein Vater war ein strenger Mann. Ich fürchtete mich vor ihm, hatte ihn jedoch gleichzeitig gern.

Er brauchte uns nur anzuschauen, dann wussten wir, wo der Bartli den Most holt. Geschlagen hat er uns nie, aber seine Worte und Blicke konnten auch wehtun.

Als wir schon etwas älter waren, mussten wir hart arbeiten und oft über unsere Kräfte hinaus Lasten tragen. Man musste zum Beispiel alle Jahre die Pfähle schleppen für die Zäune, an denen das Heu aufgehängt wurde, damit es bei anhaltendem Regenwetter nicht auf der Wiese verfaulte. Wenn wir unter der Last stöhnten, zeigte der Vater sich häufig gehässig und ungerecht. Auch Mama hatte unter seinem Verhalten nichts zu lachen. Aber sie schwieg zu allem und ertrug alles demütig. Wir waren immer froh, wenn wir mit Mama und Grosi allein arbeiten konnten. Dann schaffte ich mit Eifer und voller Kraft.

Ab der fünften Klasse molk ich vor dem Unterricht schon drei Kühe, die Olma, die Trübli und die Waldi. Ich liebe Kühe. Noch bis heute sind sie meine liebsten Tiere.

Wie gesagt, ich liebte meinen Vater, schon deshalb, weil er mir die Augen öffnete für die Schönheit der Welt. Ich erinnere mich noch gut, dass er mich, nachdem die Wiesen abgemäht waren, zum ersten Mal mit hinauf zum schönsten Aussichtspunkt unseres »Heimet«, den Gupf, nahm. Es war ein warmer, sonniger Tag, und er legte mir eine fantastische Aussicht zu Füßen. Der Blick schweifte weit über Berge, Wiesen und Wälder, und tief unten im Tal entdeckte ich eine große, glänzende Fläche.

»Vater, was ist das?«, fragte ich ganz aufgeregt.

»Das ist der Bodensee.«

Mit diesem Wort wusste ich nicht viel anzufangen. Deshalb erklärte er mir, das sei ein ganz großes Wasser, von dem wir nur die Hälfte sähen. Große Schiffe würden auf dem See fahren, und man könne wunderbar darin schwimmen. Dann versprach er mir sogar, dass wir, wenn er mal Zeit habe, hinuntergehen würden, damit ich mir den See aus der Nähe anschauen könne.

Wann aber würde sich der Vater die Zeit dafür nehmen? Er war ja so viel unterwegs als Pomologe, dass wir ihn meist erst am Abend zu sehen bekamen, und dann hatte er im Stall zu tun.

Dennoch fieberte ich dem Ausflug entgegen. Dieses große Gewässer ließ mir keine Ruhe mehr. Bis es endlich so weit sein würde, wollte ich mich wenigstens von Ferne an seinem Anblick erfreuen. Deshalb stieg ich, wenn mich keine Pflichten daran hinderten, immer wieder auf den Gupf. Manchmal blickte ich ganz enttäuscht nach unten, denn dichter Nebel hatte den See verschwinden lassen. Mit der Zeit aber kannte ich mich mit dem Wetter schon so gut aus, dass ich ermessen konnte, wann es sich lohnte, auf den Hügel zu steigen, und wann nicht.

Es war dann nicht der Vater, der mich zum ersten Mal an den Bodensee führte, sondern Tante Hulda, Mutters älteste Schwester, die meine Gotte (Patin) war. Mit ihrem Mann, dem Onkel Fritz, hatte sie sich am Altrhein ein gemütliches Haus gebaut. Von dort aus betätigte er sich auch als Fischer. Sie bewirtschafteten einen großen Garten mit Gemüse, Beeren und Obst. Meine Gotte war eine vorbildliche Hausfrau. Sie nähte und strickte für sich und ihre Kinder und sah stets hübsch und gepflegt aus. Ihre vier Kinder waren in der gleichen Reihenfolge gekommen wie bei uns: eine Tochter, ein Zwillingspärchen, dann noch eine Tochter.

Unsere Sommerferien dauerten fünf Wochen, von Anfang Juli bis einschließlich der ersten Augustwoche. Davon durfte ich immer eine bei der Gotte verbringen. Wie staunte ich, als sie und Onkel Fritz mich in meinen ersten Schulferien an den Bodensee mitnahmen. Dass er so groß ist, hatte ich mir in meinen kühnsten Träumen nicht vorstellen können. Und wie viele Schiffe auf diesem herumfuhren! Und wie viele Menschen an seinem Ufer promenierten! Und wie viele Velofahrer dabei waren, ihn zu umrunden!

Zu den Velofahrern gehörte ich im Jahr darauf ebenfalls. Tante und Onkel radelten mit mir zum Rohrspitz. Das ist eine Landzunge am Bodensee, gegenüber von Lindau. Am Rohrspitz durfte ich zum ersten Mal im Bodensee baden. Was für ein himmlisches Gefühl! Von der Gotte lernte ich schwimmen.

Später waren auch meine Geschwister mit von der Partie. Dann marschierten wir manchmal eine ganze Stunde bis zum Badi – so wurde bei uns die Badeanstalt genannt – in Walzenhausen. Als wir alle sicher genug im Velofahren waren, wechselten wir über nach St. Margrethen in die Badeanstalt Bruggerhorn. Von den Eltern bekamen wir ausreichend Geld mit, sodass es außer für die Eintrittskarte noch für eine Stengelglace (Eis am Stiel) reichte.

Von der Schule möchte ich auch noch ein bisschen erzählen. Sie begann morgens um acht. In die Schule ging ich eigentlich gern. Da ich in ziemlicher Einsamkeit aufgewachsen war, faszinierte es mich, nun immer wieder mit vielen Kindern zusammen sein zu können. Besonders die Pausen gefielen mir, weil wir da nach Herzenslust spielen konnten. Mit der Zeit fiel mir auf, dass alle katholischen Kinder braune Augen hatten und alle evangelisch-reformierten Kinder blaue Augen. Nun nahm ich meine eigene Familie unter die Lupe: Wir hatten alle blaue Augen. Ab da war es für mich klar, dass die Konfession nach der Augenfarbe zugeteilt wurde.

Mein Schulweg hinunter dauerte etwa fünf bis zehn Minuten, weil ich meist mehr sprang als ging. Kaum dass ich in der ersten Klasse war, hatte ich auch schon einen »Schulschatz«. Er holte mich manchmal am Wegweiser ab. Diese Liebe hielt aber nicht lange an.

Nach zwei Jahren waren unsere Zwillinge ebenfalls schulpflichtig. Da machte der Schulweg noch mehr Spaß. Unterwegs gesellten sich die Kinder von den einzeln stehenden Gehöften dazu. Bis wir unten ankamen, waren wir eine »Bande« von fünfzehn Schülern. Der Heimweg dauerte wesentlich länger, weil es bergauf ging. Mittags um halb zwölf machten sich alle Kinder auf den Heimweg. An einer Hecke entlang stiegen wir über viele Stufen aufwärts, bis wir zu einem Wegweiser kamen. Dort verließen uns vier Buben und vier Mädchen. Wir anderen marschierten weiter auf einem schmalen Fahrsträßchen, dann verabschiedeten sich Bruno, Willi und Ursula von uns. Nach etwa fünfzig Metern trennten wir uns auch von Hans, der noch ein gutes Stück durch den

Wald zu wandern hatte. Wir anderen drei hatten nur noch wenige Stufen zu steigen, bis wir unser Haus erreichten. Meist erklang auf den letzten Metern die Kirchenglocke vom österreichischen Gaissau herüber. Das bedeutete, wir waren pünktlich zum Mittagessen daheim. Am Nachmittag begann der Unterricht um 13:30 Uhr und dauerte bis 16:00 Uhr.

Das Schöne an meiner Primarschulzeit war, dass wir von der ersten bis zur sechsten Klasse zwei- oder dreimal im Sommer zum Bodensee wanderten, um darin zu baden. Ich liebte es, im See zu schwimmen. Für den Weg dorthin benötigten wir etwa anderthalb Stunden. Der Rückweg war bequemer: Wir wurden von Vätern abgeholt, die bereits ein Auto besaßen.

Der Höhepunkt meiner Primarschulzeit aber war, als ich die dritte Klasse besuchte. Eines Tages verkündete der Lehrer: »Wir machen einen Ausflug über den Bodensee.«

Ich konnte es kaum erwarten, bis es losgehen sollte. Endlich war der große Tag da. Wir wanderten bis Rheineck und bestiegen den Zug nach Rorschach. Dort ging es auf das Schiff, das uns zur Insel Mainau bringen sollte. Ach, war das herrlich! Um uns nur Wasser und Wellen, und über uns der blaue Himmel und Sonnenschein. Und rechts und links glitt die zauberhafte Landschaft an uns vorbei. Und erst die Insel! Die wunderbaren Blumen überall! Ich konnte mich nicht daran sattsehen.

Auf der Heimfahrt gab es einen weiteren Höhepunkt für mich: Vom Schiff aus konnte ich unseren Bauernhof entdecken!

Seitdem habe ich schon viele Dampferfahrten auf dem Bodensee mitgemacht. Und immer wieder war es berauschend für mich. Selbst bei stürmischem Wetter genoss ich die Fahrt. Es war jedes Mal ein Erlebnis, wenn der Wind die Wellen aufpeitschte und die Gischt um den Bug schäumte. Auch war interessant, zu beobachten, wenn die Sturmlichter am Ufer immer schneller aufblitzten.

Nach meiner sechsjährigen Primarschulzeit legte ich die Aufnahmeprüfung für die dreijährige Sekundarschule in St. Margrethen ab, die ich problemlos bestand.

Die Winter in meiner Kindheit waren allgemein noch streng und schneereich. Leider besaß man noch keine so wärmende Kleidung wie heute, ja, Strumpfhosen etwa kannte man gar nicht. Der Schnee wehte uns Mädchen unter den Rock, dann fror man jämmerlich. Gab es mal besonders viel Schnee, durfte man für den Schulweg jedoch die Skihose anziehen, die aus Wollstoff bestand.

Selbst in unserer Schlafkammer war es erbärmlich kalt. Am Morgen war oft im Bett das Leintuch gefroren. Bei jedem Atemzug gefror die feuchte Atemluft nämlich zu Eis. Sogar am Fußteil der Bettstatt bildete sich Raureif. Um unsere Betten vor dem Schlafengehen etwas anzuwärmen, legten wir Chriesimänna hinein. Das sind aus Matratzenstoff genähte Beutelchen, gefüllt mit getrockneten Kirschkernen, die man im Backrohr heiß werden ließ. Wie wir an diese Kirschkerne kamen? Im Sommer, wenn wir Kirschen aßen, spuckten wir die Kerne nicht einfach in die Gegend. Wir sammelten sie sorgfältig auf einem Blechteller und ließen sie an der Sonne trocknen, bis sie schneeweiß waren.

Damit wir am Morgen nicht in eiskalte Kleidung schlüpfen mussten, legten wir sie am Abend zwischen Federbett und Wolldecke.

Der Winter 1956/57 war ein besonders kalter, und unser prächtiger uralter Nussbaum, der unserem Hof den Namen gegeben hatte, erfror. Dieser Winter wurde aber noch an Kälte übertroffen von dem Winter 1962/63. Der brachte sogar die Seegfrörni. Das heißt, der ganze Bodensee war zugefroren. Durch den wochenlang anhaltenden starken Frost hatte sich auf dem See eine so dicke Eisschicht gebildet, dass er nicht nur begehbar war, sondern sogar befahrbar. Mir wurde berichtet, dass sich Scharen von Menschen auf dem Eis vergnügten, man konnte darauf Schlittschuh laufen und tanzen. Es seien Buden aufgebaut worden, an denen man heiße Würstchen und heiße Getränke kaufen konnte. Ja, sogar Kutschen und Pferdeschlitten seien über den See von einem Ufer ans andere gefahren.

Zu meinem großen Bedauern bekam ich diese Eisdecke nie zu sehen. Meine Familie machte sich nämlich nicht die Mühe, zum See zu wandern. Leider konnte ich ihn auch von meinem Lieblingsplatz, dem Gupf, aus nicht erblicken. Denn wochenlang verhinderte dichter Hochnebel die Sicht. Erst am 10. März setzte das Tauwetter ein.

Ins Dorf kam ich sehr selten, die Schule lag nämlich etwas außerhalb in unserer Richtung. Ich ging also nur immer bis dorthin und wieder zurück. Manchmal aber bat mich die Mutter, etwas aus der Apotheke, aus der Metzgerei oder vom Bäcker mitzubringen. Das fand ich total spannend.

Einmal traf ich auf einem Einkaufsgang zwei Mitschülerinnen. Eine von ihnen sagte: »Komm mit, wir müssen in Gaissau Butter holen. Du hast eine Kapuze, darin kann man sie gut verstecken.«

Ich stutzte, Butter kaufte man doch beim Käser. Wollen die mich etwa zum Schmuggeln verleiten? Bei diesem Gedanken wurde es mir etwas mulmig zumute. Doch ich wollte nicht ablehnen, um mich bei den Mitschülerinnen nicht unbeliebt zu machen.

Als ich mit der Butter in der Kapuze zurück zur Grenze marschierte, klopfte mein Herz so stark, dass ich meinte, die Grenzer müssten das hören. Es lief dann aber besser als ich befürchtet hatte. Zu meinem Erstaunen sahen mir die Grenzwächter nichts an.

Ein anderes Mal sollte ich für die Mutter vom Bäcker ein Dreipfünder mitbringen. Das war ein dunkles Brot. Es war noch warm und duftete so verführerisch, dass ich an der weichen Stelle, an der das Brot mit einem anderen zusammengebacken gewesen war, anfing zu knabbern. Ich knabberte und knabberte. Bis ich daheim ankam, war ein ansehnliches Loch entstanden. Die Mama muss es sofort bemerkt haben, sie erwähnte aber nichts. Erst als ich erwachsen war, meinte sie einmal: »Als Kind musst du doch manchmal argen Hunger gehabt haben.«

Dass ich in meiner Kindheit unter Hunger gelitten habe, belegt auch folgende Tatsache: Weil es in der

Zeit des Heumachens immer wieder reichlich regnete, entstanden hie und da Grastrocknungsanlagen. Nun gab es keine Probleme mehr mit dem Heu. Man lud das frisch gemähte Gras auf den Wagen und brachte es zur Trocknungsanlage. Dort wurde es kurz geschnitten, getrocknet und in Würfel gepresst. Diese Anlagen liefen rund um die Uhr, und Vater musste oft mitten in der Nacht sein Gras anliefern. Waren die Trockengraswürfel fertig, dufteten sie so verlockend, dass ich davon aß.

Wie bereits erwähnt, arbeitete mein Papa als Baumwärter etwa ein halbes Jahr außerhalb des Hofes, nur zur Melkzeit kehrte er heim. Zusätzlich vertrieb er Holzleitern und hatte eine Anstellung bei der Hagelversicherung sowie beim Obstverband.

Von klein auf bekam ich mit, dass Vaters Zusatzverdienst wichtig für die Existenz unserer Familie war. Oft hörte ich von ihm den Ausspruch: »Das reicht nicht. Das rentiert sich nicht.«

Durch solche Äußerungen gewann ich den Eindruck, wir seien arm. Zudem war an unserem alten Haus immer wieder etwas zu renovieren, das verschlang eine Menge Geld. Es wurden auch Verbesserungen vorgenommen, 1962 wurde endlich eine Wasserleitung im Haus verlegt. Vier Jahre später ließen die Eltern ein Bad mit Toilette einbauen. Bald darauf wurde eine Waschmaschine angeschafft und der alte Kachelofen durch einen neuen ersetzt. Ein Staubsauger kam ebenfalls ins Haus. Ein neuer notwendiger Wagenschopf (Schuppen) wurde gebaut. Das alles wäre nicht möglich gewesen nur mit den Einnahmen vom Bauernbetrieb.

Die vermeintliche Armut meiner Eltern hielt mich davon ab, ihnen gegenüber den Wunsch vorzutragen, eine weiterführende Schule zu besuchen. Meine Lehrer in der Sekundarschule hatten mir nämlich immer wieder diesen Weg empfohlen. Mein Traumberuf wäre Krankenschwester gewesen.

Kurz vor Ende des letzten Schuljahres kam eine Berufsberaterin in die Klasse. Jede Schülerin bekam den Auftrag, ein Bild zu malen. Anhand dessen wollte sie erkennen, für welchen Beruf man geeignet sei. Da mir nichts anderes einfiel, malte ich einfach ein Muster. Die Frau von der Berufsberatung lobte es über den grünen Klee und meinte, in mir steckten viele Begabungen. Darüber wunderte ich mich, denn ich selbst fand das Bild schlecht.

Beim Verlassen des Gebäudes an meinem letzten Schultag weinte ich bitterlich, weil ich für mich keine Perspektive erkennen konnte.

Da ich meinen Eltern nicht weiterhin finanziell zur Last fallen wollte, nahm ich eine Stelle auf einem Bauernhof an, wo ich im Monat 160 Franken Lohn bekam. Daneben besuchte ich einmal in der Woche die Bäuerinnen-Schule Custerhof in Rheineck und durchlief dort die Grundausbildung. Die Fächer waren: Haushalt, Kinderpflege, Buchhaltung, Gartenbau, Kleintierhaltung, Krankenpflege, Nähen und Staatskunde.

Danach blieb ich ein Jahr zu Hause, um meinen Eltern zu helfen, während mein Bruder die Ausbildung zum Landwirt auf einem Hof im Rheintal absolvierte. In dem einen Jahr auf dem fremden Hof hatte ich jeden Rappen gespart. Deshalb konnte ich es mir leisten, die Bäuerinnen-Schule für ein halbes Jahr in Vollzeit zu besuchen und dort im Internat zu wohnen. Danach trug ich die offizielle Berufsbezeichnung: Bäuerinnen-Hilfe oder Hauspflegerin. Als solche meldete ich mich bei der kantonalen Bäuerinnen-Vereinigung an. Bei dieser fragten die Bäuerinnen des Kantons um Hilfe, wenn sie dringend Unterstützung brauchten, sei es im Krankheitsfall, sei es nach der Geburt eines Kindes oder bei allgemeiner Überlastung der Hausfrau. Denn damals hatte noch so manche Bäuerin sieben oder acht Kinder aufzuziehen.

Meist verbrachte ich drei bis fünf Wochen in einer Familie, wobei ich die unterschiedlichsten Menschen und Situationen kennenlernte.

Im Sommer 1968 wurde ich zu einer Familie in einen Ort geschickt, in dem ich mich nicht auskannte. Deshalb rief ich an und fragte, ob mich jemand vom Bahnhof abholen könne. Der Stimme nach war es ein junger Mann, der mir versprach, er komme zum Perron (Bahnsteig).

»Woran erkenne ich Sie?«, erkundigte ich mich vorsichtshalber.

Er trage eine schwarze Lederjacke und eine Sonnenbrille, beschrieb er sich. Als ich aus dem Zug stieg, erblickte ich auf dem Perron drei junge Männer in schwarzer Lederjacke – dieses Kleidungsstück war damals groß in Mode –, aber keiner von ihnen trug eine Sonnenbrille. Ziemlich verunsichert trat ich auf den ersten zu und fragte: »Grüezi, muss ich mit Ihnen kommen?«

Darauf er: »Das kommt ganz darauf an, wer Sie sind.«

Ich nannte meinen Namen. Da nahm er mich ohne weitere Worte mit auf den Bauernhof seiner Eltern. Seine Mutter war krank, deshalb hatte sie eine Hilfe angefordert.

Auf diesem Anwesen hatte ich die üblichen Arbeiten zu verrichten, wie auf anderen Höfen auch. Hier gab es jedoch eine Besonderheit. Im Stall standen zwei Pferde. Da der junge Mann, Peter hieß er, gerne ritt, bot er mir das zweite Pferd an, denn auch dieses brauchte Bewegung. Das ließ ich mir nicht zweimal sagen, denn ich liebte Pferde. Seit ich in meiner Sekundarschulzeit bei einer Mitschülerin immer wieder die Gelegenheit gehabt hatte, auf einem Pferd zu sitzen, lag für mich »das Glück der Erde auf dem Rücken der Pferde«.

Beim Ausreiten führten Peter und ich gute Gespräche und kamen uns dadurch immer näher. Bald schon gestand er mir, dass er sich auf dem Perron Knall auf Fall in mich verliebt habe. Er war mir ebenfalls von Anfang an sympathisch gewesen. Mir gefiel seine ruhige, überlegende Art, aber die Liebe entwickelte sich bei mir erst nach und nach. Auf dem Lindenberg gab er mir den ersten Kuss. Vier Jahre später wurde er mein Mann.

Von Roswitha Gruber bereits erschienen

Der Fluch der Altbäuerin
272 Seiten
ISBN 978-3-475-54804-8

Marianne muss als älteste Tochter auf dem von Armut geprägten Bauernhof in einem Seitental des Inns schwer mit anpacken. Als ihre Mutter die Chance ergreift, das Familieneinkommen aufzubessern, indem sie alle privaten Schlafzimmer an Feriengäste vermietet, nimmt die Arbeit kein Ende. Deshalb schwört sich das Mädchen eines: Sollte sie jemals heiraten, dann auf keinen Fall einen Bauern. Alle Vorsätze sind jedoch vergessen, als ihr die große Liebe Paul begegnet, ein Bergbauer. Doch seine Mutter, die Altbäuerin, bereitet Marianne die Hölle auf Erden …